U0609559

The

Overwatcher

守望者

谢强 著

天津出版传媒集团

百花文艺出版社

图书在版编目（ＣＩＰ）数据

守望者 / 谢强著. -- 天津：百花文艺出版社，
2019.8
ISBN 978-7-5306-7738-4

Ⅰ.①守… Ⅱ.①谢… Ⅲ.①散文集–中国–当代
Ⅳ.①I267

中国版本图书馆 CIP 数据核字(2019)第 163873 号

守望者
SHOUWANGZHE

谢强 著

选题策划：薛印胜 **装帧设计**：任 彦
责任编辑：张 雪 **特约编辑**：李文倩
出版发行：百花文艺出版社
地址：天津市和平区西康路 35 号 **邮编**：300051
电话传真：+86-22-23332651（发行部）
+86-22-23332656（总编室）
+86-22-23332478（邮购部）
主页：http://www.baihuawenyi.com
印刷：山东临沂新华印刷物流集团有限责任公司
开本：787×1092 毫米 1/16
字数：200 千字
印张：18
版次：2019 年 8 月第 1 版
印次：2019 年 8 月第 1 次印刷
定价：58.00元

如有印装质量问题,请与山东临沂新华印刷物流集团有限责任
公司联系调换
地址:山东省临沂市高新技术产业开发区新华路 1 号
电话:(0539)2925659
邮编:276017

版权所有 侵权必究

目　录

001 / 自序:六十甲子的感怀

生命的歌唱

003 / 守望者

006 / 灞河,灞河

009 / 我家的平房

012 / 生命的半坡

015 / 四十感叹

017 / 船歌

019 / 佛缘一瞬

022 / 空夜

025 / 堂前燕

028 / 抛弃烦恼

031 / 别情依依

033 / 在商言商

036 / 别离的滋味

038 / 城市过客

040 / 我是流民

043 / 香山春意

回忆与思念

049 / 泪雨纷纷寄哀情

054 / 远祭

057 / 小院依依连洋浦

059 / 七号楼的灯光

061 / 海边的房子

064 / 太阳河的思念

067 / 坎坷成大道　真情度一生

072 / 雁过无痕　哀歌有声

078 / 亡友

081 / 遥寄哀思

084 / 心上两座坟

088 / 坟前哀歌

091 / 槐花为谁开

094 / 三十八年忆赣州

远方思绪

103 / 竹韵

106 / 北海听泉

109 / 荡舟红树林

112 / 海南的春天

114 / 海南的夏天

117 / 海南的秋天

119 / 海南的冬天

121 / 太阳河散思

124 / 夜宿太平山

127 / 心泉

130 / 游马鞍岭

133 / 夜走亚龙湾

135 / 外面的世界

138 / 台湾相思树

141 / 京城品雪记

143 / 寻找春天

146 / 温哥华的秋天

149 / 樱花之祭

山水纵情

155 / 峨眉山下一夜雨

157 / 金顶观日出

159 / 峨眉山佛光

161 / 万佛顶云海仙游神思

163 / 白马间歇泉记

165 / 乐山大佛观记

168 / 嘉陵江寻源散记

171 / 嘉陵江寻源又笔

173 / 龙口吊桥体验

176 / 山祭

178 / 体验孤独

180 / 小店女子

183 / 思恋秦岭

186 / 镜泊湖秋绪

189 / 庐山鄱岭观景记

192 / 鹿饮泉记

195 / 秋在团泊洼

199 / 太平河记

202 / 十渡山水吟

205 / 雪境

208 / 看山

故乡情愫

213 / 灞柳依依

215 / 白鹿原

217 / 故乡土

220 / 失落的灞河

223 / 明月照乡魂

227 / 生命阳光最温暖

230 / 辋川银杏忆

232 / 思恋浐河

235 / 记忆深处那温暖的年

239 / 远行者心绪

242 / 在北方,在故乡的雪野

245 / 怎不忆海南

怀古叹今

251 / 渤海国遗址怀想

254 / 鹳雀楼的黄河

258 / 居庸关怀古

260 / 去看乾陵

263 / 乾陵埋个武则天

266 / 我的汉代瓦当

269 / 我登上了秦始皇陵

273 / 寻找杜牧

自序:六十甲子的感怀

二〇一八年,又一个戊戌甲子。前一个甲子,乃一百二十年前,是中国近代史上一次重要的政治改革,也是一次思想启蒙运动,它促进了中国近代社会的进步,它更是促进了人们的思想解放。

今年,我的人生也是到了一个甲子。如果用四季来形容人的一生,在世人的认知里,这个年龄也恰如当下的秋季,似乎有了瑟瑟的寒意。但我想,在这个秋天,或许也该做一次精神上的"变法"。

于是,在一个朗朗的早上,推窗透气,将尘封已久的文章书册翻出来,开始在早餐的饭桌上品读。这其实是自己的拙作,可细细读来,仿佛是在读别人的文字。但那些生活的熟悉,色彩的以往,历历呈现,让我万千思绪:文中有我快乐却苦涩的童年,有上山下乡的生活艰辛,有求学的路程漫漫,有进入机关、报社的体制内生涯,也有跟着时代的浪潮离开故土、跨越海峡去闯荡海南的果敢茫然,当然更有北上京城、踏入地产商海的往事件件。这些篇章带着我人生各个年龄阶段的岁月痕迹,将之串联起来看,又是起起伏伏,各有其味。

人都说,男人要有理想、有规划。凭心而论,余年轻之时,颇有些理想,但从未有过规划。当然，当作家是想过的，入仕途是念过的，唯独做商人是万万没想过的。小文化人嘛，绝没有什么远计划、近安排的野心。很多时候，都是心往哪里想，脚往哪里去。说句唯心的话，这好像是冥冥中来自生活和命运的潜移默化。但是，俗语又有云，要"敬天敬地敬人道"，我们的一切终归都是时代、都是社会所带给我们的，这其中有幸事，当然也免不了一些苦难，我们无法选择和逃避，但重要的是我们可以从中感悟和体会到什么。比如打我一出生，父亲便被打成右派，然后是历次政治运动对他的冲击，让我从小就经历了很多，也学到了不少，而这些经历给我日后生活的启迪也是很大的。

时代给人以机会，并能成就梦想。回过头去看，我真是经历过和经历着一个伟大的"大时代"。在这个大时代里，我们的国家走过了解放、成长、改革开放、飞速发展，而今各类互联网技术、信息化科技更是走在世界的前列，这在让人倍感自豪的同时也不免有些眼花缭乱。所以，想要搭上这趟疾驰前行的"大时代"列车，就更应怀揣一颗不断汲取知识的头脑，一颗年轻积极的心。

人生在世，最多不过百年。"人生不满百，常怀千岁忧。"任何人想要阻拦历史的车轮，无异于是螳臂当车。我们注定要经历山高水远、生离死别，经历祖辈以及父母、亲友的老去和离开，这说起来有些悲哀，也有些宿命。但其实万事万物都会慢慢走向终点，既然我们无法改变生命的长度，那么更应该要精彩地去过每一天。

用这样的心态去生活，那么年龄，或许只是一个数字而已。

哈佛大学的心理学家艾伦·朗格教授曾经做过一个叫"时空胶囊"的实验，邀请十六位七八十岁的老人在布置成二十年前环境的"时空胶囊"里生活一个星期，一周后，这些老人的心理和身体都比之前有了明显改善。实验证明，老人们在心理上相信自己年轻了二十岁，于是身体便做出相应的配合。

著名画家黄永玉,五十岁考驾照,六十岁随手画了一张猴票暴涨三十万倍,八十岁上时尚杂志封面,九十岁开个展,画的自画像是个"老顽童",九十一岁"撩"林青霞,九十三岁飙法拉利,喜欢穿夹克,戴贝雷帽,叼着烟斗,背着画板像个独行侠,满世界飞,结天下朋友,也挥金如土……

这些人,其实都只是突破了束缚我们太久的定式思维模式,跳出了传统、权威、成见、约定俗成的"陷阱"。

六十岁的时候,又是一个戊戌甲子。我终于从繁忙的商务中得以解脱,有了大好的时光等着我去涂抹精彩。在这个时候收拾自己的心情与思绪,便是为了更好地重新出发。生命中我们可以控制的部分,包括健康和快乐,可以远远超出我们的想象。生命有限,生活却无限,你对它充满积极和阳光,它便定会回你以喜悦和精彩。

提笔写这篇短文,又逢一个北京晴朗的早上。阳光妩媚,岁月静好。一颗六十岁、不老且年轻鲜活的心将生活拥抱。

谢强

戊戌秋月于京畿

生命的歌唱

第一章

守望者　　　　别情依依

灞河，灞河　　在商言商

我家的平房　　别离的滋味

生命的半坡　　城市过客

四十感叹　　　我是流民

船歌　　　　　香山春意

佛缘一瞬

空夜

堂前燕

抛弃烦恼

● 章

守 望 者

　　十四层的高楼,在老城的怀抱里可谓是鹤立鸡群了。我在这顶楼的阳台上伫立,以一种俯瞰和眺望式的姿态打量我生活的城市,以及那迷迷蒙蒙的海域。

　　城市是残旧了些,但街上动态的一切显示了现代的新奇。南方的都市,似乎在纷嚣喧腾的杂响中才显得鲜活生动。城市乃一种文化。这里的文化该是什么呢? 唉,何苦又想到这么深奥的论题。我默默观望,要的是一分清净一分闲适。把心交给天空,把魂抛向远方,整个身子在恍恍惚惚的凌空之中游荡,伴着如教堂颂诗般的乐音,悠悠地获得身心的解放……但这已不可能。陷身于都市的纷响,难得有悠悠的闲情,哪里有"老僧独自立,怅然听晚钟"之意趣呢?

　　人说人群里分为上九流和下九流,信佛的为上九流之首。佛乃空也无边,此种心境,全凭清静无垢。这需要一种自然的环境。如山野老林河川崖畔,禅意的获取,最显著的表面特征便是与世无争!

可红尘滚滚,芸芸众生,怎有个黑白分明? 有人在这儿干宏图大业,有人在这儿辛苦打工。不管以何种方式生存,心灵的疲惫使彼此都有无尽的感喟。在内地有些人一遇困难就缅怀"大锅饭"的优越性。这一切都是人民给的,响当当的国家主人! 至于发发牢骚骂骂领导不干活照拿奖金的行为算是够客气的啦,起码还没有打小报告或写匿名信。可特区生活的艰窘使人不敢掉以轻心,"炒鱿鱼"是一道常吃的海鲜菜。有些人踌躇满志而来灰心丧气而去;有些人身无分文而来身价百万而去。所以,款爷们别太冲,悠着点,平平安安才是真!

无尽的胡思乱想,从正午守望至黄昏,看着十四层的高楼下鳞次栉比的建筑上盘旋响哨的鸽群。城市已披上了夕阳的橘红,唯有远处的海白茫茫地依旧苍然。我静静地观看眼中的一切,可传统的静观静想正饱受灵魂的纷扰。静的本身就包含着动,人是静静地站着,身边的一切都在晃动,仿佛置身于波涛之上,已将心抛入激荡不羁的水中。想起人之生命宛如这似动非动似静止非静止的过程,梦中苏醒便来到人间,第一声啼哭开始了生命。太阳升起来了,生命在欢腾歌唱,阳光下的一切都颇有生气,山水草林、飞禽走兽,构成了平衡的生态,显示了和谐与残酷。这是一个开始万物生命的历程,这时的山为静水为动,植物为静动物为动,日月为动天地为静,生命的形式有大起大落有款款而行,终是在律动行进。我每天的日子都在悄悄地离去;一晃从早上站至黄昏,一晃我已近不惑之年。与生俱来的一切仿佛如过眼烟云。白天过去了,晚上怎样挨过,看看新闻已不新,看故事片已不动心,看"三国"已接近尾声,看月亮已消失在云雾里,平行于床上,那"席梦思"已没有梦境,今晚睡去,不知道明天会不会还有生命……

按说,我正当壮年,兴旺得浑身在使着闲劲,可大脑的贫血已使记忆恍惚不清。记得住的是故乡的往事、童年的单纯,还有那为我流了一辈子泪水的母亲。母亲已值晚秋的黄昏,每一片落叶,瑟瑟地在我的心弦上弹着不安与冷清。落叶对根的依恋,近乎儿子对母亲的拥吻。我是远离故乡远离母亲的游子,愧对父老愧对母亲。母亲扶我走路教我做人,送我走上每一段旅程,如今她是否仍在门口的大操场上望我,飘拂的白发,每一根都系着我的思情……可我为什么离她而去呢?可我为什么浪迹四方呢?为了挣钱,为了自身,为了所谓的生命的价值,而那精神的思虑怎能担负起海一般的深情?钱算什么?物算什么?身外的一切又怎抵心灵的负荷?本想潇洒走一回,如今这心灵的重压已使钱物变得轻如浮云。在家千日好,出门时时难。埋着根的家啊,你重似千钧……

夜,终于又降临了。我在守望,天穹已布满嘲弄的眼睛。我不断地扪心自问:高楼上的风景美丽吗?高处不胜寒。虽然南国的热风烘烤着周身,寒气却常袭我心。这不是地域环境的冷暖,而是人生深厚层次的体验!

夜,又在弥漫着沉沉的黑色,而脚下的街市里仍有纷嚣的灯红酒绿。伫立了一天,打发了又一个琐碎的日子,可心中却涌进了莫名的惆怅,一种无奈而空荡荡的惆怅。

流浪的人,心魂儿永不能平静。相对的平静,孕育着更加痛苦的骚动。守望故乡故人的游子啊,终是站成一尊刀雕斧凿的人生剪影……

灞河，灞河

我思恋故乡的灞河，那是生我养我的母亲之河。她源于终南山脉，西接蓝水，东纳浐河，至西安田王时便坦荡荡一派大河气魄。河两岸一马平川平畴沃野，乃八百里秦川丰腴之地，其盛名从古至今未曾衰落，在秦人的血液里流淌着，流淌着。

我家住在浐水与灞河交汇的半坡村。在我的记忆中，两河乃一脉之水，有着古中国文化的遗迹，千百年来，长流不息。那时，河滩是常去的，却不曾对此有所思索，与父亲捞沙子砸石块换得生活的"盘缠"，可终难品嚼出其中的滋味……长大了，便常常思索灞河，从地理从历史从未来探究灞河之真谛，亦将我生命与灵魂融于其中，常追随她走向渭河流入大海，生出海洋般的浩然理想。

灞河亦唤灞水，两岸古称坝上，乃历代兵家必争之地。当年高祖刘邦曾屯兵西坝上，张良从距此东南数十里的鸿门宴镇赶来，他泄露机密与刘邦，使刘邦在楚霸王的刀下逃生，留下隐患，致使楚霸王四面楚歌兵败垓下，自刿于乌江,遗下千古之恨。在西坝上的不远处有一片大树,蓊蓊郁郁,从中就伸出一座桥架于两岸。树乃千年古柳,桥属现代建筑。相传这里世代为东出长安的握别之处。飘拂的柳枝似有妻儿老母的声声呼唤,点点柳絮乃斑斑血泪凝铸! 多少次,我伫于坝上,折柳东望潼关,遥想悠悠千年,依稀听得"一骑红尘妃子笑,无人知是荔枝来"的马蹄声和百姓别离的哭喊,心头便一阵阵地抽搐。哦,面对历史之树历史之河,我隐隐地感知了世间的冷暖和生离死别的况味。

我就要中学毕业到渭北高原的山村插队落户去了。记得临行的前一天,同学们应约到灞河滩小聚,大家谈论着昨天的友谊明天的山村,信誓旦旦地要无愧于灞河的哺育,末了,在沙滩上写上:"灞河长流,友谊永存"八个大字,威威武武地走上大坝,在庄严的落日下,折柳互别,高唱《知识青年到农村去》的歌儿离开了这里……如今,令人艳羡的青春季节已经过去,当年的同学,已天各一方,早过了而立之年。可每每过年在一起忆起这段往事,一个个都沉浸在无言的畅想中。曾一同结伴去看那灞河,河水依然,沙滩依然,柳树依然,桥上的喧闹亦依然,唯有我们变老了,脸颊爬上了纹路,人生的一半似乎已经走远。唉,青春无限好,只是早离去呵! 我们这一代走过了崎岖的世路,饱尝了人间的艰辛,蓦然回首时,流水年华让人无限感慨。当下便有人哭出声来,哭得我心好乱。这生于斯长于斯的土地,这生于斯长于斯的灞河,埋着我生命的根,唱着我生命的歌呵! ……我们像当年一样在沙滩上写上"母亲,我们回来了"七个大字,便面面相觑泪流成行。其情之真意之切至今仍感天动地。虽然,一场洪水能将这字儿抹平,但却永远刻在我心海的沙滩上。灞河,母亲,我永远是您的儿子啊! 那河水、沙滩、古柳,还有那支深沉深沉的歌,永远相伴我人生的旅途悠悠唱响……

如今,我走在海南岛亚龙湾的沙滩上,可我,怎就越发思恋起故乡的灞河来? 因为,灞河虽小,那是我这平凡生命的血脉,是哺育了我三十余年的母亲之河啊!

哦,灞河,我故乡的河心中的河;哦,大海,我人生的海生命的海。我有憾离开故乡走得太远,太远,乡思却愈觉太重,太重。张开双臂呼唤我的灞河我的母亲啊!喊声激起万顷波涛直扑彼岸。我仿佛又见灞河蜿蜒走来化作天庭一道壮美的彩虹。那是梦归的长路呵,我飞跨而去,见到我熟稔的山河,苍老的母亲。我真该忏悔我的离去呢,可山河微笑老母高兴,耳畔却响起"好男儿志在四方"的谆谆话语。哦,我真感谢故乡母亲大海般的胸襟,今生今世我将如何回报?!我唯有不负所望,去搏击,去奋斗,让生命之舟驶向理想的彼岸啊!

我欣喜地大步攀上礁石,久久伫望着一轮落日的雄沉悲壮,那水天交接之处,已淌出一片殷殷的血红……

我家的平房

由于工作的关系,我常行走于众多城市之中。我是做房地产的,自诩为城市的建造者和生活方式的改变者。

可是有建造,便要有破旧立新。如在田野,一片地里,起根发苗就建出一片宅子了。可在城里盖房子,你得先拆迁后盖房子。拆迁有时是必要的,旧的不去,新的不来,也有的旧建筑很碍眼,服从当今的城市规划得将之拔掉。可一座城市是凭老建筑而存有记忆的,如果只有新的建筑,那这座城市注定是没有生命力的。

比方说北京的什刹海,天津的五大道,那是历史遗韵,是前人留给后人的文化遗产,而对于平民百姓来说,这是他们在这座城市赖以生存的居住之地,也是他们打小就深入骨髓的文化记忆。尤其在四合院、大杂院和城市平民区居住过的人们,无不被张短李长,邻里互助的生活经验给其一生的道德观、价值观的形成产生举足轻重的影响。

我就特别怀念自己居住了二十余年的平房。我儿时在西安纺织城一个平房居住区里度过。那片平房是当时苏联老大哥的杰作。青砖红瓦，中规中矩，每三排为一组，每一排约一百米长，前后各四家。门前和门后都栽有洋槐和果树。在这里居住的，都是一个单位的职工，大家知根知底，互无猜忌，有东家吃肉了，西家孩子就会嗅着味道来；有前家唱戏了，满都是人围挤着这家屋里屋外。冬天里，家家烟囱里冒着围炉的烟火；夏天里，家家的门前门后都坐着纳凉的人们。无论春夏秋冬的夜晚和白天，那大声大气、脚步匆匆的纺织女工的走动，总让你秋凉春眠时也得醒着。纺织厂三班倒，换班不停车，人们像陀螺一样在交替忙碌着。

大约是"文革"开始时，这平房区便有人开始修建院子。我那时虽小，却也学着大人模样，在自家门前挖出黄土，放上麦秸，做出像古城堡一样的土坯，将自家门前的空旷之地盖上房子，修上院子。那掏出的土坑就成了一个兔子窝而圈养了几十只兔子，成了那个缺吃少穿时代最好的美味。真的，这一切都是一个孩子的作品，现在我仍经常忆起，我在太阳底下与几个小伙伴脱坯、放线、砌墙，那煞有介事的劳作。人说，穷人的孩子早当家。没有我那"右派"父亲的政治窘困，没有我那做纺织工的多病的母亲的期待，我怎么可能完成如此浩大的工程？以致现在，我那八十多岁的老父和快八十岁的母亲仍对我建筑房院的事啧啧赞叹。因为，就是那些简陋土墙土瓦建筑，是我家分配公房面积的补充，解决并扩大了我家三代人的生存和居住之地，虽然那是仅有十多平方米的土房和十多平方米的院子，却承载了我生活中最重要最快乐的生命时光。我的儿时、中小学以至于工作后的几年间都居住于此。我在院子里曾栽上柿子树和葡萄，丰收了田野的希望；我在此习音律拉提琴做过音乐家的梦；我曾在这里点灯熬油与父亲探讨过《红楼梦》中人和"之乎者也"；也曾在这里将姐姐送出嫁，自己也在这里结婚生子。所以，别小看这平房陋室，别小看这土墙土房，它永远是我梦中的憩园和神圣的殿堂。

大约在我三十岁左右，由于父亲干部身份和知识分子政策的落实，我们家迁往一幢新的楼房上了。尽管老父常自诩这套单元是这个万人工厂中几套最大面积的套房之一，尽管这楼房前后明亮没有丁点遮挡，但我觉得它缺乏地气，没有氛围，没有平房的喜怒哀乐，没有平房老少爷们的那种纯朴的市井之情并与我生长三十年来的生活相悖相离。但人往高处走，水往低处流吗？高处不胜寒吗？那邻里你来我往闹闹哄哄的琐碎日子多俗多贫，何必要过那种小市民般的生活呢？

其实搬至楼房之时，本人已去了海南，天涯遥远，一年回不了几次西安的故地，但每每回到故乡，我都要去原来的居住地看看。那原来的房子，虽已住上了不曾相识的家庭，但我每次亲临老家，那院子的主人都很热情地款待于我。年底的一个雪住的午后，我又去过老家，那院子里的几株柿子树已挂满红黄的果子，在阳光和雪景的辉映下，像是一枚枚灯笼，又像一个个婴儿的小脸，嬉笑着摇曳于光溜溜的枝干上。有一个少年已攀于树上，用他那冻僵的手去摘撷那晃晃悠悠的果实，院中有大人在指挥着孩子的行动：摘着一个便有笑声，没摘着了便有唏嘘。我煞有兴趣地在院外欣赏着这一幕，仿佛那被冬日冻红手的少年就是当年的自己……

现在的我已经拥有了很多套风格迥异的好房子，但内心的感受却和当年平房岁月大不相同，一种永远找不回过往的悲哀时常萦绕在我的心头。儿时的欢乐时光、青年时代的梦想，以及伴随我成长的那寻常院落，常在午夜梦回时不期然地做慢镜头的回放。平房岁月的林林总总在今天看来是如此的珍贵，那段时光对我的一生产生了深远的影响，它显然已成为历史的一部分，在我的生命深处散发着独特的光亮。为什么不能怀念那个平房呢？虽然时光不能倒流，但在梦里它是我心灵的房子和灵魂的关照，是我拥有和典藏的最恒久的好房子。

所以，我至今怀念我家的那座平房。

生命的半坡

年近不惑,正是生命的半坡。于是乎,常念及故乡的半坡。在我多年的履历表中都这样写道:"谢强,男,一九五七年冬落草于西安浐河与灞河交汇的半坡村。"半坡在我心中的含义,不仅仅是一个远古遗址的所在,它还是我生命意义的驿站,抑或是我生命的母体,使我无论身在何处,心总是系着这个地方。

我不是考古学家发现了半坡之后的移民,是父辈选择了我的生存之地。儿时懂得这个所在,是因为父亲的架子车队就在它的旁边。遭贬陕北又回城的父亲在这里寻到了生活的饭碗;一双车轮,如历史的轮子旋转起我们的岁月,亦旋转出了远古半坡的故事。我刚懂事,便套上了拽车的绳索,与父亲每天走过半坡,在半坡博物馆对面的预制厂里拉楼板装沙石,靠浐河与半坡过活。当然禁不住无数次地去看"半坡姑娘"和摆在房中的那些土坑彩陶。每每如此。便畅想很多,想想今天的人们,总比那时的人活得滋润活得文明。但又羡慕母系社会的博爱,渴望咱新中国早日实现共产主义。

我看半坡,首先想到的是自私的自我。我不懂人类学历史学和社会学,可它的的确确让我想到了许多。长大了,懂得了半坡的意义,但生命的迁徙流转,人世的沧桑坎坷,使我抹不去儿时对半坡的认识。我知道,半坡对人类文明的贡献,那七八千年前的彩陶鱼形花纹虽然线条单纯,但其生动形象,将人类初期的活动表现在美的形式里。它体现了当时氏族部落全民性的观念与想象,不存在谁主宰谁统治谁的意志。那几何纹饰音乐与篝火,充盈着太平与欢悦。这是人类文明进化的基奠,人类历史由此才走向青铜、走向炎黄、走向今天……可我当时不这样看待半坡。太多太多的磨难,使我对那土坑彩陶产生了一种排斥,以至于对古长安亦不怎么热恋。这三秦之地,有黄帝陵、有半坡、有长安城、有兵马俑。太多的古迹,使之透出一股古朽之气。于是我决心离开这里,到一个更贴近时代,能伸展四肢的蔚蓝色的地方去;永远地走出地域的束缚……

我终于拥有一片新天了。那赭色的土壤比黄土高原更有血的颜色;蔚蓝的大海更有辽远的视野。我醉了。曾为此庆幸自己的抉择。我沐浴在白日阳光里,晚上的灯火里。纷嚣的城市,潇洒的步履,曾给我窘困的心里注入了勇气与活力。可是,愈在此住得久,心里就愈系念生养的土地。尤其那半坡的土坑彩陶怎就透出了古文化的遗韵,使我面对它不敢称是半坡的后裔。至此我明白自己是多么的怯懦,我是在逃避历史逃避生活。我想,历史从蛮荒走到今天,经历了几多坎坷? 我的半坡先人苦度悠悠岁月,唱着忧伤的创世之歌,每一个发现每一步前进都付出了血泪和辛酸。那个锥形的汲水瓶儿,让科技发达的今天亦煞费周折。所以,今天我在遥远的异乡看半坡想半坡,半坡又成了哲学意义上的半坡。那土坑不再埋葬先人不再焚书坑儒不再是我童年的思索。它是历史又埋葬了历史。历史本不该都是血腥的,新的半坡历史就脉脉地温柔。要想象它身旁的纺织城,使母系社会似乎有了延续的巧合。那是早春二月的傍晚里,纺织女与春花悠悠地摇荡起春天的气息。这是黄土地上的芳馨啊！使苍古的沉重感,旷远的历史感,都变得轻松。

哦,半坡,历史和人类的半坡,攀过去,该是人类文明峰端吧！可历史未必就在你的脚下,半坡的概念,恰似最美妙的内涵和最美妙的称谓。如若某一天来临了,我将不葬于高山不葬于大海,有一方半坡的土坑我就心满意足魂归故里了。

我是多么思恋我故乡的半坡哟,虽然那土坑像一个个墓穴,而对于命途多舛而又浪迹天涯的游子,它永远是我梦中的憩园。

四十感叹

不知从哪一天起,我这一头油黑油黑的发丝平添了几许白发,如优美的曲调里,融进了不谐和音,顿时坏了情绪。

每一次镜前自照,便有种蓦然回首的况味,仿佛睡时为春天,醒来已到了秋季。一叶知秋。一根白发,告诉了我生命的季节。再看看父辈那暮色下蹒跚的身影,便不禁黯然神伤,打个寒噤。倒不是自己太在乎生命,而是生命的苦短使你实难体味其中的甘甜!辛劳半辈子了,哪一段是你生命的华彩,哪一段又是你生命的驿站呢?

仿佛几天前才写过而立之年的文章,怎么一眨眼要"四十不惑"了呢?历史老人的脚步太快了,让我们须臾间走过匆匆忙忙的青春岁月。四十载了,人生有几个四十载?回首往事,我憾于没有沧海桑田天崩地裂的壮举,亦没有鸿篇巨制的文章传世;唯有那沉重的足迹,盛满我满腔的遗憾和叹息。那是浪子漂泊的心的历程,有着一把辛酸泪的伤凄。

四十年前,我出生于白鹿原下的纺织城,正值父亲因一句真话被戴上

"右派分子"的帽子,被贬至陕北雪原作生命的浪迹,荒山野岭断送了他最美好的年华。我亦因此在世人的歧视和母亲的眼泪里长大,一生秉承父辈的真诚和德行。多年来,我凡遇艰难困苦,便想起我的父亲。他历经二十年之磨难,仍能乐观地活着,这便是生命的意义所在。人的一生不都是海水阳光,亦多有惊涛骇浪,唯有此,生命才能在风雨中念及阳光的可贵,感恩大地的厚重。不管灵魂的伟大与渺小,不论情感的坚强与脆弱,人来世间走一遭,一颗鲜活的心不能死去!

回望流年,我颇多感慨!生命的流浪已使我的灵魂越发透亮。想想这么多年的奔波劳顿,为名所累为钱所困,很不容易地活着,没有丁点儿的自在与洒脱。从西安走出来了,而那颗心依然在古城墙上悬着;好容易将身心交给海南了,又踏上了旧时的归途,这种心与形的脱离终难使人有大的宏图和抱负!好在我们无法倒提回往事的存在,过去的已经过去。只是那回忆便无休止地在你的心海里漫游,给你讲述每一根白发的故事,使你想象到枯草在寒风中瑟瑟颤抖的情景。

"没有花香,没有树高,我是一棵无人知道的小草。"可当这平凡的小草要走向枯败时,其惨状能不让人心颤? 这便是岁月的无情! 唉,好花当无百日红,况乎小草呢? 曾经有一片绿叶,也该知足了。你说呢?

唉,四十岁了,几许白发使我顿悟了许多。再也不能这样活了,什么事也没有生命贵重。文章能写就写点,全当消遣,切不可点灯熬油呕心沥血;工作能做就做,力所能及发挥光热,万不可想树碑立传而增加力度超负荷。这年月,一不小心闪失了,连老婆孩子都是人家的了。人说,人生如梦,岁月如梭,千古人物哪个不叹人生之短促? 且让我劝一声同辈的人儿:四十不惑,但诱惑的东西仍然很多,望自珍重吧!

船　歌

我曾是只搁浅的船。

那天,浩无际涯的大海西边,淌着殷红殷红的血色。这是海边的傍晚,静得辽阔,静得迷人。

海边,有只搁浅的船。船是古铜色的,古老且残旧,疲惫地静卧于沙滩。它的身旁歇息着一个人,表情如那船儿一样,肤色亦是那种古铜色,只是那船儿太苍老,那人儿又太年轻,外观反差太强烈了。

夕阳深沉,迷迷蒙蒙。血色黄昏裹卷着人与船长长的影子,海风拂涌,茫茫的天际,烟云翻滚……一幅悲凉的画轴,一首哭泣的挽歌。

我的心被这色彩强烈的景观深深地攫住了。望着这大海我想哭、想喊、想跃入浪中永远地去了……哦,这搁浅的船儿简直是我命运的写照。船儿,在大海中颠簸着、撕咬着,死死地匍匐在岸边。我呢? 也在与命运之海搏击着、抗争着,以与这古铜色的船儿惊人相似的遭际,一同停泊在这里。曾经闪烁过的理想之光啊,为何不在这无穷尽的海边,与飘荡在天际的夕阳一起熊熊燃烧呢?! 烧出一片新天地吧,让我重新诞生。

哦,你这泊于人生航道上的船哟……

船,满载过风雨的船,蓄积过丰收的鱼虾的船,饱尝过海上风情的船。如今你漂泊在这荒冢的岸边时,你那沉郁的叹息声,表明的是一种什么样的心迹呢? 我不得而知。

我蹲在这海浪喧天的空旷之地,抚摸我的生命之舟,分明感觉到的却是一种失落,一种悲苦的惆怅。往日那辉煌的故事,给我的总不是豪迈,总没有少年郎的气概。望着这永不停息的海流,看着各种渐隐渐现的飞鸟,我的血液凝固了,我的头壳空荡荡的,我只有呜咽。可悲的是,如今的哭泣声也是如此的冷寂凄凉、细若雨丝。我真诚呼唤我原始生命的复归,祈祷我的上苍。

天黑得好快! 海黑得好快!

这是怎样的一个暗夜啊!

这是一个多么孤寂难熬的雨季啊!

终于,天亮了,雨停了。白色的沙滩上却觅不见了那只船,那船儿已鼓帆出海了。远远望去,如巨轮高大巍峨,威威武武地踏着风浪向前奔去。

此刻,我竟又欣喜得要哭,要喊,要跃入海中追它而去呢!

船哟,难道这是天意,是偶然的巧合?不! 你是有灵性的,你知我如我似我,你是牵着我魂魄的生命之船啊!

哦,我曾是只搁浅的船,如今,在海的怀抱中航行扬帆。

佛缘一瞬

　　装一回文化人,去北京的琉璃厂;古色古香的一条街,装进了山石古玩和字画的墨香。有洋人国人个个似把玩的行家,有老少童叟人人是一脸的斯文样。却见一和尚径直在人群中寻找,悠悠然进了一家古文书店。

　　和尚着一件赭色的袈裟,蹬一双黑色紧口布鞋,一张清秀的脸,一双清澈的眼。他购得一册线装的古书,有半拃厚,正待提走,有一耄耋老者上前与之攀谈。

　　老者:你在哪个寺庙出家?

　　和尚:嵩山少林寺。

　　老者:年轻轻的怎想到出家当和尚?

　　和尚纯然一笑,喃喃地吟出一首偈来。

　　老者不知和尚所言,又问:你为啥总在笑?

　　和尚:你微笑世界便向你微笑。

　　老者闻之又茫然。

和尚所言，是说人对世间事物的一种态度，一种虔诚的得失观，同时也表明了佛家的宽怀若谷。

老者叹道：当今纷嚣之世，一个"闲"字都难求到，你竟出家守住一份清净，心境可谓高哟。

和尚脸红了，自称是大学毕业后为了理想而出家，并非厌世烦恼所使。他又道：出家人不讲高低，无论远近，更没有境界可谈。佛是无量无边的，要耐得住寂寞，要耐得住修行。万不可有尘世间的纷纷扰扰。

老者再叹道：红尘滚滚，沸沸扬扬，还是出家的好。

看样子，老者颇有心事，大概是孩儿不孝惹老者心烦，抑或老者孑然一身风烛残年孤独得难以过活。

老者好事，又待追问，可惜那和尚双手合十，口念"阿弥陀佛"惶惶然道：尘世烦闹，恕小僧不敢在此处妄谈久留，告辞了，告辞了。说完，拎着书夺门而去了。

我伫一旁听言，想听个究竟，可空留下老者的一阵叹息。

我追出门去，想与和尚请教，只望见那背影消失于人海中了……

唉，这也难怪，佛门认尘世为苦海，俗人认佛家为苦海，个中究竟，谁也不愿凭自换个角色。就说那老者，现代都市里活了几十年，与和尚一见面，便有愤世嫉俗的感觉了，全不管佛深几尺，禅宗几丈，活脱脱想立地成佛了呢！

禅宗有言：佛性人人有之，佛性无处不在，只要有一个慈悲的胸怀，便能"明心见性""身怀菩提"。但红尘之中，娑婆世界，人人是难以安顿的。那老者和我便是如此，烦恼事烦心事日日缠绕，而又无以言说无人倾诉呵！

人生是一部书，就像那和尚轻而易举拎走的那本书。但那书中写满了事物的变幻，世事的沧桑和许多人的烦恼和觉悟。而又有谁能将书中的故事读熟读懂，读得胸有成竹，读得滚瓜烂熟呢？好在"山不在高水不在深"，生死自有限定。你只管自由自在地活着,你便有佛的精神相随,便有超然于时空的"顿悟",去解脱心灵的桎梏,出生离死别的牢笼。也许。

琉璃厂的佛缘,使我难以平静,这不同于山野寺庙里与僧人谈禅论佛,僧人与尘间凡人的对比中显现出佛门的神力。它咫尺可触,直指人心,使我觉悟了许多。人就这么怪,对于佛,有时你在清凉净土中讲经布道未必能打动人,而在混沌尘世中聪慧机智的一瞬间,却能让人感动。这该是因为禅宗主张与现实打成一片,融大千世界为一体,一切都是自性的活泼泼的体现吧?!

此时,我心里好亮堂,觉得这佛缘结得好,愿今后我能广结善缘佛缘,以期能从中学一些做人的品性,多一些哲学的思考……

空 夜

来到广州，在东方宾馆住下。正是午后，其实阳光还挺灿烂。可脚步怎么也迈不出户。伫立于窗前看城市的风景：车水马龙，人流如织，有绿树花朵，有蓝天白云，有纷嚣的吵嚷，有规则的前行。一切，可能和昨天一样的这般场景，反复重现，重现反复，疲劳你的视觉和精神。我觉得有些累，其实是有点心累，意烦心慌，一种莫名其妙的惆怅，枯坐于床沿，调调空调音响一样无法打发时光。巨大的孤寂突然包围了整个身心，让人负累，让人茫然，让人无力面对这空房子。

还是先打几个电话吧，联络几个朋友在一起聚聚。过去广州咱还是熟悉的，很多朋友，很多合作伙伴，特别是在海南那几年往返琼穗的友人。翻翻随身带的本子，找出电话号码，想拨，又怕拨出去打扰人家，反反复复，犹犹豫豫，有一种说不清道不明的生疏。但，有一位是可以联系的，想我在京时，他曾数次光临，我也算是好生款待，跑前跑后的。后来这哥们儿知道我喜欢字画，多次表示要给我弄一幅岭南大家的作品，我自是推辞，没想这哥们儿发了毒誓,说不弄来不见吾面。大概是这句话吹大发了,想是没弄来那字画,自然是不好意思再来叨扰我了。其实这事我并没放在心上,北方人,哪能为朋友吹了点牛就翻脸呢?只是这哥们儿死要面子,再没好意思找我罢了。但我却不能再打这个电话,不怕什么,怕惊了人家。

好吧,既然无聊无事,何必自寻烦恼,还是将大脑做了归零。电话就不打了,爱谁谁,咱蒙头搂一觉再说了。谁知躺下完全没了睡意,嗨,那我就在房中来一把享受孤独吧!

文人的心里是脆弱的,文人的面子是脆弱的,就这么点事情,心灵苦苦在挣扎。全然是强迫症的迹象,又像是更年期的反应:心中茫然情绪不稳定。已近知天命的年龄了,第一次感觉心中空荡荡的,从阅历、经验来说是多么不可思议。觉得活得那么空虚和不真实!其实我渴望有人交流的,可谁能与一个知天命的人谈心呢?

天终是要黑下来了,猛然间,才觉得身体的某个部位有点反应。但该吃什么呢?一下午的无聊,弥漫了整个时空,究竟要去哪里消化这难挨的后面光阴,我想,明天办妥事之后即刻就会回家了。人说,在家千日好出门一时难,我倒觉得在家不觉好,出门怎更难?!这不是一种物质的困局,而是一种难以昭然的心灵困顿。年龄大了,一种乡愁和对生命的急促不安的情结的心灵忧伤便显现出来了。

终于,在宾馆楼下的酒吧一角我安稳了自己的灵魂。我先是狂吃暴饮一番,接着破天荒地要了杯威士忌,在烟云缭绕中,在几个印尼乐手的伴乐之下,我要喝醉了自己。

歌手唱着咬字不清的中国歌曲,扭动着五彩的腰身,让我才觉得自己在一个多么繁华的广州。我在想,广州是一个欲望之都,是一个五光十色、美丽宜人的所在,多少人对珠江大海如此缱绻悱恻,而我这个土著,我这个已然千万次将灵魂抛向云天外的长安旅人,他的灵魂永远在北方,在古长安的少陵塬上,在北方的天空上游荡。

出了酒吧,已子夜时分了,我走在了广州的大街上,星月满天,眨着嘲弄的眼睛,我不知哪一颗能承载我对故乡故人的思情。整日劳累神伤,既不能给身心留点空闲,终没有心灵的安定。那夜,我做了个梦,梦见我空空荡荡的心啊,悬挂在故乡的山峰上……

那夜,我一夜无眠,一直在想一些关于人生、命运、生死的大问题,我甚至觉得今生来世,我从哪里来,到哪里去的问题都恍如梦境。

一大早,将此事讲给远方的挚友听,友言:偷得浮生半日闲,悟出一生多少事。人一定要给心灵放些假,此种感受便是:让生命也有点喘息的空间。唯有如此,生命才可能健康,灵魂才可能大安。

堂 前 燕

在中国台湾作家林清玄的文章里读到过佛门大殿中的燕子,不想我在海南农家院的堂厅里亦见到了悬于墙壁上的燕窝与燕子。

那是前几天休闲,突然想起要去看一位老朋友的母亲。朋友在京城做事,却牵挂着故乡的母亲,曾几番接老人到京,可这老人乡野住惯了的,不习惯高楼阔街的纷嚣吵嚷,终是又回到了多年居住的老屋。

正值阴雨绵绵的午后,到处弥漫着霉气与溽热,我们踏着林中小路,走进这普通的农家。

老人孤单一人,但身子板还硬朗,七十多岁了,仍自己操持着家务。见我们来了,爽声朗朗地招呼我们在堂厅里坐定,从八仙桌下拽出几个椰子,抡起砍刀就为我们取水。我们喝着香甜可口的椰汁与老人家聊起她的儿子、她的过去和她赖以生存的乡村。突然,有一种物体俯冲式地从我和老人眼前飞过,又急速向堂前那堵墙上扎去。我吓了一跳,定眼望去,是一只燕子,已稳稳地站在墙壁上一个泥塑似的船形燕窝上。它抖擞着身上的雨水,眨动着双眼盯着我这陌生的面孔。

我冲它努努嘴嗔怪它的莽撞，它却一点儿也不惊惧，摇头晃脑地一副主人模样向我询问着什么，那机灵劲儿，让人大跌眼镜。

老人笑了，告诉我："多亏这燕子给我做伴。我不用喂它一粒米一滴水，可它每天早上叫我起床，白天与我说话，晚上催我入睡。我的疾苦、我的欢乐、我的琐碎心事它都知道；它使我不再孤独，它使我忘掉烦恼啊！"

老人说着，泪却流了下来，晶莹的泪珠像燕子的眼睛。

那燕子，在静静地听着老人的叙述，专注的眸子里似乎亦闪着泪水呢！

我的心头猛地一阵儿难过。这孤独的老人独自深居村舍，思想却在远方的孩子身上，定有无尽的思念无处诉说；这燕子在这普通农家筑巢，定是失散了如潮的燕群而无处追寻。共同之命运，使老人与燕子有了共同的谁也听不懂却又能沟通的絮语，才使他们能聚住一堂，共同去迎接每一个早晨的第一缕阳光！

我想，老人是否已将思念和祝福托付给灵性的飞燕，使之送去对远方游子的牵挂呢？抑或，老人已将燕子视为儿女，把每一分欢乐、每一桩心事都对它诉说，借以享受天伦之乐和身心的平和。

我忆起我的朋友，其实他对老母是极孝顺的。这几年，在工作繁忙和经济不宽裕的情况下常来探望母亲。可那毕竟不是守在身旁躬身侍奉啊！多多少少给老人留下了些许遗憾。但有什么办法呢？儿子是母亲的，也是国家的。她只好选择了孤寂，为的是让远方的儿子安心工作，为国为民多做贡献啊！这种中国母性的胸怀，怎不令高山仰止民心钦佩呢？

我又想起唐代诗人刘禹锡的《乌衣巷》一诗：

朱雀桥边野草花，
乌衣巷口夕阳斜。

旧时王谢堂前燕，

飞入寻常百姓家。

诗人是到乌衣巷想看看东晋时期煊赫繁荣的遗迹，可呈现在眼前的是朱雀桥边野花乱开，乌衣巷口残阳西斜的衰破景象，而且从天空掠过的飞燕，使诗人又联想起燕子从前是在富丽堂皇的王谢堂前结巢而居的，如今竟飞入寻常百姓之家，则王谢豪门的破落可想而知。由此，诗人感叹人世沧桑的怅然失意，给人以苦不胜情之感！

从唐朝刘禹锡的年代算起，如今这飞燕已在寻常百姓家巢居千余年了。我不是在抒发怀古叹今之幽情，刘禹锡的诗与现代农家已没什么必然联系。但堂前飞燕从古至今无疑是一种吉祥的象征。它给人带来富裕和好运。我们可以告慰远方的朋友了：他们家的堂前飞燕会给他的家乡带来富庶，给他的母亲带来幸福的。他将把对老人的思念对家乡的祝福寄托在这飞燕身上，使相思的距离不再遥远。我想，无论是老人还是儿子，一定会同意我刚才的想象的。儿子多愿是一只飞燕，陪伴老人直到永远啊……

辞别了老人家，我踏上回归的小路。雨，住了。路边被雨水洗涤的野草野花格外鲜艳。夕阳穿过袅袅炊烟，西斜于村舍农家，一双飞燕从我头上掠过，几声啁啾，如歌如唱，像是代老人家来为我们送行呢！这当然不是刘禹锡诗中的景象，是今天农村的自然与美丽啊！

抛弃烦恼

烦恼都是自找的,如果对事物不作理睬你就没有烦恼。可,那又怎么可能呢? 这世上到处充满了烦恼:工作上不顺心烦恼,生活上不如意烦恼,朋友间有人背叛了你烦恼,而且在这烦恼之后更是气恼和懊恼。

这不奇怪。人生在世,为生存为名利为情爱为权力奔劳着,整个过程都在烦恼和欲望中度过。若在佛的脚下,他可能找回悟性,内外明澈,但那又不是常人所能做到的。

我的一位朋友看似是个乐天派,指天画地从不知道烦恼,看到别人烦恼就嗤之以鼻,听说别人烦恼就嚷:"不嫌累呵!"殊不知,有一段时间他眉头紧锁,一脸烦躁,一问,原来他"烦着呢"。

他说他这烦恼来自同事朋友,他说一个整天跟你称兄道弟觥筹交错的朋友,整天求着你帮忙求着你升迁,可突然有一天来了个新上司,他觉得你的位置不稳了便立刻贴上了新上司。之后,他开始对你指手画脚了。过去该给你打招呼的事,他不打了;过去该你管辖的事,他全管了。恨不得对你吆五喝六听他摆布一般。那语气、那做派全然成一副生疏样,让你哭笑不得牙根发痒!……朋友的话使我叹息不已,心头涌进一股悲凉之气。这毕竟是一个小地方在扮小角色,要上个大舞台演大角色,岂不撕开面孔赤裸裸地干上了。

我劝那朋友,切不可与之开战!不做朋友就做同事,不做同事也做熟人罢了。况且,现在的人多势利。天下的朋友千千万,得一知己有几人? 你何不全当没看见,让自己心情愉悦不也挺好吗?!

朋友经我一劝,怨气消了许多,又和我一起喝酒去了。

朋友的烦恼之事虽小,却也反映出现代人间的一种心态。我想,这朋友是没有错的,而那朋友的朋友亦没有错。每个人都有自己的活法。我不相信那朋友的朋友就没有烦恼? 他的烦恼就在于整日里依附于别人的脸色行事,能不烦恼吗? 都是凡人,不足怪矣!

但我又想,自由自在是人之本性,只是人长大了距本性便远了。人愈成熟,对财富、名誉、地位的欲望便愈强烈。人们有了这些妄念,其本性就被污染了。

每个人都有烦恼,我当然也不例外,谁都不是圣人。但凡一些事情莫太认真较劲,水清则无鱼吗?! 人生能有几回活;人生都能有几回搏?! 活个百岁,亦不过三万六千天,你还了得? 你何必自寻烦恼呢?

唉,当今之社会,科技之发达,物质之丰富,倒越发使人奔走忙碌。物欲导致了人疏于自然、疏于亲情,最终又导致了人的烦恼、孤独和绝望。物欲的满足,必然导致精神家园的枯萎,其烦恼就难以救药了。作为生活于尘世上的一介草民一介凡胎,都有各自的烦恼与痛苦,何不想些高兴的事儿,何不做些有趣的事情呢? 只要有一颗悲悯之心,你就会以苦为乐,心满意足了。记得一位高僧有一诗云:"春日才看杨柳绿,秋风又见菊花黄;生前枉费心千万,死后空留手一双;休得争强来斗胜,百年浑是戏文场……"这一首醒世之咏,不失为现代人消除烦恼的一剂妙方。且让我们抛去烦恼,摒弃伤痛,走上喜悦之路吧!

烦恼,不属于我们生活中的障碍;

烦恼,当属于我们前进路上的花朵。

别情依依

商海几年,摸爬滚打,吃尽了酸甜苦辣,可终究算一只脚在门里,一只脚在门外。这几天,原供职的报社催我回去,催急了,索性一个鱼跃扎入深水,根本就不想上岸了。

但,当我将手续办妥之时,心里突地泛起一种空荡,一种莫名其妙的愁绪。怎么说,职业的转换,亦是一种别离,一种心岸的远别。生命之悲凄,在于别离,在于人之情感的依依眷恋啊!……现如今,下岗人多多,到处是打工和求职者。咱捧着盛满好吃好喝的大碗却生生要砸掉,岂不冤枉!想想自己好歹也是个文化人,写了一摞摞的文章,爬了许多年的格子,愣是要从文化人堆里逃脱,连自己也感到困惑。是为了生计吗?不是!是为想干一番事业吗?不是!是自己成了金刚身,要展示一下拔除苦恼的悲心吗?大大的不是!想来思去,无非是想多一种经历,多一种俗人养家糊口的本领。人过不惑了,其实更为困惑。在不知不觉中又闯入了一个新的领地。

在这新的领地里,我觉得比编辑部还要苦还要累,还要你死我活。岸边,有朋友同事呼唤我,有家人亲戚牵挂我。前面是茫茫的水域且无边无际啊!我没有回望,而是含着泪向深处游去。

我想我是疯了,我想我也没有疯。整日里墨守成规在"围城"里活着,何不走出包围到更广阔的地方活一活。"天高任鸟飞,海阔凭鱼跃。"我不是飞鸟,我不是跃鱼,只要一个心灵的天空就够了。于是,我把失去的一切都装进行囊,义无反顾地上路了。

当然,生活于当代之社会,并非容易的事。快速的社会变迁,激烈的市场变化,谁能保证你今后不会一无所有而沦为一介游民呢?届时,你的洒脱会变为呆滞,你的得意会变为失望。但只要有一颗鲜活的心,便身怀菩提,路在脚下。

我想,社会当然是多变的,多变就有多变之美;大海当然是有风浪的,风浪成就了远航水手。你应该欣赏这多变之美;你应该去搏击海上的风浪。一味埋怨一味牢骚或无力泅进困乏失力,都会被吞噬和遗忘。

禅学有言,人生可选择两个门,一个是易行门,一个是难行门。易行门凡人皆过之,而难行门充满了陷阱和坎坷。生意人就是要过难行门。失败了不要怕,摔倒了不要怕,只要你不气馁,总有经验和新知给你欢乐;总有青青的叶脉上铺展阳光和晨露。

参禅当然是悟个意境,添把豪气。过难行门也需要心智和本领。思所成慧,成则思择。现代人谁比谁傻?大凡成功者,不是凭借自己的财力,而是凭借着一份执着和千万种艰辛换来的。若混迹于吃喝玩乐,若沉湎于风花雪月,无异于恶人成佛一般。人生不是有名利有享受才幸福的,它该是价值观之慧雨浇灌出的花朵,为世界飘散一缕芳馨和一种美丽。

嗨,我这是怎么啦?一下笔就扯远了啰唆了。今夜的天空有繁星闪烁。我想我编辑部里的同仁们仍在辛勤地耕耘着。同在苍穹下,活得都不容易啊!这是怀一颗闲适的心去叩问梦呓吧!让明天的太阳从我平静的心海上冉冉升起……

在商言商

人以群分,物分五类。这说明做人免不了被人分为等级。现如今虽没有阶级之分了,但却有高低优劣之别。在人们的观念里,职业的划分或生活质量的差别,可将人等级化。工农商学兵是前些年的称谓,如今已变得五花八门,吆喝什么的都有。

但历史的脚步匆匆,人们的神色匆匆,人们的行色匆匆,一切都在急转流动,谁都得在这动态中选择职业。适者生存么!有才气有水平的,没才气能折腾的,周吴郑王、五马长枪、八仙过海各显其能,谁也不比谁笨,但愈是如此愈得把握好自己,踏踏实实地做人。

"做人"这个题目太大了,够人们一生的诠释。有文人和商人,有君子和小人,有高人和凡人,有好人和坏人,但我觉得自己除了不是坏人外,不知道该属哪一类。有朋友称我为商人,有朋友唤我为文人,仔细想来,我该属于半文半商的移植物。人说"书房戏房坏孩子的地方",人说"好女不学戏好男不经商",我偏偏又入了歧途,可憎可恨!

在文言文，在商言商。想当初，曾狂想要做个作家诗人，点灯熬油小脸刷白精神上还特神圣，可"好看的脸蛋能生出大米吗"？（从朝鲜电影里学来的台词）养家糊口至关重要，于是一不小心又从功名很重的文人和仕途中"沦"为了商人。

商人怎么了？商人能干，商人靠本事吃饭。可商人在中国的名声不好，五千年的文明古国，古文化的遗韵让世界惊愕！偏偏又是多年的计划经济，让商人前些年险些与"投机倒把"画成等号。在中国，经商似乎最具风险，最具生命浪迹的况味，要不怎么就称之为"下海"呢？"海派"当属正经行业之外的玩意儿，这几年，改革开放了，观念改变了，似乎生意人也多了起来，其实，在老百姓的观念里，经商就是自个儿练的意思。

我很欣赏一位私营老板的话："一刀斩断功名念，奋力商海不回头。"文人的弱点就是懦弱，放不下的东西太多，一件很小的事情都思前想后举棋不定，而碰到挫折时，容易打退堂鼓，所谓"商海无边，回头是岸"，却仍然想到国家的薪俸和铁饭碗，正如毛主席批评的小资产阶级革命不彻底一样，而若一旦成功便又狂妄自大，得意忘形……其实，这都是人性脆弱的表现。商场如战场，此话真矣！在生意中，一纸合同，一个承诺，一句大话都可能让你败下阵来，你必须时时提醒自己，切不可失去理性的思考，切不可贪婪傲慢和放纵。当然，善良还是要有的，小事糊涂，大事明白，切不可斤斤计较，要大处着手，正所谓大糊涂赚大钱，小糊涂赚小钱，不糊涂不赚钱，大智若愚并不是糊涂糯子。当然你的善良也是有限度的、有技巧的，或许你狡猾的对手正以声色犬马花言巧语麻痹你的神经，骗取你的信任。商人嘛，都是以最小的投入，获最大的利益，他让你招招难防。更有甚者，用金钱迷惑你，用觥筹交错曲意逢迎你，称兄道弟一番，一个更大的陷阱便设在你背后，虽然古人曰"吃亏是福"，但天天吃亏咱还算是个商人吗？！

有人说"无商不奸，无奸不商"。这似乎是社会上一些人对商人的一种看法。我却不然,商人是靠钱生钱的,不是靠奸诈吃饭的。一般好的商家,总会把信誉放在第一位,总会把握好市场与资金的关系,将欲望与理智糅合,克服小富即安的惰性,敢于使用强于自己的人才,愿意让利于有功者,兼收并蓄不同意见。深谋远虑而不优柔寡断,胸有成竹而不刚愎自用。唯有如此,才能处危不惊,临阵不乱。

当然,生意人被诱惑的东西太多了,淘宝似的人物比比皆是,梦想一夜暴富的人有之,想吃天上掉下馅饼的人有之,可商道多舛,充满坎坷和艰辛,你该记住,挣够自己该得的一份就够了,甭管人家赚了多少……

唉,商人也是普通人,没什么神秘的,只需要几分心智和几分胆量罢了。我愧为商人。因为我不是个急功近利者;我不是个贪婪的不知天高地厚的人;我没有要成为富翁的理想。我只想在商海里松松筋骨练练内功,多一种经历就是财富,这财富是用金钱也难买到的。

我经商是为了生活,也是为了像普通人一样地活着。钱物功名都是身外之物,唯有干自己喜欢的事,才觉得是阿弥陀佛。

别离的滋味

行装已收拾妥当。

夜已深深地裹着寒意向我袭来。仿佛心中是一片海,将窗外天空的一弯冷月轻轻摇荡。我想起明天,不,是再过几个小时,我就要登程去远方,去一个陌生的地方,在那里重新认识重新寻找生活的坐标。想到此,我的脑中一片空白,不知道如何去面对。

我是个靠"爬格子"谋生的人。在过去的日子里,虽没有鸿篇巨制的大作,但总有些孤芳自赏的安慰。写稿的人,最快活的莫过于一篇文章的"出笼"。每当此时,便觉得自己总算是有一点儿文化,抑或有一些儒雅。于是乎,写作便"神圣"得不得了,它成了我生命中极其重要的内容。再者,我在这省报大院里厮混了这许多年,是那种有版面权的编辑,少不了有那些战战兢兢的业余作者的求教与奉承,心中自是美妙,加上编辑部里的奇闻逸事的神侃和上下班的自由自在,我简直觉得这里就是"天堂"!是那种写闲适文章的"天堂"。我曾誓言:这一辈子就在这院里待着了,人生不过几个秋,有名有利又身体健康你还想往哪儿去呢?

可没想,一个在生意场上颇有建树的朋友请我去北京入伙,且待遇不错。经过几天几夜的辗转反侧,经过朋友反反复复地动员劝说,我答应了。这一刹那,我仿佛觉得身子失了重量,心的天平难以平衡下来,几天中变得恍惚和不安。每晚的书是读不下去了,早晨起床再不能像以往那样,在阳台上伸展四肢静望那群楼上的鸽群和远天苍茫的大海了。可君子一言驷马难追,无论你此时心像一团火,热辣辣的滚烫,还是一块冰,冰凉得使人冻僵,你都得上,都得在这个"场子"上操练!做生意不是闹着玩的,不是吟诗歌写小说和空谈创作思想,那是包容了现代社会发展的大作为啊!你去公司负责成吗?一个小小的职员都在生意场上拼搏了几多回合,况乎老总呢。还是该像一首歌中唱的"你吃你的海鲜,我啃我的干馍;你坐你的轿车,我爬我的山坡"。人各有志,最重要的是要认识自己……

思想之中,却到了启程的日期,可我心中却越发觉得在依恋着什么。是依恋自己多年生活工作的报社,还是依恋着亲人和故地?因为别离,便是离开亲人的故地,便是去一片新的领域。人说爱是聚,悲是散,既然散了就无法聚,而无散,爱的聚又在哪里?可这聚与散的文字好让人难以阐释。我多想推迟一下行期,使自己再仔细权衡一番,可我知那只能是最后放弃。记得一个朋友说过,多一种经历就是多一份财富,多一种美丽,况且当代商家,并非都是粗俗之人饕餮之徒。有机会"下海",何不在海中搏击风雨,彼岸也许会有歌声欢迎归航的水手……

有一种失去叫得到;有一种得到叫失去。事物总是充满辩证法的。我不知道我的得失里是一种什么意义?好在得失对我都不重要了,关键在未来的日子里。明天,当朝霞升起,我仍然会在高楼的阳台上伸展四肢做惬意的深呼吸,看天空的飞鸟在远方海上的船帆上歌唱,而后,背上行囊出行去……

哦,别离的滋味,在我远奔他乡的路途上,是一块精神的干粮。

城市过客

我住在北京三环边的一幢高楼上，每夜被车轮的轰鸣声所纷扰。

那是一种来自机械的，现代交通工具发出的音响，自然没有山水之间被风雨拥吻的声韵。而人们却醉心于这种纷嚣的氛围里，与其进行着钱与物的交谈，遗忘了人间最美好的东西。这便是尘世间红尘滚滚的鲜明写照。如此而来，后辈们如何再有对乡野的渴望对春天的惊喜！

这便是大都市吗？据说如此这般仍未步入国际大都市的范畴。不知冠以国际大都市之名后，这里又会是怎样的境况？

当然，这城中亦有山有水，山便是那林立的高楼，水便是那宽敞大路上的车流，山水的律动，蛮有洋洋壮观的场面。

可山水是有生命的。想那故乡黄土高原上火红的山丹丹和悠悠的信天游，是那么美丽的风景画；想我生活过的海南岛的海水阳光椰风蕉雨醉了多少海内外游人！这一切，都恩泽于大自然的美妙和声。人的身心如在自然的怀抱里，是何等的纯然而鲜亮！

而人们毕竟是向往城市的，物质的丰富，生活的多样，以及那惠及后人的文化氛围，使你感受到大城市的美妙所在。而最好的大都市，亦只有北京了。

　　北京当然好！几朝古都，今日首都，历史的脚步从来就在这里驻足。由此，她必须是一个发达的高度文明的现代国际都市。她是中国的舞台，世界的舞台，要不，各行各业的能人志士怎就往这里聚呢？

　　我纳闷：人是什么动物？"在家千日好，出门时时难"，人们为什么要到处奔走呢？人求得前面的东西，又禁不住回望过去；否定了以往，又不满足于现状。这大概是在不断地更新自己、调整自己，否则生命就会消逝于空虚，远离实际了。世上什么事情都不可能完美，多愁善感的人心灵永不可能恒架在完美的光环里。渴望完美，其实都是人们可怜的精神弱点吧！

　　那么，我将该如何呢？立于高楼上望着灰蒙蒙的天空，看脚下奔涌的车流。纷嚣的城市，忙乱的城市，依旧紧紧拥抱着我，使我怎么也难走出这区域。是的，人不能自外于城市的，人的最大优点就在于他的适应性，环境造人，人造环境，人与城市是密不可分的，何况北京是一方皇天后土呢！前几年的出国潮、下海潮都过去了，现如今人们都在搞北京绿卡呢，咱何必身在其中不知福呢？

　　但我仍旧想，我只是这城市的匆匆过客。也许唯有如此，我才有诸多新鲜的体味。

我是流民

曾读过一本书叫《中国流民》，知道自己也算其中之一。好在我乃游民中之知识分子也，身体游荡，心中存留着一种向往。

田园、家乡，本是生存的乐园，可是，硬要什么闯荡世界、走天下，备尝生活的艰辛，还美其名曰：为得人生三昧！

我从西安游至海南，又从海南游至北京，北方和南方的磨合，使我懂得了生命的冷暖。人的冷暖，不在于置身的地域和时令，而在于心的体味。

中国历来为游民之大国。历史上的游民主要源于破产农民。农民失去了土地，只好到异地他乡混口饭吃……而我们衣冠楚楚，酒肉穿肠，住有居所，行有汽车，是体体面面儒儒雅雅的人物，该不该称之为游民呢？

我想，准确地说，我应称之为游士，人字添个士字便是做官入仕途。可惜我是做不了官的人，就只好做闲士了；只好做个到处行走，不固守一方的游士了。

有一位流行歌手从广东到北京，记者采访他时，他说流行流行，歌手只有在流动中才能演唱出流行歌曲,这是流行歌手的魂。此一番话,不无道理。

可做流民不像做流行歌手那么欢快。他没有音乐和花环。他在心态上要有大海的波澜;他在心里要装着一条船,那不是宰相肚里的船,有一股官气大气,那是在社会的潮海里漂泊浪迹的生命之舟。

我流浪在京城,不是为了做官,是沾了铜臭的商人。其实商人是指做流通买卖的人,不仅仅指腰缠千万的老板。商人东奔西跑就为了"搞活流通",东边太阳西边雨,总是寻赶着太阳的光辉,有时碰到连阴的雨天,恐怕连裤衩也被浇得通湿了。

我客居的京城,陕西乡党众多,有做官的,有为文的,有经商的,有出来打工靠苦力混口饭吃的。其中,居有定所,食有所依的有头有脸的人物占绝少比例,而大多数仍是为了生计而奔波劳顿。好在自己属于那种靠奔波劳顿能维系生活的人。好哇,生命在于运动嘛!没听说过谁被累死的,即便是累死了,那亦是命里该着。谁让你不在家好好过清苦的日子,跑出来闯什么世界?在家千日好,出门时时难,何况你整日厮混在尘世里,又能怪谁呢?

一句老话让我就这样走了——远走高飞。高飞就得远走,远走才能高飞嘛!哪一个流民,不都怀揣一个理想,或挣钱糊口,或为名利追逐。可有人说,游民因缺少生活保障而没有理想,总是游移于是是非非之间,免不了有人蜕变为打砸抢偷的罪犯。那,毕竟是极少数。当然,远走的人未必都能高飞,可漂泊的生活,艰难的世事,早成就了流民豪放的性格。在家靠父母,出门靠朋友。有朋友固然好,没有朋友的又该如何?难怪"乡党见乡党,两眼泪汪汪"。凡心中的委曲心中的苦闷,一旦有人倾吐,就如泣如诉苍凉悲壮……

我是不是个流民?是也,非也,自己也不清楚,反正国家职工福利待遇很难享受。怕啥?中国人口众多,民工潮、打工妹、出国热不都是流民的产物?他们南下北上东征西进,成为当今世界一曲催人泪下的悲歌。

我该是流民,因为我喜欢流动。天行不息,人流无常,作为一个有血性的男人,应该选择冒险、多情和最富生命浪迹的生活。

再说,"为了梦中的橄榄树",流浪远方又何妨?

香山春意

　　北京的春天多变，变得如小孩子的脸。昨天还穿着厚厚棉衣，今天又阳光灿烂一片温暖。于是我就想趁机到郊野走走，沐浴一下北方暖春的意趣。

　　但去哪儿呢？大都市吵吵嚷嚷的，除了车流人流，就是那水泥筑起的山峦了。当然，北京的古迹也不少，几朝古都嘛，咱中国有看头的人文观景名胜古迹不多在于此吗？但那些景物，又似乎在现代都市的怀抱里，显得苍老而破旧了。天坛、地坛、月坛，就有大片的林子，绿葱葱的；天安门、宣武门、德胜门的门楼子雄赳赳的；还有那高大厚重的红墙威凛凛的，逶迤得好远、好远，哪一处不让人回肠荡气拍案叫绝呢？

　　是的，北京的古文化遗韵太多了，像一只只历史的手拍打你的大脑，像一缕缕圣贤的气拂了你青春的笑脸，像一首诗，像一幅画，回响在现代人的心间。可当你面对它时，又仿佛在与一个历史一个时代对话，似乎于一个冬季寒冷时分与人谈起一个沉重的话题……而现在是春天啊！我们为何不与自然诉说，与自然对话？天人合一，物化于一脉山间做一个仙风道骨的闲士岂不妙哉？于是乎，我要去寻找春天！而山野便是春天的宣言，那里有春天的惊喜，春天的氛围，春天的意趣呀！我于一个阳光灿烂的周末接受了春天邀请。

我们的车子在香山的脚下停泊。同来的友人们一阵埋怨，说香山是秋天的所在，有枫红落叶的秋韵，怎么也不该在春天里游赏，枉费了一天的光阴了。我却不然，一双脚就往山上攀去。山上的人真少，虽是早春的景色，来此游玩的亦多是爬山锻炼的此地人民。同伴们就更气愤了，揶揄我的倔强，说再往前行就成了孤家寡人了。可恰在此时，有一群游客从山上走下。我忙问："山上可有看的吗？"

一老者答："有！"

我问："有啥？"

答："想啥有啥！"

人群中就爆出一阵哄笑。

我说："大爷，您在山上看到了什么妙景？"

但见大爷一脸慈祥，他挥了挥手中的拐杖，坚定地说："看到了林木的葱绿，山势的嵯峨，花草的芳姿。"

我说："我怎么没看到？"

大爷说："哪在高山上呢？是山在人心中的意境。"

我说："别人都在秋天里看红叶，可您为何来看绿树？"

大爷说："我已到了秋天的年龄了，愈是如此，便愈知道春天的可贵啊！"

我们都哑然了。

大爷爽朗地笑了，笑声在山野间回荡。

我呆默了一会儿，待缓过神来，老人已经走远……我纳闷，仿佛置身于仙境一般，只觉得两脚生风似的向上登攀……

大约有一个时辰吧，我们终于到了山顶。山顶是椭圆形的，没有嵯峨没有葱绿也没有花香相伴，有的是风大云远，有的是望不尽的平畴沃野和起伏的山峦。而山脚下的香山，可惜是早春，山上的树木虽缀着点点新绿，却仍有枯枝在风中悲吟，也有桃李的花开，却引不来枫林的满山春魂；也有红黄色的小花在林中闪现，却羞答答的，没有春天的魅力。我钻进林子里，到温润的林间去寻找春天。匍匐于大地上，似乎听到草木间特有的音响，那是草木舒络筋骨的声音，是草木和大山春来时相亲相拥的声音，是枯与荣、冬与春、山与草木的对话：草木在感谢土地的哺养之情——只要有根扎在土地里，只要有阳光雨露，又何惧三九严寒春萌秋衰？山的高峻，给草木以疾风；草木的展示，给山脉以美丽。而这一切都是春天的成就……我把这一切，一切如诗般的情思告诉同伴的时候，同伴们竟如我一般对这春天的香山肃然起敬了。

天，在我们盎然的游兴中渐渐傍晚了。整个大山亦变得秋红，可这红色中没有秋的寒意，秋的悲戚，有的却是春风扑面的美妙气息，有的却是秋天香山的美丽。

下山时，我周身变得轻松而有活力，仿佛一冬天的秽气都飘散在山野里。我想起那老人的话，仿佛是玄妙的禅语，那深意在于：心灵的春天来了，身外的春天又算什么呢？

我们下得山时天已经黑透了。抬头却有满天的星斗亮得深情，像一泓禅意的天空深邃而美丽。

我想，香山的今春一定很好，因为它在我的心里，在我今后美好的回忆里……

回忆与思念

第二章

泪雨纷纷寄哀情

远祭

小院依依连洋浦

七号楼的灯光

海边的房子

太阳河的思念

坎坷成大道 真情度一生

雁过无痕 哀歌有声

亡友

遥寄哀思

心上两座坟

坟前哀歌

槐花为谁开

三十八年忆赣州

一
章

泪雨纷纷寄哀情

——清明祭我的母亲

丙申春节,我的母亲走了。

她走得那样匆忙:初二送医,初五离世。这一切都那么突然,让我们猝不及防。至今想来,心口仍有巨压和伤痛。

这一切都源于海南今年少有的冬寒。

本来,耄耋之年的老母亲身体并不是很好。把她接到海南,也是为了让她去温暖的地方并热热闹闹地在大年初六给她过 86 岁的寿辰。可谁又能料想,一场"世纪大寒潮",让原本就多病缠身的母亲无法适应,以至于我们还没来得及给她过生日,母亲就突发急病住进了医院。眼看着受罪遭难的母亲,心急如焚的我们四处奔走,甚至联系了国际救援。但经过两天的抢救,情况却并未好转。想到节前母亲就叨叨着要回西安的意愿,思虑再三,我们姊妹兄弟商议后决定,送她老人家回西安。

从海南到西安,遥遥数千里,几十个小时昼夜不停地车轮飞转。老母亲也终是在进入陕西境内的路上安详地离开了我们。此时,她该知道,虽然路途漫漫，但她已经回家了。

护送母亲回去的弟弟打来电话说，送母亲回家的车在大年初六的凌晨到达了西安。当他抱着母亲下车的时候，原本晴朗的天空却须臾下起了漫天的大雪，雪花如诉，充满了哀痛与悲凉，让他痛哭！或许，是这座古城对母亲这般归来的感动和不舍吧。放下电话，还在海南料理后续事宜的我却早已泪雨倾盆！心中原有的焦虑、担忧和一丝丝的期盼全然化为乌有，在胸腔中充斥的，便是那无尽的哀伤、痛苦与思念。而脑海中却又是那样清晰地浮现出与母亲有关的桩桩件件，使这哀伤变得愈加灼心和深沉。

母亲生于河南温县，幼年丧父，随着外婆颠沛流离，生活异常艰辛。1951 年，母亲考入咸阳西北国棉一厂，成为一名普通的纺织工人。之后为支援西安纺织城建设而调入西北国棉六厂，直到退休。

母亲渴慕文化，曾经在夜校识字班里努力学习。她聪慧能干，工作中是标兵，学习上是先进。

那时候我父亲的兄妹多，不过在母亲的操持下，大家和谐相处。一家人的户籍迁往城里，加上母亲自己的孩子，十多口人挤在一起生活，让母亲操劳困顿至极，然而她从不抱怨。

1957 年，由于父亲被划为"右派"，送去劳改，母亲在厂里备受歧视，但她强忍巨大的政治压力，仍坚持一年几次带着年幼的我们去探望父亲，给绝境之中的父亲以极大的安慰。父亲"右派"二十余年间，我们坚韧的母亲，不仅拼命为父亲的冤案奔波申诉，还为我们几个孩子的上学、就业等问题受尽白眼，四处求人。在那种环境下，虽然政治上遭受歧视，但在母亲的呵护和勤俭劳作下，我们吃得饱、穿得暖，生活中仍然充满了欢乐。

1962 年，为了解决父亲落户的问题，身为普通工人的母亲甚至给毛主席写了一封信，描述了父亲和家中的具体情况，最终中央统战部将批示信件转回，才正式批准父亲留在西安。

记得父亲刚刚回来，没有了原先的工作，每天便去浐河捞沙子。母亲下了夜班，即使再劳累也会赶去河边，帮父亲筛沙子、砸石头，为的就是能让我们过得更好一点儿。后来父亲进了架子车队拉起了架子车，每当父亲拉着车经过厂区大门时，母亲便要求我们不上课的时候必须要在大门口等着父亲，帮父亲推车、挂坡。但当时，因为父亲"右派"的"帽子"总是遭受同学欺负的我们，心里多少对父亲会有些怨怼，再加上虚荣心作祟，老是想远远地跑开，母亲便会严肃地告诉我们，父亲是个好人，他遭受了这么多年的冤屈，作为家人我们必须谅解他、支持他。

三年自然灾害期间，粮食紧张，母亲总会粗粮细做，想着法子让我们吃饱、吃好。母亲会烙三合饼，一层一层地卷上葱花，可每次烙好、切好，年幼的我们却从未注意过母亲的那份永远是最小的，不懂事的我们更是快快吃完自己的那份后去争抢母亲的那份，当然，也从未注意过母亲那慈爱却又因饥饿而浮肿的面庞……

母亲为人善良，她常说一句话：借人十斤面还人十斤半。还常教导我们要懂规矩，别占人便宜；帮别人是善，吃些亏是福。她是这样说的，也是这样做的。记得一户姓宋的邻居常向我家借粮食。有一次他家大儿子背着粮食来还，解下口袋就要往面缸里倒，被母亲制止了，上秤一称原来借了十斤却错还了二十斤。事后他家里的人千恩万谢地来道谢，我却不解地问母亲为何只收十斤："不是借人十斤面要还十斤半吗？"母亲告诉我："我们找别人借要多还半斤，别人找我们借的我们不能多要别人一分。"

母亲遇事，总站在对方想问题。因为父亲"右派"的原因，我常常被同学欺负。一次我被一家两兄弟欺负受伤，爱子心切的母亲终是带着我找上门去。没想到，那家的母亲却盛气凌人，蛮横不讲道理，母亲只好告诫我以后离那两兄弟远些少惹麻烦。时隔不久，那家的母亲在厂里的斗争中变成了"破鞋、坏分子"，大家都可以上台去批斗她。贫农出身又是生产技术标兵的母亲却一直没有发言，甚至在她被押下台来时母亲怕她难堪，特意低头不去看她。事后，她带着两个儿子来登门道歉，当着我母亲的面，让我揍她那两个熊孩子。

现在想来，是母亲用她羸弱的肩膀，在家庭最困难的时候为我们撑起了一片天，让我们的生活虽然清苦却也充盈着幸福与欢乐。也是母亲，总是耐心地对我们谆谆教导，让我们早早就懂得低调做人、积极做事的道理。还是母亲，用她的言传身教，告诉我们什么是坚强、何谓勇敢。她的善良、她的宽厚、她的乐于助人，每一桩、每一件都让我们回味、思念，都让我们记忆犹新，并肃然起敬。后来，身为儿女的我们已立业成家，而母亲年纪大了却又多病缠身，尤其是类风湿病，让她痛苦不堪，失去生活自理能力。可她仍充满乐观，心里总是牵挂着我们和后辈们。谁的身体怎么了，家里有什么事情，她都一清二楚，就是隔了几辈的重孙，她也能如数家珍，为了我们和我们的家族操碎了心。也正如此，母亲离世的时候我的儿子正远在加拿大，接到消息后他片刻没有耽搁，飞行十几个小时赶回西安为他的奶奶守灵。儿子后来对我说，他好想再听奶奶对他的唠叨，好想奶奶再次紧握他的双手，而今每每想起眼泪便会不能抑制地流淌。

是呀，母亲给予了这个家无尽而又深沉的爱，而母亲的精神也始终影响和传承在家族中每一代成员的身上。人们说，母亲是孩子的老师，家庭是孩子的课堂。由于母亲的言传身教，我们才能坚守做人的根本，有了在社会上安身立命的本领，也有了拿钱也买不来的好名声。这，就是母亲留给我们最珍贵的遗产。作为她的孩子，我们一定会继承母亲传给我们的良好家风，学习母亲那种帮人是善、吃亏是福、严于律己、宽以待人的优良品格。几十年了，我们姊妹兄弟几人从未因物质或金钱吵过架，就连我们的子辈、孙辈也都是兄友弟恭，感情深厚。

我无意讴歌母亲的伟大和善良，但那点点滴滴的记忆早已铭刻在心，这种记忆时常会在不经意间闪烁于脑海,温润着心田。而那些往事中所蕴含的很多情感,或许真的只有沉淀了一定的人生阅历后才能体味。

母亲走了,她太累了,她或许是做一次漫长的旅行。也许,病痛折磨母亲太久了,在母亲,唯有如此才能使自己得到安宁;唯有如此才不给儿女们添麻烦。可母亲您哪里知道,作为您的儿女,我们愿意服侍您一辈子! 因为,您在家就在,您走了,我们去哪里孝敬您? 您走了,我们成了没有妈妈的孩子! 如果能有来世,我们仍愿做您的儿女,永远和您在一起! 可纵是有千般思恋、万般不舍,人终是要离开这滚滚尘世间。佛家有语:"一切世界始终生灭,前后有无聚散起止,念念相续,循环往复,种种取舍,皆是轮回。"人们都是这世间的匆匆过客,而重要的是人走了之后能留下什么,能让人们永远地怀念什么。

我想这当下的社会,每个人都自定义着自己的角色,做着或坦荡或麻木的华丽演出,一张张无懈可击的笑脸,一双双操控物欲人性的双手,即使在透过阴霾的阳光下,也是那样异常的闪耀。在追名逐利的物欲游戏中,人们忘记了平安是幸、知足是福、清心是禄、寡欲是寿,更有甚者甚至看淡了父母手足之情、朋友兄弟之义。而母亲那一辈人,或许未曾给社会留下什么物质财富,但他们吃亏是福的善念,淡泊寡欲的品格,却值得我们永远地怀念和景仰。

清明时节的雨,总是那样细密纷扬。不知道在这样的雨夜,又将有多少的生命,带着美好或遗憾,会在某一终点戛然而止。此刻,我竟又思念起我的母亲。可以告慰的是,母亲,您走后,我每周都在十字街头,给您焚烧纸钱,为您祈愿,让您在天堂也不愁吃穿。还有,我也常常在梦里与您相见,与您忆往昔谈家事,您爽朗的笑声,常常让我醒来时泪沾衣衫。

母亲,您虽是平凡的,平凡的如一株秋草,但您是我们心中的参天大树,是我们心中高耸的丰碑。您生命中的光火,耀千秋,照后人!

母亲,我真的好想您。您没有走远,您音容犹在,德泽绵长,您永远活在我们的心上。

远　祭

表哥，我在这沉沉之夜的窗下，伤悼逝去的表嫂，五更的冬夜，一颗流星飞坠于天边，那可是表嫂的魂灵？

桌案上放着表哥与表嫂的合影。这大概是你们最后的爱照：身后是莽莽苍苍的远山，身前是蓬蓬勃勃的桃林，盈盈的红花辉映你们朗朗的笑脸，在告诉我春来的讯息。新疆的春天总是晚来，可病榻上的嫂嫂是熬过来了。那倦怠病态的身子倚着表哥，一副如释重负的样子。

其实，至今我未见表嫂其人，只是从千里来鸿中晓得她的音讯。几次来信，谈到新疆喀什的情况，字字句句对那并非故土的边城充满深情。也几次谈到表嫂的病况，总说是有好转了有好转了，没想，她竟忽然走了，连表哥这医生亦未将她留住。可惜她不到知天命的年龄，就结束了生命的历程。

表哥和表嫂都是川西人。表哥十多岁习医，二十岁就走乡串户为人治病，"文革"前后一次心血来潮到了新疆，没想竟爱上了这地方，从家乡山里将糟糠之妻携往边疆，在兵团里开始真正安定的生活。表哥在农场医院做大夫,表嫂在医院做护士,两人相互扶持,二十余年从未红过脸,养有三个儿女都已成人,但生活的困窘已使表嫂过早衰老了,乍一看,也比大于自己的丈夫老十岁呢!她早已患上肝病,在死亡线上苦苦挣扎,好在丈夫体贴,儿女孝顺,即使在漫长阴霾的病痛中,亦能得享欣慰的阳光……就在她临过世前,表哥曾带她去四川、西安等地游了一圈,每到一处,总要拍许多照片,将生命最后的姿态留给人间,表达出内心一腔愁绪万般依恋,她倚在西安古城墙垛口,遥望苍茫茫的云天,似有无限之感叹;她荡舟兴庆湖中,一圈圈的涟漪似一圈圈的愁绪;她在祖祖辈辈生活的故乡老屋前留影,苍古的风景中有她的自豪的生命……遗憾的是少了海南的留影,那椰风海浪在心中回荡了许久的意愿,随她的阴魂飘散而去了!但表嫂,有表哥捧着你的脸颊咽下最后那口气,你该是十分幸福的,连我们都为你欣慰。

表哥,读你的来信,我自然为你的遭遇痛心。今后的路,你要孤苦伶仃地一个人走下去了,我真怕你强壮的身体担不起如此的重压。人总是要死的,表嫂病倦的身子也该休息了,她太累了太累了,与其让她忍受蜷伏呻吟地痛苦,不如她早日解脱,人死魂散,伟大者如此,卑贱者如此,生命的过程完结了,必将有新生命的诞生,子子孙孙是没有穷尽的;人类的河流,就是这样永无止境地流淌着,流向永远……

表哥,你信中谈及表嫂丧事的一段文字让我落泪,你人格的力量攫住了我。你写道:"云贞的遗体安放在苍松翠柏之中,僵僵地躺着,脸上却安详和自然,她是放心地离开了这个世界了。追悼会开得很隆重,师医院和总场机关及亲友们都送了花圈,院领导致悼词,对她普通的一生给予很高的评价。我给她穿七层盖红绫,按家乡风俗放置于红松木棺之内,出殡时自愿送葬的人很多,哭声喊声响成一片……我将她葬在距喀什十八公里的库曲弯墓地,又买了砖和水泥给她包了坟立了碑,以慰她的在天之灵。葬地是公墓,喀什市的汉族几乎全葬于此。这里有山有水,云贞的墓前有一条河萦绕而过,墓后有山有树,呈一片葱郁。人们都说这位置选得好,称云贞生时有个好丈夫,死了也有厚葬之福啊!"

表哥,在你平白的叙说中,我的热血奔涌沸腾,我真想紧握你的手,道一声珍重!在这天灾人祸面前,在这哀泣中辗转的时刻,我愿你深埋的生命之火点燃你的希望。你深陷的眼里,不再是泪水而是太阳;你憔悴的双颊,不再是愁烦而是欢畅啊!

写到此,天已微亮,月儿把我的身影贴在墙上;我心海死寂,不再思想,不再波浪。人说"但愿人长久,千里共婵娟",可"长久"是相对的,"永久"于世的人一个也不曾有,历史老人每前进一步,就多遇到一代新人,没有一个人可以陪伴历史老人走到底的,真是送君千里,终有一别啊!

表嫂是极普通极普通的女人,她临终并没有什么放不下的事情,离开这纷嚣世界而走向寂寂的阴世,也许是很快活的事,我们送她"远行",何不微笑地捧上鲜花呢?!

表哥,什么都不再说,一封信寄去我的哀思,邮戳吻我表嫂的额头;请将这信儿念给墓中人听,让她知道遥远的海南岛还有系念她的人。我相信,她来年的坟茔上,定有一株胡杨在迎风摇荡,那是她另一种生命形式的再生,那枝脉上已缠上葱葱的海南岛"相思"……

小院依依连洋浦

　　这是一个古旧的庭院，一个现代都市中难得的庭院。置于此地，空气新鲜了，心神怡然了，使人感到有一种自然与土壤和人亲近的感觉。我喜欢这个庭院。

　　我是专程从海南岛来探望这院子的主人的，客居于附近的旅店里。虽是初冬了，南方都市的纷嚣与燥热使我那浸泡于亚龙湾、大东海的心儿感到紊乱和倦怠。几天的滞留中，幸而有了这个温馨的去处，否则，我将如何度日？我是每天都要来此走一遭的。

　　其实，这庭院中的植物，算不得稀罕珍贵，但它所拥有的内涵是独特的，宛如主人心中那片厚土上的美妙所在。它不需雕琢不加扭捏，几乎凭天然所成。可这些植物也是有灵性的，回报主人的竟也是一派蓬勃，一片生机。最是那移自海南岛的木瓜、芦荟、仙人掌，当是主人的爱物，每一株都翘首昂扬，去吻抱理想天空的诱惑，去憧憬遥远故乡的希望……那木瓜已挂满累累硕果了，那芦荟亦长得娇美可人了，可主人却将我们引至那株无花无果的仙人掌前。无疑，这是主人最最钟爱的植物了。这实在是一种奇丑无比斑痕累累的植物。她绿得暗淡，造型平常，椭圆形的节片上生有褐色的利刺，一看便知是苦命的、耐得风雨的野生植物。主人说："这是从海南带回来的。她长高了长大了，我盼着她早日开花结果呢。"

哦，这便是举世皆知的洋浦港岸边的植物吗？我想起几次在洋浦看见的那大片的仙人掌。那是在寸草难生的土地上顽强生存的唯一物种。正因如此，她们，连同那贫瘠的土地一起几乎被世人忘却。如今，这一株仙人掌被移居都市了，而她那众多众多的同类以及那沉睡的荒野，不也期望有她同类同样的厚遇吗？！这，当然需要人们去给她们创造出一个新的都市的氛围啊！

我忆起了。这庭院的主人就多次到过洋浦，为开发洋浦曾积极地奔走呼号。他将此物移于庭院，也许是一种寓意，一种对事物的昭示与厚望呢。

我不忍离开这庭院了，仿佛这丑陋的植物具有了感知生命的能力。虽然，这院中有众多的好花好木；虽然，在阳光下微风中她那么冷寂；虽然，她没有花香没有树高没有硕果没有什么可奉献给主人的，可她是一种存在一种象征，她种植了主人的精神和希冀啊！

我理解了，懂得了主人珍爱她的原因。是的，主人已将他的心事栽种和寄托在她身上了。我想，终有一天她会开花结果的。据说，这植物的花苞灼灼的烫红，如明霞一般呢。

这庭院在穗城越秀路右巷不远，庭院主人名唤许士杰。

七号楼的灯光

　　苦夏之夜,信步走在大院里散步,走到一个空寂寂的院落,心头便倏地一热,多么熟悉的地方,见景生情,脑中便浮现出有关这里的往事。

　　这里曾是海南前任省委书记许士杰的住地,唤作七号楼。其实,七号楼既不高大亦不威武,只是一座普普通通的建筑,在整个大院里当属"古老"之列。在这个两室一厅的平房里,除了几个沙发椅和书柜之外,恐怕再没有什么值钱的家什了。记得1988年秋我第一次走进这房间采访主人时,主人曾说:"我喜欢的是一种淡泊与平静,豪华的设施容易给人心里造成一种拘束感。平平淡淡,平平常常才好,才有一种修性与学习的良好环境。"之后,我因工作关系常常到这里来坐,感受到了主人的言之所在:在此与他谈话,总像是在与一位有血有肉的平常人恳谈,无拘无束,自然而然。最难忘1989年深秋的一个雨夜,我去送审有关抗风救灾的稿件,已是子时,秘书不忍心将他打扰,可他仍坚持看了,并一字字地推敲了一个时辰。那情景,让我心里好酸,审完稿后,他揉了揉眼睛,又回到他的书房里继续工作了。我,望着那倦怠的背影许久。心想,士杰同志是用自己的生命之火为特区的大船加力啊!

从此,这个地方成了我心中一片神圣的净土……

可如今,这里却人走楼空了。房间的主人,已积劳成疾,于一年前离开这里到广州医病去了。我曾三次赴穗探望他,谈起海南的七号楼,他仍是那么一往情深。他怀恋那个地方,怀恋那个朴素的家,怀恋六百万海南人民和那里的山山水水啊!然而,病魔无情,使他无法返琼,留下了万般无奈的遗憾!

我缓缓地走在空落的庭院里,脚步沉重,思绪滔滔。拾级而上,抚摸这房舍的墙壁,想像着房中当时的模样,想像着他的音容笑貌和一派慈祥。这夜中的房舍,竟似白昼一般清晰。仿佛又有灼灼的灯光射出,辉映得苍天通红透亮。哦,这该是一种精神物化的结果吧?芸芸众生,存有贫贱,各有高低,而能在众人敬仰的天平上称量的也实在不多。敬仰是最宝贵最普通的礼物,亦是最难得的礼物!我敬仰士杰的品行与人格,将他的名字永远镌刻在我乃至更多敬仰者的心中。

我蓦地忆起方志敏烈士的一句话:"清贫,洁白朴素的生活,正是我们革命者战胜许多困难的地方!"

我理解了,深深理解了一个老共产党员的魂之所在。清贫才是最富有的,那是另一种境界的富有。因为,他拥有了这个世界最深沉的东西——人民衷心的厚爱。

士杰同志,您真是当之无愧的啊!……

海边的房子

从明天起,关心粮食和蔬菜

我有一所房子,面朝大海

春暖花开

这是海子的诗。可惜海子没有钱,自然也没有房子,他或许永远没有物质上的所有。但我相信,他的灵魂和思想已周游了世界,其灵魂和思想的价值已远远超过物质的一切。

我在温哥华见到了海边的房子。那是一所朋友的房子,在北温的海边山崖上挂着,一幢乳白色的三层小楼,远远望去,在太阳的辉映下,像银白色的宫殿发出烁烁的光芒,映在海面上,又像一艘船儿静静地泊在了岸边。

已是仲秋季节,温哥华的秋天,似乎来得早了点儿,房子周围崖畔上的树木都有些红黄相间的色泽。那不是一般的小树,是有茂密而笔直的大树,多数呈绿色,而那寄生在大树上或生长在岸畔上的植物,已有了秋的信息,似有了些许层林尽染的况味。

我们从房顶的山坡上进入房间，在房间的大玻璃窗前，以二百七十度的视角俯瞰式地望着这一方海域。对面是山，山上长满郁郁葱葱的林木，山崖海边，同样有着与彼岸类似的房子。海水像一整块透明的大玻璃，静静地在大地上铺展，静得让人要停止了呼吸。我想，如此人间仙境，如此好的所在，长于此，岂不成了神仙了吗？

想想在北京的工作，整天在人流车流及纷嚣的氛围中度过，生意场上的事情，充满了硝烟的气味。你慈悲心待他，他以为你是黄鼠狼拜年；你板着脸待他，他说你是拿着端着；你不予理睬，他骂你什么玩意儿有什么了不起。还有那疲于奔命的工作强度，简单而特别琐碎的公司事务。你不忙不行，大家伙一样都在忙忙忙。所以，外国人不像中国人工作起来不要命，如果是合资企业，摊上和中国人一组，老外只有后面提鞋也跟不上的份儿。正思索呢，朋友唤我，让我到码头去捞螃蟹。我沿着木质楼梯一层层地下到楼下，到了海边，便有一木质的小码头伸入海中。主人拿出几块新鲜的鸡肉绑于一笼子里，便抛入海中。然后，便喝茶，便聊天去了。约一个时辰，我们去拉那铁笼，发现有十几只大闸蟹已在其中。拉上岸后，主人便开始分拣，按加拿大的规定，个大而且是公的螃蟹是可以吃的，而母的和不够大的螃蟹是必须放回海里的。经过一番筛选，仍有七八只大闸蟹可以享用，数了人数，可每人分得一只，便收兵回营了。我心想，这样的螃蟹在北京至少二百元一斤，在这里却可以随意捞到，真是一种绝妙的享受啊！

这一顿饭，自然以海鲜为主菜，大家始终吃得意犹未尽。可我，一直在望房子外的大海，觉得在山崖上海之畔建这么个所在，实在像是风景上的一个挂件一般。其建筑的框架结构，力学原理委实让人琢磨不透。

我曾在深圳、南海、北海的海边居住过，那里的海，那里的房子是再熟悉不过了；我也曾到过俄罗斯的黑海，并在圣彼得堡的黑海岸边居住过，但没有一种景色让我感动,倒是这里的海这里的房子让我难以忘怀。是因为朋友熟悉的缘故,还是这海边建筑独特的所在?都不是,是我这古朽的心海被这眼前的一切所激起了波澜。人,是要出来走走的,外面的世界或许有你想象不到的力量,让你不能自已,而这所房子,正是如此了。我不是羡慕人家的房子或是羡慕人家的富有,错!我实在对这所房子感兴趣,这是我多年从事建筑工作的习惯,我想,如果国内也有一处类似的景物,我们能盖出这样的房子吗?

从明天起,关心粮食和蔬菜

我有一所房子,面朝大海

春暖花开

我想,海子心中的房子,一定不是平面意义上的物质,他所想所思灵魂深处的房子一定是这样的房子;险拔而独特,大气而美妙,有诗的韵律,有自然的音响的所在。

海子系安徽怀宁人,是一个生于内陆,而精神上充满海水阳光的诗人。他虽然只活到25岁,但他的精神得到了永恒。我至今难忘1987年3月的那一天,"万里无云如同我永恒的悲伤。"这一天,海子在海边卧轨自杀。

我想,山海关距离大海不远了,他是在赶海的路上丢失的。

我想,他纵然倒下了,那颗头颅也一定朝着大海的方向……

我想,海子如果活着多好,他的房子找到了;这海边的房子,便是他诗里的殿堂。

太阳河的思念

——许士杰周年祭

　　玻璃板下压着一幅笔墨，那是许士杰先生的手笔，是专为我的散文集《太阳河》题写的书名。这三个字，是士杰先生留在世上的绝笔，字迹苍劲酣畅，刚中含秀，颇有金石之气。字如其人，人如其字，每每看到这墨迹，心中总生出一种敬仰，万般回忆。

　　与士杰初识于 1988 年春季。那时他任海南省委书记，我是个小小记者。是办特区的热潮催动着我经常要采访他追踪他。他不急不躁不推诿也不嬉笑，一副儒雅姿态，讲起话来字字有声句句入理，一股人格的力量便征服了你。以后，在各种场合上目睹其政治上的风采；在各种报刊上又见他的文采，便佩服得五体投地。他是个政治家，但文学与艺术赋予了他生命的灵动，哲学的思辨，亦显出他普通中的伟大，伟大中的普通。于是，他拥有了像赖少其、关山月、叶蔚林这样的文友；拥有了海南岛所有民众的爱戴；拥有了像常人一样的喜怒哀乐和生活境界。伟大者的普通，其实正是他伟大的所在，是一种深层人格的体现。

我与他交往甚多,像有一种缘分。与他交谈,可以无拘无束:天南、海北、世界、中国,凡心中的是非,尽可向他诉说。当然,谈得最投机的,还是文学。他批评过我的散文太文人气,过于纤柔,切中我散文的要害,的确是一番高论。使我至今作文时都在寻找一种骨气,一种坦荡荡的浩然之气。这,大概只有从生活中体验;反反复复朦朦胧胧似有所收获,却难得要领,但仍有"听君一席话,胜读十年书"的感叹!

我就是与他保持着这种文人化的散淡交往,绝无丁点经济与政治上的攀缘。要说求过他一件事,那就是给我的散文集作个序。出版散文集《鹿饮泉》时,适逢我陪他去视察被五次台风洗劫的灾区。在繁忙的间隙里,我将早已准备好的书稿呈给他看,想请他写个序。他答应了,但总没时间看稿。最后,只好以答应给题个书名而推辞了。当时他的确太忙,而出版社又催得紧,《鹿饮泉》一书就只好任出版社处置了。

1990年他患病后,我几次去广州看望他,老人曾两次提及此事,言语中有些许遗憾,并一再说出下本书时,一定给补上。我怕打扰他,一直未提及此事,只是在李永春、刘根生两位秘书多次催促下,我才在他病逝的前两个月致函广州,向他提出了这个请求。据刘根生秘书说,士杰时常牵挂着这桩事,总想抽空了却。1991年6月28日,即士杰最后一次回家团聚的日子。他让秘书给他砚墨,孙子为他洗笔,老伴为他铺纸。他在秘书和孙子的搀扶下给我的书名题字。每一笔每一画写得极其认真。这一写就写了两个多钟头,汗水浸透了衣衫,滴在那雪白的宣纸上。他是在书写对海南山水的钟情?还是在书写人生的跋文?那纸上众多"太阳河"的字迹,仿佛是他人生的足迹,丈量他最后的里程……他从墨迹中剪出几幅交给秘书保存,叮咛要尽快转交与我。7月4日,就在士杰昏迷的前几天,士杰在医院里突然想起那几个字还未加印,便让小儿子庆群回家取来盖章。没想,这竟成了他最后的文字。

士杰病逝后,我曾与秘书布置他的灵堂,整理他的遗物。在书案上,我看到了那张写满"太阳河"的宣纸。宣纸很大,足有一米见方,白纸黑字间落有点点滴滴的墨迹。那字迹,如跳荡的音符,奏响我心中敏感的琴弦。我的心颤抖了,泪水从眼眶里流出。我读懂了士杰为我留下的遗嘱,这几个字,够我消受一生。

时下,《太阳河》一书已交出版社付印了,士杰的题字已彩印在书籍的封面上,成了风景,成了永远的记忆。

哦,太阳河,你流动的生命里将永远记住那永垂不朽的名字。他与你同在,在朗朗的太阳下,奔走于血红色的热土,滋润那深埋许久的种子发芽、生根,开出希望的红花来,如绚烂的明霞。让我用希望的花朵扎一个花环,将思念的泪水洒于太阳河里,于阳光下熠熠闪耀的波浪一同奔走哭号,哭声响彻琼州大地,凝成人们心中永难忘却的长歌……

士杰先生,这支歌是永远唱给您的啊!

坎坷成大道　真情度一生

　　刚刚过去的丙申猴年,是我一生中最为难忘的一年:年初,它带走了我慈爱的母亲,而九十高龄的老父亲也自此抱恙于身,虽经数月的各种医治,终是在那个萧瑟的秋日驾鹤西去,留给我们无限的哀思与伤痛。这一年的春节,尽管千里回到故乡,兄弟姐妹们在节假日里去墓地祭拜了二老,但二老的音容久在我心中萦绕、挥之不去,仿佛在心底丢失了回家的路。时光最是无情,转眼间,又一轮的冬去春来、草长莺飞,到了那让人忧伤断魂的清明;时光却又有情,每每这个时节,它总能勾起思念,帮你从脑海中捡拾起段段珍贵记忆的碎片,去重温那险些遗失的美好。

　　都说父亲在儿子心中是座伟岸的大山,但我心里对父亲的感觉,却是有些五味杂陈。

　　父亲生于 1926 年 10 月 10 日,祖籍河南孟州,少年时便离家千里到江浙一带求学。1949 年 4 月从学校加入中国人民解放军三野九兵团政治部文工团,1950 年至 1955 年分别在华锋面粉厂和大华纺织厂做教育工作,1955

年至 1957 年在西安未央区政府工作。在纺织城建设中，为解决与我母亲两地分居的问题，从未央区政府调入西北国棉六厂工作。那时的父亲，应是满怀豪情、意气风发，准备大展拳脚投入革命建设。可惜好景不长，不久生性耿直的父亲便因为敢言别人不敢言的一些言论，和一些莫须有的原因被打为"右派"，甚至"历史反革命"，下放到铜川煤矿劳改。父亲失去了自由，在远离西安的矿上开山、挖煤，吃尽了苦头，而在家中的我们失去了这本该撑起家庭的顶梁柱。在我的幼年时期，没有父亲的陪伴，有的只是那一封又一封父亲写给母亲寄托思念的书信，和母亲那为了这一大家子人永远操劳忙碌的身影。当然，还有我遭人白眼和被歧视的委屈。

后来父亲从矿上回到西安，被开除了公职的他没有了工作，一下子从一位文化人、领导干部，跌落成一个只剩下一身力气的"壮丁"。为了养家糊口，父亲凑钱买了辆架子车。一开始几个月，没活干，他便到浐河去挖沙捞沙。母亲和我们下班下学后，也要到河边去帮忙砸石头。父亲那时什么苦活都干，记得有一次他装卸散装水泥，为了方便干活，没有经验的他赤膊上阵，让水泥烧了满身的燎泡……父亲干零活儿，身为孩子的我们当然也要干些力所能及的，除了帮忙砸石头，诸如捡煤核、拾麦穗，什么都干。慢慢的父亲开始有了活计，架子车"入社"后，父亲第一次拉车从浐河预制厂一直走到咸阳国棉七厂，我至今不敢去想那段路的距离，只记得父亲回来后的那个夜里，因为过劳而失禁尿了一床。父亲拉起架子车，运楼板、装砂石，刚刚懂事的我便也被套上了拽车的绳索，自此又多了一项任务——帮父亲"挂坡"。这于我而言当然是个"苦差事"，不仅是身体上的，更是心理上的，在当时的我看来这是叫人特别丢脸的一桩差事，因此每当车子路过厂区门口，虚荣心作祟的我总是松开绳子就跑，不顾身后父亲的声声呼喊……关于这一段的回忆，二十年前我曾写过一篇《长乐坡》的散文，记述了这一经历，其中言道："记忆中的长乐坡似乎永远没有尽头，只有肩头那仿佛千斤的重担和颗颗滴落的汗珠与心中的苦涩。而多年以后我才明白，那长长的长乐坡，承载了父亲数不尽的艰辛与汗水，更是滋养着我们生命的半坡。"

父亲的"右派"生涯足足延续了23年之久，是经历了各种运动的"老运动员"，最好的人生年华却因为这种政治风波被击碎得七零八落。但生活当然不应只有辛酸和苦涩。就是在这样一种窘况下，父亲从未对生活失去信心，经济上的困顿和超强度的劳作后，他自学了中医、机械制图、财会等技能，在新城区运输公司那些年中，常给人开药方，而车钳洗刨也样样能来，还担任了公司"7·21"大学的机械制图实习老师。闲暇之余，时不时还将自乐班带到家中吼两嗓子。他对戏曲的痴迷，一直到老，尤其京剧奚派是他的最爱，为此，他和京剧名角张建国、刘铁山等都成为莫逆之交，在票友中传为佳话。父亲对我在文化、文学上的影响更是无人能及的。那时家中生活拮据，但父亲却舍得在文化，尤其是读书上花销，家中不乏各类书刊和文学著作，这也让我在今后的文学之路上受益良多。一向沉默寡言的父亲却还是个会讲故事的人，记得年少之时，他常给我们讲历史故事，甚至左邻右舍家的孩子也会跑来听。尤其讲72章回的《水浒传》，用了整整一个夏天，让我至今想起仍恍如昨天，耳边仿佛还回荡着那小院里的阵阵欢笑，让人在游思间也不禁弯了嘴角。

父亲爱好文艺，喜欢文学，也常常自己创作诗词，从少年求学时期开始，直至花甲之年赋闲在家，几乎从未间断。父亲的文字，是他前年得病后，我帮助整理的，洋洋洒洒几大本子，记录了他一生的喜怒哀乐，有些词章是一咏三叹，让人掩卷叹息，久久回味，其古典文学的底子，是我们后辈所不及的。父亲的一生是曲折的，这也体现在了他留下的篇篇诗文之中。在这些诗作中，我仿佛跳脱出了儿子的角色，看到了一个生活在特殊历史时期下他那充满悲剧色彩的一生；看到了他高傲外表下充满感情的内心；看到了他少年时期的意气风发、豪情壮志，也看到了他的坎坷、悲凉、曲折和无可奈何。

父亲在工作上,是个严肃认真的人,甚至严肃认真得有些偏执。这一点在厂里是出了名的,他年轻时因此吃了大亏,平反后回到厂里,管着全厂的医疗报销,仍公事公办地行事。这种严苛的行事方式直到晚年仍未改变。有一次他与我母亲同住西安市第一人民医院,有种药老干部是可以开的,我姐姐想以父亲的名义给母亲开药,可他坚决不允许我姐姐这样做。并不是说父亲有多么高尚,其实他就是这么个人。他不虚伪,不说假话,遇事不会变通,一辈子没张嘴求过人,活得自我而不平庸。

现在想来,父亲这一生的过往,很是让我们后辈学习和值得称赞的,他能在逆境中乐观向上,在艰苦生活中扛大包、拉架子车、打短工来养活我们,是该有多大的意志力来支撑他啊!

也正是有这样的磨砺,父亲从前年秋天生病一直抱有良好的心态。尤其在最后四个多月中,他已不能卧床,昼夜坐在轮椅上,一百三十多天哪,一个90岁的老人,一直坚持到过完了那个中秋节。

父亲走了,他终于可以安静地躺在床上静静地睡去了。他走了,其实是一种解脱,一种远行,一种去天堂与我母亲相聚的旅行。

可我们一年之中痛失二老,内心的坍塌撕裂之痛难以言表啊!当然,生活还要继续,我们唯有擦干溢满泪水的脸,迎着朝阳去生活,才是对二老的拳拳告慰。

父亲虽然走了,可他给后辈留下了好读书的传统、爱好文艺的情怀和在任何情况下不随波逐流、不服输、不屈服的品格以及特立独行的精神。

陕西省作协副主席朱鸿先生为父亲写了一副挽联:老翁九十驾鹤去,儿孙满堂;大戏一场绕梁来,德望自亮。彰显了父亲那充满悲凉、波澜起伏又积极向上、无怨无悔的人生境界。

我有时候会幻想,如果父亲在他青年的辉煌时期能够放下心中的傲骨,对一些制度和人事进行妥协,可能他会过得更好,家人也不会饱受牵连;甚至在他后来恢复厂级待遇,手握着掌管全厂后勤的时候,如果不那么坚守原则,会不会"得罪"的人能少一些……但我更庆幸父亲从未丢弃身上的那副铮铮傲骨,虽然他的坎坷经历让母亲和我们姊妹兄弟跟着受了很多苦,有时难免会对他心生怨怼,但更多的是对父亲发自心底的敬佩。他活得平凡而又不平庸,即使重压重重但他依然能高昂着头颅去面对人生。我想,将父亲那笑对人生艰苦的坚毅态度,将他那副深深刻于人格之上的傲骨,化成一种宝贵的财富,传承于我们子孙后辈的血液之中,便是对父亲最好的纪念与告慰。

这个清明,身为儿女的我们齐聚在父母的墓前,为二老的坟墓立碑。父亲和母亲一生相濡,清心如水,虽为凡凡布衣,但却品质高洁。如今,他们合葬在有着悠久历史积淀的少陵塬凤栖山上,头顶是长安城南的苍苍云天,脚下是长流不息的清清潏水,不远处还有那他们奋斗、生活了一辈子的纺织城。我想,长眠于此,有日月星辰为伴,有儿女后辈的无尽思念,他们应该可以安息了。

敬爱的父亲,您坐着是山,躺下是河! 您走了,那山河依然在,风范万古存。您的精神不朽,您永远活在我们后辈的心上。

雁过无痕　哀歌有声

——深切怀念黄雁先生

　　人生时光的剪影中,有些人,曾在内心轻轻停靠,又翩然而去;有些人,却注定无法轻描淡写。即便他离你而去,但那如秋的情绪,浓浓的思念,却仿佛堆堵了许久,只等待一场酣畅淋漓的倾泻。尽管冬去春来,尽管枯枝浸染,那情绪却有增无减,那思念也只会随日俱增。

　　2014年4月19日晚6时40分,陕西航天局原副局长黄雁先生逝世,享年80岁。然而,时至今日,我仍无法相信,那如我父兄般的老领导、我的恩师,就这样离我而去了。

　　就在前一天傍晚,他的儿子黄升给我打来电话,说他的父亲病重住院,已经昏迷,情况十分不好。在其偶尔清醒的时候曾反复向他叮嘱,如果自己去世一定要通知两个人,一是航天部第四研究院的某领导,另一个则是我。挂上电话,我整个人如坠冰窖。春节时我去西安看望他,只觉他清瘦了不少,问及他时,他还笑说没有大碍,与我谈笑风生,相谈甚欢。如今短短数月时间,怎么会?! 心底涌起的寒冷深刺着我的骨髓,但那焦急和忧虑又烧得我心头灼灼，恨不能立即奔到他的病床前去。在西安的家人知我心急，又琐事诸多，便打来电话劝慰我，要代我去表示心意，但都被我拒绝了——我一定要亲自去！我即刻买了转天的车票，在列车上，我第一次觉得北京和西安之间的距离是那样遥远。那漫长的铁轨仿佛没有尽头，脑中的思绪也随之蔓延蹁跹，很多往事就那样跳脱了岁月的束缚，再一次清晰地涌上心头。

我与黄雁在陕西航天局共事过5年。那时宣传处的工作非常忙碌，不仅要带着诸如中央和省市的媒体下厂站去采访，还要指导各个厂、站、所的学习和宣传工作。除此之外，我自己每年还要完成大量的通讯稿件和各类调研。宣传处要负责整个陕西省七十多个厂、站、所的宣传工作，工作量巨大，而整个宣传处却只有几个人，可谓个个精悍。我在那工作的几年里，也得到了很好的锻炼。当时黄雁是宣传处处长，我俩经常一起去调研。那时的航天单位大部分在三线，许多都深藏在大山之中。莽莽秦岭，甚至那些更为遥远的陕西与内蒙古交壤的深山大川中，星罗棋布地分布着众多的厂站。由于通信的不发达，我们虽然是在机关工作，却常常要深入这些偏远的山区去调研、考察。现在每每想来，虽然那大山中的空气沁人心肺，但长途跋涉的艰苦却是常人无法想象的。

虽然条件艰苦，但我们对工作的热情和态度，却未曾因此而丝毫减退。一份调查报告，我俩常常要讨论很久，反复推敲。黄雁虽然只有中专学历，但是他的笔头功夫特别厉害，常有许多高屋建瓴的见地，也有很高的政治觉悟，令我十分敬佩折服。犹记得在军转民时期，企业面临改制，员工们的思想波动也比较大，在那段时间里，我和黄雁到多处走访调研，剖析了诸如怎样才能让企业盈利、实现自给自足？该如何适应市场形势？乃至于是否应该将这些偏远的工厂迁出大山等诸多问题。在那一时期，我们写出了十多份颇有分量的调查报告，得到了相关领导和部门的高度重视。除工作之外，他还不遗余力地帮助我、扶持我：《航天报》培训编辑记者，他推荐我去；

省委党校青干班招生，他推荐我去学习；部委领导来视察，他让我独自去报道……可以说，在航天局工作的那些年，他既是我的领导，又如一位无私的良师对我提携相助，让我进步颇多。

火车在铁轨上疾驰，望着窗外的中原大地，不知怎的，我却遥想起琼州海峡上的南中国热岛。如果说"闯海南"是我人生的一个转折点，那么黄雁则是推动我前行的巨大力量。还记得我第一次去海南时，并没有跟他提及。初次踏上那方岛屿，那燥热的气候，晦涩难懂的方言，陌生的饮食，现实工作与我文人理想之间的差距……这种种都叫我极度的不适应。几乎每一天，兴奋和焦虑都在我心头交织缠绕，让我那颗热血的心久久难以平静。我思想波动颇大，甚至有些心灰意冷地回到西安，想要掐灭心中那闯荡的萌芽。黄雁得知后，便鼓励我应该趁着年轻出去闯闯，并给当时从航天部调至海南省任常务副省长的鲍克明写去推荐信，寄去了大量我在全国各报刊发表的作品。后来我去了海南，成为《海南日报》的一名记者，之后又跟鲍克明同志做秘书。一路走来，都有远在西安的黄雁伴随着我。他常常与我通信，不断鼓励我，似一位真挚的益友伴随我走过了那段难忘的时光……

列车终于驶进了西安站，也将我的思绪从那些难忘的往事中拉回了现实。这是 4 月 19 日晚上 7 时 50 分，在奔往医院的车上，我急切地与黄雁的儿子黄升通电话，黄升告诉我去他家里集合，然后一块去医院。谁想，当我到了他家里，看到的却是他家中刚刚摆起的灵堂，望着照片上那熟悉的面容，我抑制不住自己的情绪，竟失声痛哭。我心中的想念、焦急和一丝期盼霎时化为了满腔的悲痛和哀伤：我的老领导，你竟走得那样匆匆，匆匆到让我来不及和你道声珍重！让我一路奔波，却还是未能见到你最后一面！我的恩师，如今真的是天人永别了吗?！这叫我那满满的情谊再向谁说！当天晚上，我为他写起了花圈挽联。我致电给如今已 87 岁高龄的鲍克明先生，远在美国的鲍老叮嘱我代其送上挽联。当我问及落款时，老人沉默了一下说：

"就写航天人吧！"是呀，我们都曾是航天人。但这昔日里人来人往、热热闹闹的航天局大院，如今却是那样的凋零陈旧，等待着被拆迁的命运。记得我刚从771所调到航天局宣传处工作时，这大院才刚刚落成启用。那时我每天早上5点钟就要起床从我位于纺织城的家中赶来上班，一直要忙碌到晚上9点多才下班回家。是黄雁看我工作繁忙又奔波辛苦，找到局领导反复协调、争取，才终于给我在这大院分了一套房子。虽然那是个小小的一居室，但是房间有了暖气，这让当时的我感觉仿佛置身于天堂。而心中的温暖，更是难以用言语来表述。记得两年前，黄雁曾找到我，希望我们房地产公司可以将这块土地开发出来，让航天局的老干部们可以改善一下老旧的住房条件。作为开发商，我希望可以在这块开发价值良好的土地上起根发芽，盖起更好的建筑；作为从这大院走出来的人，我也希望能让航天局那些兢兢业业了一辈子的老国家干部住上崭新宽敞的房子。但是由于城市规划等诸多问题，这件事情至今未能落实，每思及此，我便深感愧疚于他。

黄雁原名黄克诚，1934年生于安徽萧县，1951年参加中国人民解放军，1953年便加入了中国共产党。1951年至1970年间，他在解放军机要部门工作，曾先后18次立功受奖。1970年，他转入航天系统工作，先后任干事、副处长、处长、副局长。1994年从陕西航天管理局副局长、副研究员岗位退休。他的一生刚直不阿，为人厚道，不为名利，从不向任何人提要求。20世纪90年代初期，他曾因家中有急事，向我借6000元钱。我给他寄去后，告诉他不需要还了。因为我私心里也想用这种方式回报一二他之于我的恩情。但是却被他婉拒了，两个月后他便汇来了还款。如今，这位局级干部的家也并不宽敞，简朴得甚至有些寒酸，而他却住得安然，住得舒心。我无力为他盖起宽敞的楼宇，他便撒手而去，空留我遗憾满怀。这位淡泊明志的老人，他的一生都是那样的富有风骨。当年我们一起下场站去采访，闲暇的时候，也常在山间漫步谈心。他常常对我说："做人，就应该光明磊落，凡是那些不孝顺、不仗义、不讲信用的人，都不要和他交往。而作为男人，更是应该有所担当，无论遇到什么样的困难都要自己去克服。"而这也成了我做人的准则。可如今，声声教诲犹在耳，斯人已乘黄鹤去啊！

不知是否老天也对这样一位好人的离去而动容哀伤，黄雁遗体告别仪式的那天，一向春雨贵如油的古城却下起了瓢泼大雨。虽然大雨滂沱，道路泥泞，却仍有许多航天局的老领导、老同事自发前来送他最后一程。哀乐低回，挽联高挂，追悼会举行得简单而又隆重。黄雁那年逾古稀的妻子不能自已、哀声恸哭，那些和他一起奋战过几十年的老干部们也都低声啜泣，和着外面低沉的雷雨声，仿佛这空气中都氤氲着无尽的不舍和悲伤。追悼会前，我曾去停尸间看望了他，掀起那方白巾，对他颔首作揖并久久凝望。我的心口堵得慌，似乎有很多话要对他讲：我想起三月份，陕西电视台的《景琦访谈录》专赴北京对我进行了采访，谈中国房地产市场，谈我个人的生活、文学和书法，黄雁也看了那期节目。其实，电视台播放我专题的那天，我正在西安出差，并且曾两次从他家门前经过，奈何时间太紧，未能入门拜访老人。谁承想短短数日，我与他竟是天人永诀了！想到这里，我再也抑制不住心头的哀伤，任泪水恣意流淌。我又想起他的儿子黄升对我说，老人看过节目后特别自豪，说其一生最大的骄傲便是将我培养了出来，但是最令他自豪的不是我在事业上如何如何，而是他培养出来了一个正直的人……泪水模糊了我的视线，透过泪水，我恍然发觉黄雁那如同沉睡了一般的面庞是那样安详，甚至，微微带着笑意。

身在商海，公务缠身。告别了黄雁，我又必须踏上归程，匆忙的连我那生病住院的老母亲都没办法去探望。但是母亲却很理解我，告诉我做人就应该是这样，知恩图报。是呀，人的一生，如果有那么一些成绩，是离不开很多人的提携、鞭策和鼓励的。我何其幸运，能够在人生的旅途中，遇上这样一位无私的人，他如父如兄，亦师亦友，当我彷徨无措时，他会帮我辨明方向;当我灰心倦怠时,他又总会来鞭策鼓励;当我小有成绩时,他却不求回报索取,依然默默关心爱护。黄雁这一生没有做出过什么惊天动地的伟业,或许在世人看来他不过是一个普通人,但他在我心中的天平上,有一股压不住的力量,在我人生的道路上,有着深深的烙印。

在黄雁刚刚离去的那段日子里,记不得有多少个夜里,我总是梦见和他一起去大山里采访,一起到三线的基地和车间中调研,一起在嘉陵江边漫步散谈……也记不得有多少次的午夜梦回,总会牵起那些久远延绵的往事,撩拨着我那看似安然平静的心湖,而不觉间,视线凝眸处,却早已一片潮湿,透着思念的温热……

旋涡随着搅拌而加深,思念随着回忆而更加遥远。虽然雁过无痕,岁月无声,而白驹过隙的光阴却在生命的每一个空隙里不着痕迹地流动。如今,黄雁已离去很久了,但记忆中那慈祥温和的面庞,那件件桩桩的往事,那难以言表的恩情,却成为一个个怀念的砝码,沉甸甸地压在了我的心间。

亡　友

他死了，客死在海南异乡。一个闯海南的汉子就这样走到了生命的尽头。

我不知他惨死时的模样，据说是被几个入室抢钱的流氓杀死的，被捅了五六刀。其实他哪有什么钱，只有用生命的砝码去抵押流氓罪恶的天平了。

在我的客厅里，有两件亡友生前送我的礼物：一件是茶色石头镜，一件是陶瓷花盆。石头镜的镜片已破碎了，花盆中的美人蕉亦枯萎了。这两件物品原是我极珍爱的，石头镜曾治好了我的红眼病，美人蕉曾给我以作文的灵感。可这两件宝贝竟在亡友出事前后的几天中破碎了、枯萎了，仿佛它们具有了感知生命的能力。

亡友生前和我不算故交，是通过朋友的朋友结识的。他叫高国绪，高高的个子，长长的脸，操一口浓重的豫西腔，四十多岁了，仍充满年轻人的豪爽与大度。他原系河南平顶山某砖瓦厂的工程师，科技成果曾获国家专利。

他是在海南投资低潮时期闯海南的。当时多少人借搞公司玩"空手道"，玩骗人的把戏，而他却揣着二十万元巨款到远距都市的乡下修窑筑场烧砖制瓷。不巧，三次强台风洗劫了他的窑场，损失惨重！他抹了把泪水，贷款再干……他跑上海走广州回河南去新疆，产品终于有了出路并走俏海南市场了，而他，却走了，带着深深的遗憾走了……

老高的生活是极简朴的，到海口办事从不住宾馆吃饭店。身上的名烟是敬人用的，自己只抽一元一包的"宝岛"牌。而在事业上，他肯出血本花大钱，倾家荡产也心甘情愿。在海南三年多，他和他的亲朋好友几乎都为之耗尽了物质和精神上的一切……

这样的好人，他却死了。真不敢相信！噩耗传来我难过了好多天，多少次抚摸那两件珍爱的物品，涩涩的泪便淌出眼眶……老高，你怎么这么命苦！海南三载你没明没黑地跑没完没了地干，人累瘦了脸晒黑了，唯有肺叶里咳出的血是红的。朋友劝你少抽烟或抽点好烟，你却憨憨一笑，仍有滋有味地哑着"宝岛"。还有那件白衬衣，老是汗渍渍地套在身上，怎就没个换洗的呢？

哦，老高，你就这样走了。没享过清福没穿过好衣死后亦没有广播电视报道就默默地走了。临了，连一句该说的话也没留下。我后悔没有给你烧一炷香掬一抔土，但你那憨厚的形象已在我心上凝铸成一种思念，一种镌刻在心碑上永恒的思念。

我曾想，多少名家伟人之死我不曾牵挂，不曾笔祭，怎就常常念及老高呢？这几天，三毛自杀了，撒哈拉诱人的太阳跌落了，华语文坛为之悲歌。而我，还是念着老高。哦，老高，也许是你太普通太普通了才让我这么系念，一想起你便让我心疼！

那石头镜怕难以重圆了，可那花盆中我已栽上一株鲜嫩的生命。我珍爱这从郊野移来的无名草。它，不是你另一种生命形式的再现吗？哦，那或许又是你生命的延续，每每望着它我便忆起许许多多有关你的往事，它寄托着我对你深深的哀思和眷恋呢。

哦，老高，"人生结交在始终，莫为升沉中路分"。我永远系恋你，是因为你很少虚伪，最多真诚。

遥寄哀思

——悼李建邦先生

我不相信,建邦就这样去了。

他走得那么匆匆,走得那么悄无声息,连一些应该拜望他的人都无法喊痛;连在远方的友人都无法接受这现实的悲痛。

我愧于从友人处才得知这个噩耗,建邦兄已过世两个春秋了。我无颜面对他的魂灵,无法解释这两年来的阴阳思度。这一篇迟来的悼文,算是我对建邦的远祭和怀念。他九泉之下若知,我亦感到欣慰了。

我与建邦初识于一九八六年春天。那是一个艳阳朗照的午后,我和庞进兄去他家中造访。他的家在蓝田县一所中学的校园里,在琅琅读书声和飘飘柳絮中别有一番氛围。建邦的家中很穷,除了睡觉和工作的长桌外,几乎什么都没有了。可他很乐观很充实,谈起他的学生和学校总是抑制不住激动,谈起他的文学和创作,总是要宣讲吟咏,言谈举止和把酒论道中,不乏乡村教师的憨拙和诗人化的激情。五十出头的人啦,有这样执着和率真,真让人添了把豪情。那天喝的是他家酿的米酒,却一个个喝得醉醺醺,直至掌灯时分……第二天，我们又相约与一帮文友去了辋川踏青，说是要散散酒气找找悟性写写大自然的美景呢。

在辋川的一个山壑里，我们被漫山遍野的洋槐树包围。槐花如雪，槐花如云，在绿色的叶脉间显得格外分明，热热闹闹地吵醒了一川的寂静；馥馥郁郁地染香了一沟的气韵。庞进和我均被这山野感动，在林间山野大呼小叫，奔跑穿梭。而唯有建邦一脸的庄严，俯瞰式地放眼这一片如雪的海洋，半晌才说出了一句话：如诗如画如梦如仙啊！言罢，那激动的泪水差点儿溢出了眼眶。我上前摇撼了一棵槐树，槐花如雨，落满了建邦的身上，他不禁吟起了黛玉葬花的诗词，哀哀的悲声让人神伤。还是庞进赶来驱散了"乌云"，那一片洋槐花便又见光明又见春阳了。

我是在这山野里重新认识了建邦的。他是一个灵魂干净，思想无垢的性情中人。一如他的诗歌和文章，总是充满淡淡的忧伤和美好生活的向往。和这样的人交朋友，你一定心神相通，不必设防。

之后，我们开始了频繁而散淡的交往。他乘车来西安我的家中畅叙；我出行去蓝田他的校园里攀谈，每每相逢于相别，又都送至于车站或大路旁。那迎来送往的握手，让彼此感受到了一种信赖一种力量。我们谈话的范围，也从纯文学涉及更广大的空间，安危冷暖，尽在言语中了。那年底，西安市作协为建邦、庞进和我出了本小册子，名唤《散文三家》，和谷作了序，平凹题了书名。建邦很是高兴，他说他一定要在百花文艺出版社出本专集，这样，他才觉得更刺激更有意义啦……

我至今仍记得他当时的表情：一派坚定，一派神圣！可惜一年多后我去了海南，与建邦面见的机会没了，只有书信的往来，但谈及彼此的思念，字里行间仍让人感叹不已。

唉，思来想去，我是愧对建邦兄的。怎么就一朝离去竟成永别呢？！人生苦短，建邦兄尤其如此。他年届花甲便撒手人寰，让我一经想起便泪满衣衫！但我又想，一个人的精神是永恒的，它比金钱的富足要高贵得多。人生是个过程。而建邦他在追求精神享受的过程中已得到了欢乐，得到了幸福。他，该满足了。

当然，建邦不是那种知名著名一类的作家，或许他永远不可能成为文学大家。但他的人品文品和充满善良的性情永远值得我去效仿，永远值得我去追寻。

今天，又一个春天来临了。我，不禁又忆起了王维的辋川和辋川的槐花。那雪白圣洁的槐花哟，扎在山野般大的花篮，祭奠我的亡友；那雪白圣洁的槐花哟，凝成如泣如诉的歌谣，向建邦的亡魂祈安。我仿佛又看见：槐花化作纷纷雨，山野清清寂无声。可有一首哀伤的歌却声声不断地唱着。那音韵的律动，有着生命中无法抛舍的哀思。

心上两座坟

我心的土地上,有两座坟。

其实,那心上的土地,便是我渭北高原上的遥远山地。那坟,像两座山峰,巍峨而苍凉,埋着我的思念、我的内疚、我的祝福。我因拥有了这堆高原上的厚土,他和她更埋在了我的心中。

那年,我插队落户到渭北高原的一个贫瘠小村。那时年少,常做些绿色的梦,加之喜好文学,便向往起高原的雄浑与悲壮了。下乡,我是极乐意去的。不想竟上了作家们的当。眼前,是连绵光秃的山峦,泥塑似的,呆板而无一丝生机,给我那烂漫的幻想,抹上了深深的斑痕。当时他和她,却有另一番情趣,除了满山遍野的穷喊傻跳,还"啊,啊"地感叹个没完哩!

我和他俩编在一个知青组。他叫建春,她叫兰花,来自同一所中学。据说,他是她哥哥的好友,主动要求和她一同来的。

他的确像个大哥哥般地爱护着她。每每西安归来,总舍不得花掉父母给的"盘缠",为她买来她爱吃的巧克力之类的食物,像哄猫儿似的奉献给她。而她呢？家中最小的独女，极娇贵，耐不住苞谷掺拌盐的生活，自然对他感激不尽，便甜生生地唤之为春哥。

他是因她而来的。故而，她的一言一行总在他的视野中。

一次，兰花到别的知青点玩，他竟一夜未眠。天麻麻亮，便去寻了她。谁想，竟跌入荆棘丛生的沟壑……可她呢？纯洁得像张白纸，对他的爱不但无所感应，还"咯咯"地笑他"冒傻气"呢！……多少次，透过她的笑声，我曾想，建春的温存，无论怎样的女子都会动情的，而她……真叫人摸不透。

后来，我明白了，她并不爱他！

揭开这个秘密，是同组二胖的"功劳"。别看二胖憨憨的，肥厚的嘴唇不善言辞，但那硕大的脑袋里却装着不少道道。一日，他闲得慌，便模仿建春的字体给兰花写了封甜甜腻腻的情书。谁想，这情书非但没使兰花激动，反而使她痛苦不堪，抱病卧床。可怜的建春，哪晓得其中的奥妙。他给兰花端水喂药时，竟被连同那封情书一起推出门外："我把你当大哥哥看，谁想你这样折煞人！"末了，又是一阵哭泣。

建春拾起信，一切都明白了。二胖怯怯地凑上，想解释。可他无力地摇摇头，脚步缓缓地走出院门，茫然向田野走去。

深夜，建春才回到宿舍。他点燃了油灯，第一次抽起了烟。伴着烟雾和咳嗽声，他在写着什么。

早上，他伏案睡去。桌上摆着他给兰花的信：

兰花：

　　你好！

　　那封信使你恨我了吧？这不怪你，你是对的。

　　信虽不是我写的，但，却道出了我心中的隐私。请你不要责怪二胖，他是无意，我是有心，要骂就骂我吧，咋样骂都行！

我现在很难过。为我难过，更为使你伤心而难过。事到如今，我只有一个要求：你还能像过去那样待我吗？……

张建春
1977 年 4 月 5 日凌晨

我受建春之托，把这封信转交给了她。她不屑一顾，用命令的口吻，约我晚饭后在村东头的山丘上面谈。我去了，她早已等候在那儿，被夕阳拉长的身影显得单薄而瘦弱。她脸儿红红的，眼圈青青的，异样的眸光勾魂似的盯着我。我不敢看她，来时想好的道白全然忘了，只有心儿，像揣个小白兔似的跳。

"兰花，信……信你看了吧？"

无人对答。

"其实，他……他很喜欢你。"

又无人对答。我真慌，想跑，可她却突然扑进了我的怀里。嘴里还喃喃地念道："我不爱他，我爱你！"

我先是蒙了，接着又怕，想推开她，可我身不由己。怀中少女迷人的一切使我醉倒。哦，原来我也是爱她的啊！是的，我的确在爱着她。对她，不知神思鬼想过多少回……我们一直谈到深夜。星星月亮都会为她的柔情落泪，为我甜美的语言所动。

就在那晚的第二天，我们全体知青被派往水库工地劳动了。那日，天空格外明亮，兰花的脸上也放出了光彩。

我和兰花分在同一个作业组。劳作中，我们不时地对望着微笑，那幸福，只有我俩能够体味。她的眼里，仍洋溢着昨天晚上的热忱，我的心中，一股热流在奔涌咆哮……忽地，像天外传来一声吼叫，"快跑，要塌方了！"我一惊，飞也似的"逃"了出来。可她呢，还在崖下木木地站着。

我正犹豫,建春冲进去,拉住了她……可是晚了。一声巨响,整座大山掩埋了他们。当人们把他俩从土里扒出来的时候,只见他俯在她的身上,玫瑰色的阳光照在他俩安详、俊美的脸上。

我真内疚和不安。尽管我十指抠得出血,嗓子哭得沙哑,可我不能饶恕自己。唉,我真自私,本来只消拉她一把便可……可我……我亵渎了她的爱,是无耻的小人。而建春是值得她爱的啊!她若在天有灵,会悔悟的。

出殡的日子到了。没有哀乐,全体知青的哭声就是哀乐;没有花圈,山野的花簇扎成大山般的花圈……我们把他俩的坟紧挨着,让他们头朝着西安的方向,使这双生不能还乡的灵魂,死时还能向故乡翘望。

我们排着长蛇般的队伍,一人一锹,堆起了两座坟茔。同时,也把我破碎的心埋下……我就要离开这里回城工作了。临走,一个傍晚,我去和他俩告别。坟上开满了鹅黄的迎春花,两只彩蝶在追逐戏飞。我蓦地想到:这彩蝶,不正是他俩殉情的精灵么!在人间,他们虽未结为姻缘,在黄土的怀抱里,他们的爱会得到永恒的!而我,只有悔恨,无尽的悔恨呐!那个迷人的傍晚,那迷人的初恋哟,成了我永生苦涩的记忆!

此刻,我竟又思念起了他们!

是的,我的思念凝成了透明的碑石,上面镌刻着他们的名字;我的思念是一支深沉的歌,是永远唱给他们的!

坟前哀歌

　　秋的高原在秋风里瑟瑟颤抖，午后的秋阳已没有温柔。我们的越野车在西兰公路上停泊，一行人走过羊肠茅道，走向一片墓地，去看一个死去的冤魂。她唤小君，是我们的同学，一个挺漂亮的女孩。没想，眨眼间已长眠山野近二十年了。

　　这是她插队时村民的墓地，依山就势，建在个斜坡上。在秋的荒原，有的是满眼的秃裸和苍凉，唯有这墓地里点缀着新绿，小君的坟上，立一棵硕壮的洋槐，一树的槐花，花团锦簇，一蓬蓬一片片地遮了半个天，悠悠的香气，氤氲弥漫了整个山野。这，该是小君对同窗来临而怒放的心花吧？我们不禁百感交集。想那小君当年，不正像这槐花一样圣洁美丽，散发着青春的气息吗？可怎么竟死在那可怕的夜晚，让人至今想起仍不寒而栗！

　　我不敢毫无顾忌地去描述这悲剧的关键所在，少男少女的事，总怕引来麻烦和猜度。她死在一个麦收后的夜晚。凶手为男性，也是我的同学。他们曾在一个队里插队。他杀人后在漆黑的山野里狂奔逃窜，跌跌撞撞地如一只受惊的狼。三天后,他在邻县的山壑里被抓获,五花大绑被荷枪实弹的公安押往县城。那情景,像当年抓胡子响马一般,闹哄哄地惊憾了十里八乡。他三个月后在县城的体育场公判,押赴刑场执行死刑。那天,县城的高楼上、十字街口都架满了机枪,据说是怕知青劫法场。再看那死到临头的他,在站满武警的刑车上微笑地向我们点头,一种"视死如归"的形象。人群中骚动吵嚷,就有人"啧啧"地咂舌头,说没见过这么不惧怕死的硬汉……我们这些混杂在人群中的知青,心里很不是滋味,对他是既恨又惋惜,想他的父亲将他这没娘的孩子拉扯大多不容易,他犯下如此罪孽,让老人痛伤不说,又有何颜见世人。最可怜的是他那母亲般的姐姐,遥远地跑来,是为了见他最后一面啊!

他被枪决了,在一个充满阳光的上午。我们目睹了那骇人的场面。他是命里该绝的,自古以来杀人偿命欠债还钱,不杀他,不足以平民愤。

可我们怎么也忘不了惨死的小君。那白布裹着她,苍白的脸上仍挂着惊悸,在玫瑰色的阳光下显得冷寂而孤独。她的母亲,几次哭死在她的身旁,号啕的哭声,使在场的人们无不动容。下葬那天,知青和村民来了许多,大家抬着那薄薄的棺木缓缓向墓地走去。知青们排着队一人一铲土,将她埋于热土,与她作最后的告别。那新土堆成的坟茔没有鲜花和青草,只有村民栽种的那株孤零零的槐树,在风中摇曳,一派弱不禁风的凄楚景况。那树苗儿,像活着的她,时时与风雨进行着较量,让人好伤心。

知青们怀着悲痛,一步三回头地埋葬了小君,同时也把自己的泪水与思念埋进了土壤。可怜小君,青春的生命就这样夭折了,没有灿然的光辉和安详的微笑,给我们留下了一个滴血的感叹号和人生乐章里的悲惨颤音。

我想,小君的惨死,也是那个时代的悲哀。遥想当年,所谓知识青年其实是知识甚少,且幼稚愚昧的中学生。试想,在荒僻的山野,远离父母远离都市的贫乏生活,又让他们怎么去把握人生的方向,怎么去掌握自己的命运？这是整整一代人的悲哀啊！……

今天，小君，你的同窗和与你共同在泥土里滚爬过的知青来把你探望，也是在寻找生命内核中永难泯灭的回忆。20年了，当年与你一道的知青都已返城，天各一方，而且已年近中年了，但大家忘不了留在那里的你；忘不了离别的滋味和相思的纷扰；忘不了与你在一起曾经年轻的岁月。你生不能还家，死又葬于异乡的魂，已整整萦绕了我们20年，让人只要想起就泪水涟涟……我们一行七人，在墓地里呼唤着小君的名字，抛撒着满天纸钱，一丛丛烈焰燃烧了我们的思念，就有女生哭出了声，声声催人泪下，划破了荒野的沉寂，撼天动地，可回答她们的仍然是荒野的沉寂和纷纷落下的白槐花。这块曾经淌过我们血汗与泪水的土地已经深深地睡去了，它睡得那么死寂，以至于20年后也难将它唤醒。

哦，小君，其实我们在这呼唤中已面见你当年的枯容，听到你泣哭的声音。20年没回家了，我们要接你回西安的家中，去拜拜你那为你流了一辈子泪水的母亲。她老人家已华发苍苍，到了秋天的年龄。为了你，她头上的发丝已像落叶般地飘零。可这世上太纷嚣太吵闹了，你又怕孤魂路远。那么，让我们捎一捧你坟上的黄土回去，亦算你魂归故里梦回家乡了。

终于要离别你了。我们在你的坟前伫立了许久，一个个都怕这别离揪心裂肠。田野静得像已死去，却有无言的望不尽的高原秋色一片苍茫。我的心在颤抖，我的血在奔流，这埋着千年历史的黄土高原啊，也该记住这悲惨的一幕！

此刻，夕阳如一颗喷血的头颅，溅淌出血红的惨烈！那株开满白花的槐树于风中吟唱着哀婉的挽歌。我想，小君是不死的。那槐树不正是她生命的再生，年年岁岁昭示生命的存在。想那来年的秋原上，那槐花会开得更加美丽芬芳……

槐花为谁开

    一方墓地，躺着一个死去的魂灵。在这野旷天低树的秋原上，耸立着一棵槐树，且白花满枝，花团锦簇，弥漫这氤氲的香气。

    这是一棵洋槐树。它在春天里抽芽，夏天里开花。它美丽就在于不混迹于春花草木之中，而灿烂于春夏交替之时。也许是山原的夏天来得太晚了，我眼前的这棵槐树，它的花儿竟开在朗朗的秋季。如自然交响中短笛的奏鸣，给这黄土高原的苍凉抹上一笔亮丽的色泽。

    它，长在一座坟茔上，根须亦扎在了黄土里。坟里葬着一个年轻的知青姑娘。她从古城西安来，死于一个恶魔般的男性手里。这是个听来十分可怕的故事。凶手和死者都是我的同学。关于他们的故事，我已经在前篇题为《坟前哀歌》的散文中写到了。恕我不再，也不愿将之复述，我只想写写她坟上的那棵槐树……

    山原是旱原，原本是很难长成什么树木的，可这棵槐树却长得苗壮葱郁。山里人知道，那树是有灵性的。秋天的艳阳里，风吹着槐树像一个幽灵在哭泣,那白花儿泪纷纷地落下,煞是凄楚。山里人知道,那是冤魂孤独的清唱,哀婉的音韵能揉碎一腔衷肠。山里人看惯了这槐花的飞扬,山里人听惯了这风中的吟唱,可多少次,仍禁不住停下手中的活计,静静观望,静静回想,混浊的泪水便涩涩地往下淌。

山里人说,把死鸡死猫埋于果树根下,果树就挂果疯长,而人的坟丘上的树儿也该长得旺啊!

难怪二十年过了,坟茔丰盈得似人之脸庞。一个美丽的少女的模样。

二十年了,这坟里的孤魂被岁月的风雨侵蚀,被冰冷的月光映照,被烈烈的阳光灼烤,却冥冥中仍有血性的感知:那槐树就是她生命的展示,是她另一种生命的再生。她没有死,因为我们活着,她便活着,我们亦是活着的死者。死亡是永生,是另一种生命意义的永生。

我常常想起那槐树,那棵在秋天山野撒落白花的槐树。它在秋阳下越发美丽和凄楚。像一次完成的水墨画,一丁点儿的修改都不可能。因为,这是生命在时间飞逝中定格的生命。我想,世间的万事万物都有个定数。有的人死了,纵然葬于万紫千红的花丛,秋天时也得凋枯;而有的人死了,只要有一株草木就让活着的人常常回眸。因为,一个时代的悲剧,已深深烙印于我们的心灵深处。也仅仅是这棵槐树,便长满了我对往事活生生的回忆,它使我懂得了世间的纷嚣,人间的坎坷,以至于对"上山下乡"那一代人难以忘怀的倾诉。

一棵树可以活到百岁千年,我们,不可能活到永远。坟上的槐花为谁开又为谁败,那都是一种自然的属性,但我心中的槐花可常开不败。我可以将我之生命放置于秋原上风干,晾晒,去印证历史的沧桑和无奈,但人,永远会先于一棵树从世间走开。所以,人与树无法用生命去对比,却能用意义去描述。无论大河奔流,无论高天流云,无论鸟鸣山野,无论人在都市中行走,都是生活的平凡所在。就像玄妙的禅从来不是超自然的,它就在衣食住行的生活中。还是让我们有一颗平常心吧,我们就会活得宽松自如。

啊,不! 我仍旧系念那棵槐树,它不为我开也不为我败,但它昭示了一种不屈的精神所在。

秋天的槐花为谁开? 为一个死去的灵魂,为一段难忘的历史,为一方高原的热土。

三十八年忆赣州

一、序

在一个陌生人眼里赣州是遥远而陌生的。然而,她之于我却是遥远而难忘的,而且是魂牵梦绕的。

我至今仍系念三十八年前的赣州,她多次敲打我的记忆,让我一想起便是泪水涟涟,那遥远、陌生而难忘的赣州在我生命的乐章里,有一段不寻常的华彩。

借这次单位赴井冈山进行红色之旅培训之际,我去了趟赣州。

二、路上的回忆

从井冈山去赣州的公路平坦而宽敞。这让我忆起当年我去赣州的艰难。那是1974年，我还是个青涩的少年。由于江西政府部门到西安外调，我们家人才知道，我的爷爷在遥远的赣州，不过此时的老人家是在赣州边的赣县一个林场里劳动改造，他是当年的南下干部，新中国成立后，功成名就，在省政府部门工作，并已重新组成了家庭。我的奶奶和五个孩子在遥远的西北，天各一方，已经二十余年没有联系过了。我爷爷希望我父亲及其他孩子能够去探望他，可这二十余年的怨恨怎么也难消呵！还是身为长子的父亲，知道爷爷的身体不好，便去了趟赣州，没想到却遭来奶奶和两个叔叔两个姑姑的指责，家庭里顿时紧张了许多。而我那时懵懵懂懂，光顾着高兴呢，因为爷爷答应给我买一把带虎纹的小提琴……没想，这种紧张和高兴没过多久，便被一份电报打破了：爷爷的林场拍来电报，说爷爷病危，让我们速去呢！

我和父亲、姐姐急匆匆地赶上了开往南方的火车。

赣州与西安相距遥遥数千里。我们到了广东韶关，住了一宿，第二天一早乘长途车出发，路过南雄等地整整走了十二个小时，于当日傍晚抵达赣州。可叹路途遥远，路上三天的耽搁，我的爷爷已经离开了人世。那几天我和父亲、姐姐忙着给爷爷办丧事，直到火葬场的一缕青烟飘散，一个我想见面、而十六年来第一次相见就生离死别的爷爷就这样离我而去了。我很难过，十六年来，第一次感到悲伤的滋味。想想我父亲被打成"右派"后家中的遭际；想想我苦难的童年；想想我将要去农村插队落户的情景；想想我那再不能拥有的小提琴，我在异地他乡的心情是何等的沮丧。

我曾经多次攀上林场的后山，沿着湿漉漉的山道，到贡江江边徜徉，心乱如麻，魂不守舍，不知这江水流向何处，亦不知这江水在我的心房上是如此苍凉。一个西北的青涩男孩儿在这南方陌生的地方，令人神伤。我当时想，爷爷怎么从北方跑到南方？爷爷为什么抛家舍业把自己搞得如此孤独和凄凉？……在我青涩的心灵里，我有许多追问，有许多事情令我费解而难忘。

三、贡江的感叹

车到赣州,已是午后光景。苍山环抱着的古城在午后的阳光下显得生机勃勃而有活力。我们的车子七拐八绕,总也到不了宿地。在城里,我看到了那江水,望见了那青山,我急切地想扑到他的怀抱,要热热地喊一声:赣州,我回来了。三十八年了,今日重回故地,真是阳光照大地,旧貌换新颜。我的爷爷地下有知,该欣慰他的孙子来看他了,我八十六岁的父亲知道我是代他故地重游了,我的老姐姐知道我是圆了她重回赣州的梦了。故地三十八年前,物非人非心感叹:人生有几个三十八年呢?让人不胜唏嘘,不胜依依……

我们有意选择了贡水边的一家酒店下榻,为的是晚上去江边走走。

晚饭后,我便去了贡水边散步,在月色朦胧中,我在寻找当时的影子:记得那时,贡水是阔大而清澈的。我每每进城是要踏上一座用小船架起的古浮桥过江,然后通过一个古城门才入得城去。据说这赣州城墙是宋代的建筑,与西安、平遥、荆州、兴城同称五大古代城墙,而唯有赣州城墙最早,成为国内的孤品。那城里有三十六街七十二巷,是个热闹的所在。我还依稀记得当年我和父亲在赣州钟楼对面的茶馆吃茶的情景:那里是交通要道,窗外的汽车声和高音喇叭里激昂的音响混杂在一起,兴奋的人们在辩论、在呐喊着,一片闹哄哄的景象。四周的墙壁上铺天盖地贴满了大字报,我至今记得,大字报是在批判白栋材和要求为李九莲平反的文字。白栋材系当时的省委书记,李九莲是赣州一个矿上的女工,因反对林彪被处以死刑。我父亲是个受过冲击的人,遇事小心谨慎,看到此番情景,拉着我惶惶然一路小跑,到了江边对我好一顿训斥……

可今晚,三十八年后的夜晚,我,一介知天命的游子与友人,仍在江边坐定,大有李白"今人不见古时月,今夜明月照古人"的感慨。一壶清茶,几盘点心,同来的几位友人,听我讲述如烟往事和对赣州的印象后,不免生出几分悲凉来,同来的吴兄为此即兴道出一首诗来:

> 徐徐秋风吹来,
> 漫步故地江边。
> 蓦然回首往事,
> 心中感慨万千。

是呀,人生之岁月在历史的长河里如此短暂,可明月却能与世长存,永远光辉。让我不禁吟出一首诗来:

> 一江秋水往事多,
> 青春岁月似挽歌。
> 千重山水寻故地,
> 了却吾辈一世活。

四、重登八境台

记忆中的赣州,尤为八境台古迹让人难以忘怀。那青砖的古城墙,行进在八境台之处,恰好呈三角形砌立,像一艘乘风破浪的大船。它一边是贡江,另一边是章江,在八境台下融汇一起,成了赣江,滚滚向前,一派大河气韵。

登上八境台时,正是朗朗的早上,阳光透亮而湿润,空气新鲜而芬芳,我在这城墙上,在这八境台上寻找三十八年前的足迹!

我发现，台上已威威武武地盖起了一座古楼，雕梁画栋，气势吞天，颇有些黄鹤楼、鹳雀楼的气派！我恍惚了，在我的记忆里，这八境台上是空荡荡的，我当年留影的背景也只有城墙的垛口和远方的青山。当然，或许它当年是雄浑而伟大的，但历史的烽火早已将之毁灭，留下的只是一份记忆和一处遗址啦。

可眼前这阁楼，显然是近十多年前新修建的。台上还立一铜像，系北宋嘉祐年间时任虔州知军的孔宗瀚，上刻有一段文字，说的是孔先生于九百多年前建八境台的经历，亦说明章贡二水经台下汇合北流后成赣江，赣江源头即起于八境台下。当然，历史的风风雨雨，使八境台多次被毁又多次重建，还有八境台最著名的题咏，当年都镌刻于八境台上，可惜在1929年被大火焚毁后，成为永久的遗憾。

我拾级而上，登上了八境台楼阁，向东望去，记忆中的宋代浮桥在贡江中横摆于眼前，有人从桥上过，让我想起三十八年前的我，可惜不是烟雨蒙蒙，不是春夏之交，而是三十八年后秋天的九九重阳天气。还有那岸边的建春门，依然是那么古色古香，与这八境台的城墙连在一起，逶迤远去，呈巨龙之势，大有飞天腾空的感觉。我的眼光再向北望，那是赣县的方向，有一座座脉岭，黛青色的林木葱郁，我想，当年我是从那个方向迎面走来，沿着山径，走到江边，走向建春门，走上八境台，以至于走出青涩走向人生大道的……

此刻，我要去赣县那个当年爷爷劳动改造的林场去看看，或许那里能勾起许多当时的回忆，可问了几个当地的老表，都说那边路不好走，山路坎坷，恐怕数小时方能抵达。我想那三十八年前的所在该有几多变迁呢？人不识我，我不识人，岂不尴尬至极么，唉，罢了，罢了，还是让我在八境台上眺望那里吧，这一望，还真有了那种故地如面的意味了。

我在八境台的阁楼上，伫立了许久，脚下的水在流，天上的云在走，赣江滚滚、思绪悠悠。我想,我今日之来意在寻找什么呢?寻找往事?寻找记忆?还是在寻找灵魂的寄托?或许,是我那颗三十八年来坚韧而跳动的心,有一股说不清、道不明,不可名状的驱动力吧!它让我寻找到一种耕植于心的东西,即:心往所想,脚往那行。是呀,我足迹虽然没能抵达那片林场,而我的心却已抵达彼岸了。我想,我是不虚此行的,此行足矣。我应该伸开双臂呼喊:赣州,一座与西安同样古老的城市,你已凝成我心中永远的思念。因为你留存着我爷爷的足迹,留存着我们家族和我个人不能忘怀的回忆。或许还有个三十八年,我的儿孙们会再来赣州寻找记忆的,他们同样会像我一样念你想你的。还有那奔腾不息的赣江之水,也同样如血脉一样流传着今天经久而难忘的故事。

远方思绪

三
章

竹韵 　　　　　　 游马鞍岭

北海听泉 　　　　 夜走亚龙湾

荡舟红树林 　　　 外面的世界

海南的春天 　　　 台湾相思树

海南的夏天 　　　 京城品雪记

海南的秋天 　　　 寻找春天

海南的冬天 　　　 温哥华的秋天

太阳河散思 　　　 樱花之祭

夜宿太平山

心泉

三
章

竹　韵

一个根块,置于我的案头,它不成材不成料地奇丑无比。它是我从遥远的西沙群岛带回来的。

今年初夏,我有幸随一个慰问团去西沙采访。抵达永兴岛的当天,我们到海边看海鸥去。午后的海岛阳光炽白,闷热闷热,白细的沙滩仿佛在燃烧。唯有水是湛湛的蓝,天是朗朗的亮,海天一色悠悠的静远,连一次次拍打岸边的浪花亦变得分外温柔。只是,我们要看的海鸥不见踪影,倒让人好生沮丧。同来的哥们儿姐们儿耐不住阳光的辐射,吵着说再不回去就会晒成鱿鱼干了,却发现一只白色的大鸟不知何时在圆弧的岸边落脚,使得灰心丧气的众人又怦然心跳,大呼小叫地向它奔去了。蹊跷的是,这鸟儿却不惊不跳不曾飞走,高昂的头颅向茫茫的云天凝望,似一尊神圣的雕塑呢。这倒慑服了众人。难得这鸟儿有此深沉,它是在梦呓呢?还是在静听大海精灵的呼唤?或者,它是离群的孤鸟,在循着同伴飞去的长路,心中的隐痛,已使它忘却周围的世界了呢?总之,它的诱惑,拽曳我们向它步步迈进。可当我们真的走到它的面前时，却发现它原是一个有着构架和造型的竹根！

"嗨！"同伴们惊呼上当，将之拾起又狠狠地扔进大海，以泄心头之恨。可这玩意儿倒是奇怪，一个浪头又原原本本地将它送上沙滩，仍是那副尊容那副形象。

哦，它从哪里来？它到哪里去？是什么驱使它漂泊到此？想它过去是扎根于土壤的生命之树，是风暴，是山崩，或许是人为所致，使它断了身子，将根脉扔进山野，又随波逐流踏浪走河融进了汪洋中来了。噢，它是从遥遥的大陆来的呵！它漂流了多少个日日月月？海水漂泊了它的生命，却重新赋予了它另一种生命。它是死了，但没有被征服，它的魂灵还活着。海水的洗涤和雕琢使其如苍鹰，似鲲鹏，又生出悠悠的旋律和节奏，捧在手上，自有股波澜在人的心中涌动，隐隐地能听到声声螺号的呼唤呢。

岛上的战士肯定了我的想象，说岛上并无此等植物，一句话，竟说得我呆痴了好一会儿。哦，这个已离别生命之土，离开原始生命的幻化与想象的载体使我想起了自己。我，不也是抛下故土的漂泊者吗？大自然竟如此巧妙地安排了人与物共同遭际的巧合，这，不能不使我感到生命的悲哀。虽然，人是有思想的，但正因此其欢悦之时的痛苦亦愈是强烈。人与这竹根一样不能藐视大海与天空的威力而依然故我。所以，我不必躲避痛苦，亦无须总去追求快乐。活着，就是活着！宛如一株优良的植物要适应各种土壤，而不是改造土壤去适应自己一样。也许，这就是人生，一种确切的人生！

想到此，我愿将它带回家中相依为命，去伴我完成生命的旅途呢！同伴们笑我痴笑我傻笑我一派酸文人的做作，可我终是跨洋过海地将它带回来了。我想，它驾驭过太平洋的风浪，一定能给我宽阔的胸怀，文学的想象，生命的律动的。

没想，这丑物竟被一个来家中造访的画家相中了。画家自称有点石成金之术，说此造型只要涂抹些生漆略加雕琢便会平添灵气，塑造出逼真的形象来的。他还说，老外颇为欣赏这种自然与艺术谐和的玩意儿，没准能卖出个大价钱呢。可我却不以为然。我总想，这根雕源于自然贵在自然，如今亦应顺其自然，万不可随心所欲地刻意雕琢。正是它，这股天然的诗趣，野性的力量，才赋予了它如此的造化与生命呢。

哦，竹之根雕，天之所造，在我斗屋的一隅供奉着。每每望见它，我心里的海便掀起波涛；每每作文时，它便给了我波澜起伏的神韵。

北海听泉

银滩海边,我来听泉。不是听山涧淙淙之溪音,不是听汩汩涌动之泉韵,我是在茫茫大海的岸边听一次交响乐的潮声!

这是一座名唤《潮》的喷泉,白日里孤独地立于岸边,折射出一道金属般的光亮。它周围弧形的池子里盛有清水,比海水湛蓝,浅浅地看出横七竖八的铁管,蛇一般在阳光下晃动,没觉得它有什么魅力,亦没觉得它有什么动感,充其量不过为大宾馆大饭店门前的玩意儿了。

可友人讥讪我"不识庐山真面目",硬拽我去看夜的喷泉,称之为"动中的喷泉,画中的交响",有股回肠荡气的力量呢!

当然,我不是梁实秋先生笔下"凝神危坐,微微地摇晃着脑袋"的听戏形象。我去听泉,亦是观泉,既去了,倒要看这夜中喷泉能折腾个啥样,难道能让我倒吸口凉气不成?

银滩的夏夜是美丽的,海风徐徐,帆灯点点,影影绰绰的游水男女将嬉闹声传得好远。最是这喷泉旁听泉观泉的人们,呈半圆形将这建筑围成了一片。人们静静地等待开始的时刻,宛若春节等待新年的钟声敲响,竟有一种庄严和几多神圣。

终于,人们的头顶上倏地闪过几柱彩环,色彩之光亮,映照半个天,接着贝多芬的《田园交响曲》轰然响起,将人之心悬在了嗓子眼上,那死去的"蛇"便狂舞起来,做出无数变化的娇态:一会儿款款地柔曼,一会儿又激动地奔突,要么吐出细长的银丝牵你的手,要么凝成水柱儿敲你的心弦,并在色彩的交融里形成水桥、宫门、礼花等各种造型,使人误入水晶般的宫殿里,听一群美女舞之蹈之哦之吟之;又仿佛使人置于交响音乐会剧场,听那小号的辉煌、长笛的流韵和小提琴的如泣如诉,万种的诗情画意便油然顿生了。

人们惊讶了,人群涌动了,其势如身后海上的潮涌。有旅行者闪动了照相机;有贪玩者闯进了"水帘洞";有后来人大呼小叫地急急奔来;有少男少女随音乐翩翩扭动了腰身……纵然有冰凉的水珠溅了人们的周身,人们也绽放着笑脸湿漉漉地惬意万分。

我一任人们的欢闹激奋,一任这"风吹浪打"色彩缤纷,不知咋的就想起了天安门夜景的礼花,想起了黄果树轰响的瀑布,想起了舞蹈书法绘画,想起了大海中涌动的大浪和飞溅的浪花。这是一种条件反射的幻化,还是一种心灵感悟的幻化?我笨拙的脑神经怎么会有这不伦不类的形象?难怪,艺术对人的感染力往往超乎其所能抑制的思维,不伦不类的痴想,反而是最切肤的体味啊!

半小时的音乐喷泉表演完毕了,一切都恢复了平静。天地黑黝黝的,可总也遮不住刚才那摄人心魄的情景。我惊叹喷泉建造者的独具匠心,怎就将这现代科技摆布得这般华彩这般灵动。我想,汩汩涌出地表之水为泉,淙淙流淌山野之水为溪,而如千军万马奔腾呐喊之水为潮啊!一个"潮"字,怎不将这喷涌向上波涛向前的气势体现得准确无疑呢?!这"潮"的内涵,当然不仅仅指那具体的物质,它不是也包含了滨海城市北海在经济改革大潮中的姿态吗?历史的潮水再一次拍打着北海的船舷,它还能等待吗?不!它早已驶进了潮浪中的大海,做搏击风浪的航行了!

起风了,咸味的海风携着潮水呐喊着从大洋深处奔来了!我心之海潮亦随之涌动,有一种按捺不住的壮怀激烈啊!

荡舟红树林

海南有片红树林。

它不在山脉不在平地而置于水中；它在风浪的塑造下，在盐渍的酿造中成长；它赖于天然，长于天然，天然所成。落潮时茫苍苍一片绿林博大精深，涨潮时苍茫茫一片海水浩浩深情……哦，多么神奇的红树林啊！

一个朗亮的冬日，我们去看那红树林。租一条小船，寻一个向导便向树林深丛划去。船是木质的，用红树雕凿，却白晃晃得显眼。它轻而实，密而薄，在水上柔柔地荡着，溅起一圈圈密匝匝的涟漪。走过水面，绕过湾子时，瞧见一条河道，宽约半百。河中横泊着几叶扁舟，几张渔网正空落于水中，河的尽头便是浩瀚的大海了。

我们没有奔向海里去，而往幽幽的林子里走。划进静幽的深处，高大的乔木不见了，只一派原始森林的景象。二三米高的灌木攀缘着，勾连着，支撑起一蓬蓬硕大的树冠。我们的小船只能从其窄窄的甬道爬过去，轮番如此，一层一层的洞天和仙境便醉了我的心，使我的心脏如凝固了一般呢。

向导告诉我们，红树林不是指某一种树，它是泛指热带海岸水生森林植物群落。它生长在贫瘠的海滩、淤泥之中，经风雨，耐日晒，海水沐浴越发葱葱……一番话，倒使我忆起了北方故乡的杨柳。那玩意儿插在哪儿哪儿活，有一种顽强的生命力，是北方人性格的写照。而这红树林呢，难道不是琼人生命的魂之所在吗？

穿过灌木丛，心胸开阔了，天地宽广了，有树干通直的树木就在眼前。树上，宽大的叶子下垂挂着一个个纺锤形的绿果，风铃似的摇摆。正待我打问时，见艄公紧摇橹把冲至那些树旁。他伸手摘下果子扔给我们，说："此树属胎生植物。这些果子发芽成熟后落到水中，钻入泥里，再生长出枝叶来，又是新的红树了。"

我问："海水盐分很高，果子浸泡其中会不会死呢？"

他答："不会。因为红树有一种独特的生理机能，没有海水反而不能生长呢！"

"那么，红树林有什么价值呢？"

艄公笑道："红树林多植于海岸，如一道绿色长城，抵御台风和风暴潮的袭击，保卫着沿海农田和村镇的安全。它可入药，可作染料，更是建筑、桥梁、船舶的优质材料。"他还说，不仅如此，在战争年代它又是海南地下党游击队的藏身之处，革命的烈焰从这里燃遍琼州大地。

此一席话，听得诸位鸦雀无声。猛然间，响起热烈的掌声，大家这才回过神来寻找红树林的魂之所在。

船，又往前走，曲曲弯弯，弯弯曲曲，蛇一般的扭动，我的心亦随之波动。此刻，正值退潮之际，树高了，水低了，红树的根脉裸露无遗，如苍龙似巨蟒，纵横交错，盘根错节，自有一股力的较量，又是团结如一的象征。我蓦地感到周身的血液奔涌，肚里的肠子在盘结，在扭劲，有一种撼天动地的勃勃大气呢！我想，大概正是如此，红树林才能顶狂风战恶浪，巍然屹立在海岸上的吧。

已是向晚时分。我们的船已靠岸,西天的彤云在燃烧,映于苍翠的林木上折射出一种鲜亮的金光来。此时的海底森林,与地上之森林无有二致,莽莽苍苍旷旷远远的,一声呐喊便有轰轰的回音,惊飞诸多的鸟儿扑腾腾直上云天,亦惊得我魂飞胆战了。

红树林,黄金海岸的绿色飘带。暮色中的氤氲为之披上了柔柔的纱幔,更增添其诗情画意。我伫于这里许久许久,经意时天已黑定了。

海南的春天

　　海南的春天,不具有明显的季节特点,冬天的脚步似乎从它身上走得过于匆忙,而迎接它的,是蓦然来临的酷热。人们从温润的冬天跃进热腾腾的"火炉"里,来不及调整自己,像晒在岸上的鲜鱼怎么也蹦不到水里。恨不得一口气游过琼州海峡去……

　　海南的春天短促,故而十分珍贵。一年中最隆重热闹的盛事在这个季节里。尽管地表潮气浓重,人们的裤脚像两只"拔火筒"抽着潮气,但仍乐此不疲地从"海、陆、空"向岛上汇集。有乡团会,有参观团,有寻根问祖祠堂团队,夹杂有经贸洽谈、投资办厂或房地产……热热闹闹得很有些气氛。最是清明前后那几天,乡野湿漉漉的土地上,走来一群海外归来的子孙,几盘供品,一撮香火,将对先人的思绪缠绕在座座坟茔。那白发苍苍的老人,老泪横流,久跪不起,免不了给同来的儿孙谈起他和先人的故事,把他的心揉碎,撒进这片日夜思恋的赭土里。末了,必定感到春之涌动,给他和他的儿孙们以不可抗拒的感慨:这土地接受了他们的祝福,将他们的希冀,变戏法似的长出了缤纷的花絮。海南岛变了，家乡变了。如一夜春雨使万象更新——乡野山青水碧；都市高楼林立；大海帆船点点，云天新鲜的太阳在冉冉升起……海南，这个冬眠了千百年的宝岛，只要春真正来了，任满天阴风淫雨也摧不残打不烂，而越发花开四季香飘万里……

我忆起在故乡北方的春季，一辆卡车拉着众人去寻找春的绿地。那唤作"春游"之举，亦是一年中难得的趣事。行囊中不敢奢望易拉罐矿泉水和好酒肉，总要带上面包茶水煮鸡蛋。一番游玩，不过是看看老祖先留下的坟丘庙宇名胜古迹，而山水之景却缺少生动的诗情画意。无非是一场空热闹，算作今年春的馈礼吧！那已经很满足了，真不知大海那边还有一个天天能"春游"的岛屿。大概是几年前那股春风的吹动吧，我竟梦一般地漂上海岛。初上岛时，正是早春，北方万物苏醒，可这里已繁花似锦山绿水清。我庆幸，我是海南春天的第一批客人。踏遍山山水水，走遍大街小巷，和煦的风扑面而来，天空明净，春潮涌动，千帆竞发，使人不敢再高唱黄土地上千万年不衰的大风歌。那流泪的胡杨，枯秃的沙棘，终难成为绿洲。而我眼前的新绿，恰是海南建省办特区的1988年春天。而这个春天，不仅使这海岛碧草青青充满生机，而必将吹暖北方残冬的寒天。一方土绿不唤春，绿满神州春万千。我多愿，海南之春染尽漫漫天涯路，春风总度"玉门关"啊！

海南的春，总萌动人的情感。但它毕竟是个重新开启的季节。农民怀着希望从事春耕，人们怀着希望种下理想。新的一年又有新的打算新的时尚。春天总像一天中的早晨，一轮朝阳就要升起。那是海南特区的太阳，必将照耀春天的新绿，结出累累的果实来。

海南的春，怎么又最具春的特点?! 它自始至终都在浓浓的香韵里，沸沸的潮涌中，它在中国春天的乐章里，是一段辉煌的华彩，是充满主题的春魂。

海南的夏天

　　海南岛的夏天,是真正意义上的夏天。它最具季节特点,热带旖旎的风光,在此期间展现得最为灿烂。

　　海南岛地处热带,属热带季风气候,一般五至十月为雨季,其实正是炎热的夏天。这时候的白天酷热,夜间苦短,没有清晨的凉风,没有夜间的温柔,大清早的太阳就喷出一团火,染红辽阔的大海染红赭色的大地染红飞旋的鸽群,无奈的闷热笼罩了整座城市。出门劳作的人们,双脚匆匆地走着,如热锅上的蚂蚁忙忙活活,尽管专拣阴凉地走,待到了目的地,也已大汗淋淋了。

　　晌午时分,气温骤然升高,滚滚的热流里来往着车的洪流人的浪潮,囚得人们心身烦躁,一种溽热使人不堪忍受。这时户外的骄阳下,恐怕连鸡蛋也能烧熟。使人不得不在路口或阴凉处暂留。那热风怎就有了微微的凉意,徐徐吹来,倒觉舒畅了许多……这是海口的晌午。若在三亚的街头,恐无有丁点的惬意,你阳光下走一走,一时三刻会烧伤皮肤,用一顶帽子遮着掩着,不是为了风景,是人人必备的行头。唯有五指山腹地的山城通什,夏天的灼热不复存在,山头上望一望,晨中的山城在茫茫的雾中出浴,宛若黎家少女的娇容,绝妙得美不胜收。山的嵯峨,风的行吟,在夏日的光环里成了美丽的和弦。可无论在海口在三亚在通什抑或在某一个县城乡镇,海南的夏夜形同热闹的白昼。虽然那夜幕拦住了阳光,但五光十色的灯火撩拨人的心头。到街上遛一遛,到商店走一走,夜宵的饭菜香喷喷,歌舞厅咖啡屋和任你扯着嗓子吼的卡拉OK到处都有,一天的燥热挥散而去,一天的劳倦无影无踪。你走进浴室冲一冲,一种满足一种惬意便在你余兴未尽的梦里走向天明……

过去在大陆就知道海南是很热的地方,甚至联想到赤道和黑非洲,其实当生活在其中时,方知它是个美丽的所在。非洲干旱少雨,沙漠茫茫,是世界的高温地区。我虽未面见非洲的景致,但从三毛写撒哈拉的文中已领略了那灼灼的酷热,而海南不一样,它是个充满绿色的海岛,多雨多风、海洋气候,无论怎样的高温,但有风来便有沁人心脾的滋润。尤为大雨和台风,乃驱散热流的巨兽,虽可能带来灾害,但的确让人爽快得无以言说。

但毕竟,海南比起北方是一个热灼灼的地方。它不比北方的盛夏。十天半月的酷暑好熬着走过,它一年中有半年的热天,溽热的滋味,让人身心都潮兮兮黏糊糊,幸好家家都有个冲澡的空间,要么,到沙滩走一走,到海里游一游,周身的筋骨顿时舒服,往往能飘然入睡。大概正因此吧,有人说热带的氛围使人呆呆钝钝。其实不然,海南将市场经济玩儿得倍儿熟,特区人的步伐铿锵而有力度,开发区、工业园、高科技和房地产高速公路,哪一项不是现代化智慧发展的结果?海南这列快车,就是在灿烂的阳光下,才行驶得飞快稳妥。

海南的夏日久长,当是它的可贵之处。特区的海南,拥有最充足的阳光雨露,新埋的种子在热土中生根发芽,必将长成参天大树。这里的夏天好哇,这里的热风好哇,这么个阳光带,怎不吸引千万人来寻找感受!……

天空五彩云,大地热腾腾,阳光照航程,碧海荡轻舟。夏天的海南,不会没有清凉的海风吹拂,它敞开太平洋的胸怀迎接你,你该大胆地往前走哇!

海南的夏天,正是海南人质朴热烈的情怀。

海南的秋天

　　海南的秋天，没有北方秋的单调，秋的凄凉，秋的悲壮，却有北方秋的湿润，秋的辉煌。一种恰似女性的温柔。

　　海南不比北方，秋日的黄天里挟着来去匆匆的凉风，风剥去树木山水的绿衣，喘着苍老的叹息；海南不比江南，似情非情地点化山水，不伦不类的景致少了凝重，多了妖媚。海南独立于海上，宛若郊野别墅的况味。从里面踱出，就见脉岭就见海滩就见阳光与晨露。去脉岭上，不必带上可以描摹的画板，不必带上可以书写的纸墨，只要有一颗心，秋天便会把你盛得满盈；去大海边，海浪欢腾着向你奔来。温柔的海迷人的海秋天的海，唱出金属般的歌声。那是朝阳和落日的辉煌，以无与伦比的庄严神圣攫住你的魂灵。你身不由己被拽入海中，溅响笑咯咯的浪花。秋的所在，尽在你如鱼得水的惬意里。你伫立于山畔，山间的风细柔如女人的手指，抚了你的脸，又抚绿山。那山不是白日灼光下烁人的色泽，是绵绵的雨丝刚刚梳理过的新绿。于万绿间兀然伸出的是椰树，舒膊袒胸，经风唇的亲吻，就回味幸福般地颤抖;你走出海边,与海水低语,渔火航灯便向你眨动深情的眼睛,勾起你的相思,当裹着腥味的海风从远方吹来时,你秋天的愁网,撒向你生命的海域,打捞你的希望你的理想。秋的季节,容易使人怀想。难得秋风的凉爽,终使人熏醉中仍能清醒地辨别故乡的方向。

我总是被海南的秋天感动得流泪。北方汉子怎不恋着南国的纯情妹?!海南的秋全然是女子的风姿神韵。她夏来东去的脚步细微无声,明眸润唇,着情山水,并无世俗的腰身与服饰。她附形于物,是风姿;温柔静默,为神韵。迷人女子的优点,她无不具备。

哦,海南,这好山好水好地方。最是秋天让人爱得忧伤。这秋的光照风浴,让人胡思乱想。雄性北方养育的儿郎,寂寞无奈却深感迷茫。何不将生命之树植于山冈,在秋天里结好你的果实;何不将生命之舟荡于秋水,在秋月下写优美的诗行。秋字加个心便是个"愁",秋天的心事,在北方过于滞重,而在海南,是一种坦荡荡的驱动力量。

想想这山色水光,记忆这温馨备至的以往,这人间最美好的家园,怎不是海南的秋天呢?!

海南的冬天

海南的冬天，其实正是北方的春季。它是一年中最美的时节。

北方的一年四季分明：春天万物更新，夏天鲜花盛开，秋天红叶如火，冬天白雪皑皑。四季不同，自然乐章中的韵律便不同。如人们四季着衣风韵百态一样，山水大地亦变化着自然的律动。而最是北方之冬，在凄厉寒风过后，往往飘洒下漫天的雪花，将一个活泛泛的世界埋进恬静的梦中，那茫茫的雪原上，因山脉草木的存在，而堆砌成千万种造型，煞是好看。可若在城里的雪天，便有三五成群的孩子在滚雪球打雪仗，一个个小脸小手冻得紫青，震天价响的欢笑却没个收停。只有正经街道上的行人稀少，旅游宾馆百货商店却欠了生意，人们钻进暖气房里怎么也怕出窝，合计着要吃碗羊肉泡馍吃顿热火锅，要不，在暖气房中也浑身打哆嗦。

当然，北方的冬日里，也有与严寒斗其乐无穷的事迹。任茫茫白雪，任天寒地冻，砸开湖上的冰层便跃入水中，这称之为冬泳的运动，成为蛮有趣的新闻。憾于那毕竟属少数人的强项，众百姓只有望而却步。而海南的冬天,气候温和,海水平静,你尽可将自己放于空间裸于水中,风的轻吻海的浴抚,让你醉悠得无以言说。

记得那年之冬,我陪父亲到亚龙湾一游。白色的沙滩映着父亲鬓发带来的北方薄霜,两行足迹,似故乡雪野的脚印。我忆起儿时父亲牵着我在冬夜里走的情景,人生的路就这样开启了,那脚印铺在我心的长路上。而今,我们父子又握着手往前走,没有飕飕的寒风,没有皑皑的雪地,父亲的头发已变得稀疏,可沙滩上的脚步依然如故,盛着岁月,盛着人生,盛着两代人的共同感受:这冬天脚下的土地是热灼的,这胸前扑来的风是和煦的,生命旅程的华彩该在这里奏鸣啊!我们一同扑向大海,有一种说不出的滋润。父亲沧桑的脸上露出了笑容,雪白的鬓发上水珠盈盈。他明白了孩儿和许多人为什么像候鸟一样"飞"往这里的契因。"漫漫天涯路,皆是奔来人",这大概是海南自然的魂之所在吧?!

不过,海南亦有着冬天的寒冷,那是北方寒流吹袭的反应。每每此时,那种潮气让你一辈子都铭记。好在那只是匆匆的一瞬,短暂的冷却,却又使人倍感阳光的温煦。那种甜丝丝的冬的舒适,总让人意犹未尽,直使你不自觉地收拾行囊到岛上走一走停一停,那东山岭、火山口、大东海你怎么也玩不够,唯恐空度了这好时候。你感到了海南冬季处处都是个家,一个温暖闲适的家的氛围,宛若平静的港湾,停泊你疲惫的生命之舟。

哦,海南之冬,我的爱人。拥抱我温暖我北方苍凉的胸膛。

哦,海风吹起来了,太阳升起来了。海南的冬天依然是朗朗晴空,光芒万丈!

海南,你这冬哟,让人怎不神往……

太阳河散思

是海南离太阳近的缘故吧,这条河被唤作太阳河。

那日去万宁兴隆,我在宿地看见了她。

这是条闪光的河,波光粼粼妖妖媚媚的,却没有卖弄和炫耀,款款而沉稳地流着,温柔地环抱着这一方世界。河面不宽,碧碧之水泊有老树和败叶,乍一看,有股原始自然的意趣,使人顿生思古叹今之幽情。

文友告诉我:这是条孤独的河,她从琼中的飞水岭发源,直流而下,不纳外水不并它河,直奔大海……此河全长82.5公里,流域面积576.3平方公里,由于水热条件优越,中上游林木茂盛……

闻此言,我竟喜欢上了这条河。她是供人类万物繁衍生存的母性之河,且不攀裙带,不纳异己,该是多么的不易,多么的有性格啊!

就因此,我要沿河岸做一次行旅。

正是午后时分,河中空荡荡的,没有飞鸟,没有船歌,只有一轮白日在水中燃烧,辉映得大地火辣辣的。也许,选在此时游太阳河,更富有滋味呢。

于是,顾不得带上行囊,孤独独一人沿太阳河逆水而上。行约一时三刻,沙滩没有了,浅岸没有了,河的两岸筑有土坝,像大渠呈凹的形状,显然是人工雕琢的痕迹。接着便有大片大片的咖啡园、胡椒林及橡胶林现于眼前。园林与远方的山脉脚下的河水形成了美丽的和谐。我漫步于此,浑身的血液在奔涌,昂扬着一股盎然生机,却由衷地遗憾故乡高原的灰蒙与苍凉了。

是一阵笑语打断了我的思绪,几位姑娘从园林中飘出,见我面生,竟直愣愣地用眼睛问我。

我用记者的身份,便很快与她们聊上了。谈话中得知,她们的父辈是五六十年代从异国他乡归来的华侨,用双手开垦了这片生活的土地。而她们,则是地地道道喝着太阳河水长大的。她们说她们爱这河水爱这热土,怎么也舍不得离开的。

当问及现在的生活状况时,她们满脸绯红,竟笑咯咯地跑开了。河水为之波动,散着湿漉漉的欢悦,自然也告诉了其生活的醇美了。

我伫立在那里,心里泛出无尽的感慨:是什么让这些漂泊的游子归来呢?是共和国的太阳,是太阳河的声声呼唤啊!……哦,太阳河,母亲的河。悠悠河水,汩汩温泉,乳汁般地哺育了归来的游子和他们的后人,而这些儿女,又为她注入了无穷尽的能量;为她带来无穷尽的欢乐啊!

想到此,我知道了,太阳河的魂不在传说不在景色;在于一种精神一种象征一种寄托;在于她默默的奉献,亦如扎根于这片热土的赤子,将自己的生命开花在太阳河浇灌的、自己亲手栽培的枝脉上,让其果实累累。连同太阳河的名字传遍世界昭示世人。至此,在冬天的海南,我竟又忆起冬天故乡的灞河。多少次,我在冰冷冰冷的河岸上痴想夏天的阳光,但脚下的河水已停止了呼吸停止了吟唱,留下的,是整整一个季节的失望!我多想觅到一条不眠之河啊,润出一个鲜亮亮的春天……没想,儿时的梦竟成了现实。这,是我走出高原生命跨越的结果吧?！我庆幸自己的选择，如这里的人们一样，深深眷慕着她了。我多愿做太阳河的一滴水一朵浪，去融化故乡的冰川，使之幻作通天的大河，年年如一的从黄土高坡上淌过，从我父老乡亲的心上淌过啊……

太阳河哟，我是真正地爱上你了。当你牵着我归宿的时候，我思绪飞扬不胜依依，那落日，如鲜红的感叹跌入河里，渐出一片片铜质的水花来，涂满西天，显得悲壮而深沉。

夜宿太平山

海南两载，没去过五指山。欲前往时，却去了太平山。

其实这山亦属于五指山脉，离五指山市通什镇不远，过去不显山不露水的，知其者甚少。前几年，改革开放了，人们便有了花样，修一条公路蛇一般地缠到山腰，路一边有崖、有沟、有草、有木，终有一边是倚着山走的，弯弯曲曲，曲曲弯弯，竟把山转得活泼泼新鲜了。转到极处，便是度假村了。

度假村果然美妙：亭台楼阁，金碧辉煌，依山傍水，与自然为一体，融山水成和弦，颇有空翠湿人衣之意，真是个热岛度假的凉宫呢。可惜，它的造型，它的风格又让人忆起许许多多的古迹名胜来。使看惯了西安古迹、北京宫殿的我看得愈久，愈觉得身子的疲惫，心灵的倦怠。我想，我是不该来的了。

正想着呢，夕阳却没了，如帘的雨儿就下来了。我们惶惶然跑到屋里避雨，却没逃过淋了个半湿。众人有笑有骂有吵有闹说后悔看不成景爬不成山了，却见山岚翻滚，偶然就露出了山顶。接着一阵雷过，却不曾落雨，活鲜鲜的太阳就妩妩媚媚地出来了,如羞涩的新娘一般呢。哦,这短暂却神奇的变幻,惊得人们无可奈何,一个个呆呆地做惊讶状,好一阵才喘过气来。哦,我悟出了,度假村的魂不在这些建筑,在于山水自然也!

于是,我的心绪朗朗地开了,与哥几个说好,明日游遍太平山。

天终于黑定了。身在度假村二楼的一间房子里,却没有感到度假村的存在。白天辉煌的一切已融入大山融入暗夜融入这个不曾点灯的房间,成了一种意境,一种永恒。我倏地感到惶恐,感到空落。这么沉沉的长夜,将怎样熬过呢? 月亮啊,星星啊,快朗照我的魂灵吧! 给我山的巍峨,山的雄沉,像太平山一般地伫立于暗夜,举起一个鲜亮的明天吧! 可惜,夜仍是那么沉沉地厚重,没有窗前明月光,没有低头思故乡,唯有我的心灵醒着,在这黑漆漆的世界里执着地亮着、亮着,风吹不眨,雨打更明。心灵的灯啊,原是那血脉点着的啊!

我不想睡了。时间和空间仿佛已经凝固,夜幕中的山野静寥得没有生命。面对这一切,不知感觉在哪里,不知思绪在哪里。屋里反复地走着,床上反思地折腾,总是一种轮回一种无奈,昏昏然不知何时才坠入梦乡。

不知过了多久,天已放亮。一层层的橘红色便抹在了山顶。太平山美丽的剪影从晨雾中推出,拽曳我们奔向它的怀抱。行不过数里,便见一股亮水款款走来,伴有如歌的音韵。走近观之,见乱石遍野,凹处走水。水流不是柔柔的姿态,而是汪汪森森的翻腾跳跃,溅洒起朵朵的浪花呢。它的河床不宽,全赖于天然地势,河的这边是山,河的那边还是山。合而为一便是太平山。河水在走,山脉亦在走,直走到那很远很远的尽头……曾打问一砍柴的老翁,答曰:此山乃太平山,此沟乃太平沟,此水乃太平河,它乃千百年自然所造也,山水之间便构成了太平山的魂。末了,他又哀叹:这几年不知怎么了,人变得灵巧了,山也变得莫测了,水亦走得活泛了,一切都热热闹闹的,太平山已名不副实了。待我再问他时,他却飘然远去了……我欲追之,双脚怎么也迈不开,急得我在地上打滚,不小心掉入深深的沟壑,惊心动魄时却发现自己在房间的床下躺着。噢,刚才的体验原来是梦啊!一个美妙的梦。

此刻,正是个玫瑰色的早晨,窗外的山峦如梦中一般,我却不再想攀山玩水了,我真怕山游会打破适才的梦幻呢!也许,这梦中的景象已达到了至高至美的境界呢。不过,我又想,恰恰是人的存在才赋予了太平山以生命。世上的万事万物,唯有人与其结合才使其显示出真正的内涵,奏响其永久的生命和声的。

之后,曾与诸文友谈起太平山的夜梦,不想却有人叹息遗憾。遗憾太平山的景致比梦中更美呢!可我不悔,毕竟太平山在我的梦中达到了永恒。

心　泉

忘不了那股泉,那股贯我血脉润我肝胆的心泉。

那泉在太平山,山因拥有她而变得美丽。

我却怎么也忘不了寻找她时的情景呢。

那是个冬日的午后,我与父亲去攀那太平山。山极静极静,半山腰间萦绕着袅袅的氤氲。抬眼远望,青山蓝天,浑然一色,唯有阳光与岩石的折射之光为那葱绿的山林抹上了一层斑斓。

我们走在山路上,被大自然的盛景慑服了。心想,峻山必有妙水,妙水必有美泉,往前走绝不会枉了此行的。走过了一座山丘,河水便迎面流来。河道走得邪乎,万般曲折千般扭捏,如丰腴而落尘女子的卖弄,撩拨得人心慌慌的。待跨过又一道山时,忽有巨石兀立,石大无比,凶煞至极。那水便从那石上柔柔地柔柔地飞下,成了瀑布,溅出雪白雪白的水花来,发出轰轰然的雷鸣之声,撼天动地。其气势,其壮景,真让人吸一口凉气。

哦,好壮烈的场面。这是山水生命的造物啊!山水结合,错落出非同凡响的景观,律动着自然运动的和声,在我的心弦上跳荡。我想那山是水的滋润,那水是泉的组合,而那给了山水灵魂的源泉在哪里呢?

我们逆水而上,终于在一片如镜的潭水上发现了一股泉,宛如一支短笛吹响,给这太平山水的组曲中平添了明快的节奏。这泉儿不大,脸盆似的水面上汩汩地翻腾着水泡。泉的周围是一片湿漉漉的青草地,隐隐地窥见水的晶莹,草地边沿便无声无息地走出一条水蛇来,摇头摆尾地向山下奔去。

父亲从黄土高原来,哪见过此等柔山嫩水,惊得他孩童似的叫好。末了,喋喋地念叨:"要是你的母亲能来看看多好。"言语中,有股深深的遗憾。

一句话,勾起了我对母亲的思念。她爱我们像爱她脚下的那片黄土,祖祖辈辈是不能分离的。尽管,北方的黄河岸黄土地上的风沙弥漫了天空吹老了岁月,可那茫茫无际祖祖辈辈播种的高粱地是吹不垮打不烂的。

哦,我的勤劳质朴的母亲,用生命哺育了我,我却离她而去,实属不孝。可母亲终是忘不了她远方的儿啊!也许,此刻的母亲,正伫立于灞河之畔,折着枯枯的灞柳,向漂泊天涯的我举手。那声声震颤的呼唤,是北方父女所特有的企盼方式,想起来就让人落泪。此刻,我才真正地懂得了"江河再大都有源,男儿再高母亲生"这浅显而深刻的道理。我永远是母亲拉扯大的孩子,我思念母亲,像江河思念泉水一般啊。

父亲问我:"此泉唤何名?"

我答:"心泉。"

他又问:"太平泉在哪里?"

我答:"在心里。"

他怔怔地看着我,一种迷惑不解的神态,却又点点头,径自走了。

他是去寻太平泉了吧,我想。那泉名是我的朋友告诉他的,可我竟唐突地作了诠释。

我随他去了，走得沉闷而孤独。其实那朋友的话未必真实，他却信了，让人这儿折腾。好容易见到平展展的草地了，却没有了泉踪。这是山的顶端，风大云远，龙一般的山脉逶迤至天的尽头。站在这里，行旅的倦怠没有了，心中的烦闷没有了，一阵泉水般清纯的小风润了我的心，润了我的胆。我真想大喊大叫让天地间回响这喜悦呵！父亲却循风寻那泉去了……

　　又在山上转了许久，终不见风裹着的泉儿哪去了。但山间那款款的水流难道从天而降不成！当我提议不妨逆水再找她时，父亲却拒绝了。他仿佛悟出了什么，只说是该下山了。

游马鞍岭

原说去东郊椰林的,临时动念却去了马鞍岭。

出海口二三十里便到了马鞍岭。马鞍岭因其形似马鞍而得名,其魂之所在却又是那火山口的缘故了。

火山口该是个秃秃的山地吧?看见时却是个绝好的去处。远远望去,它不连山不带水地独立于一片阔大平缓的土地上;它没有火山岩的灰色没有泥塑般的造型,浑浑圆圆的山势披着郁郁葱葱的深绿,如卧虎似骏马,作着腾跃的态势呢。哟,这便是三年前过海时望见的那座山吗?当时虽不晓它唤何名在何处,却珍藏于心了。

据地理专家考证,大陆与海岛原是一个整体,数十万年前由于火山群的爆发引起地形陷落,将海岛与大陆分开……那么,能否说这山岭是两地分离的象征物呢?它乃世界上至今保存最完整的火山口之一,默默地站立了数万年,与大陆遥遥相望,到底在昭示着什么?噢,它在追忆古老遥远的过去,它自豪伟岸的躯体告诉人们,它从来就是中国的土地……

正思想呢，脚已踏上盘山的小径。山径不宽，一米有余，却是由火山岩铺上山去，虽炭渣一样的丑陋却比青石板走得稳妥走得安心。走至山腰便生出三条路，唯独前行却没了路，这才顿足环视问路，脚下有一土坑好大好大，头上有山脉好高好高，脉岭山势都依着大坑布局，像一口大锅，不知道锅里在煮着什么，出于好奇，我有意作了次环形的攀登；山顶无峰峦，却发现山顶的小道煞是惊险，让人不敢麻痹，不知道看了些什么便匆匆而过时，恰是绕大坑作了三百六十度的划圆。让回到原地的我好一阵沮丧好一阵哀叹。还是想一想阿Q自我安慰吧！便又仿佛绕地球走了一圈似的那么豪迈那么趾高气扬，一副狂痴痴的模样。同来的文友指着土坑告诉我："据资料记载，这火山口下有七十二个奇洞，洞中熔岩完整轮廓清晰喷火方向分明、清爽……"此一番话撩拨得我心悠悠地荡着。尽管亲朋挚友劝我拦我，我还是执意跳入坑里去了。

这坑里杂草丛生疙疙瘩瘩的一片苍凉之气，坑里有洞却无形无状尽是原始况味。猫腰前去便没了去路，只好折回来再寻别的岩洞。在下面又转了三百六十度也没寻到七十二洞。反反复复再找了三遍，终是让人遗憾让人遗憾……倒是山上文友唤我的声音颇为奇妙，在坑里颤响了好一阵子，似有金石之声呢，使人感觉那声音从幽幽久远的历史洞穴中传来一般……

这，便是魂牵梦绕的火山口吗？当我呼哧呼哧从坑里爬上来时心里充满了悔意。不过我想，这火山运动也是大自然的一次裂变一次创作一次塑造，是它给了马鞍岭旖旎的风光亦给了世人无尽的思考。死火山，对于地理自然的变化它停止了呼吸，而对于世界它又是一种永恒，一种生命的永动，它有过发泄有过喷发有过震撼有过呐喊的以往，也同样有着另一种生命的再生和律动的。这，大概便是物质不灭定律的魂之所在吧！看那翠绿的山林生动的脉岭，不是它勃勃生命的体现么！

一天的游览终于结束了，一天的游览我想了许多。想那骊山也是个死火山,千百年却温泉汩汩狼烟滚滚,历史之雕刀镌下多少深深之印记,宛若历史火山的喷发口呢。而这马鞍岭火山口就这样死去就这样沦为废墟吗?不啊,它是不死的,无论是表面还是内核都赋予了新的内涵新的生命了。它虽然已没有惊天动地之举了,但时代却要选择它为社会为人类服务。它是一座不朽的化石,却又是一架无声的琴,与我之心弦一起颤动一起共鸣,让那历史的脚步在我心中踏响……

此刻,我竟喜欢上了马鞍岭火山口了,它给了我好男儿的气概,更给了我深深的思索啊!

夜走亚龙湾

亚龙湾的冬夜,不曾地冻,不曾天寒,萧萧之风裹着些微的寒意,倒不失为一种滋润,一种惬意。

这是个朦朦的月夜,远山近水均看得真切。从住房中踱出,闲步间就到了海边。海边并不平静,一排排的波浪携着轰然的声响自天边滚来,如千军万马,似翻山倒海,亦将我之心魂抛上云天,又摔在地下,五脏六腑都要呕出了。乖乖,此等粗犷野性的海天,如张牙舞爪的巨兽一般呢。

我忆起三年前曾来过这里的情景:也是这片沙滩,也是这片海水,只是苦夏白昼的太阳太炽白太火热了。可那阳光下的海水好绿,莹莹的一片温柔,温柔得使人想起恋人的眼睛。我不由得吟之叹之,吻之抱之,舞之蹈之,在碧海蓝天下一派狂生的妄为,却终是不忍将征途的尘埃洗涤于水中。可太阳就在头顶,空气已在燃烧,唯在水中方能躲避阳光的灼伤啊!

玩水玩得乏了,就走出海水,可岸边没有树,整个原始的况味。倒是不经意中,发现灌木丛中的小木屋和一口清冽冽的水井。屋里的老渔民收五角钱便用木桶打水往我头上浇，洗去了咸涩，便躲进木屋里更衣。没想屋里"嗷嗷"地蹿出一只肥猪，让人顿时不知所措魂飞胆战。待脚站定时，发现自己竟一丝不挂赤裸裸地立于众人之前，真乃羞煞我也……

可如今，那木屋、井台与那精瘦的渔夫已不知去向。月光下，放眼尽收的是漂亮的房屋和神秘的大海。一切，都充盈着人工雕琢的痕迹，以至于找不到它天然的美趣了。

而我，仍憾于来得太晚而不能看到夕阳坠海的悲壮和领略牙龙湾几年来的变化！三年前就听说国家旅游局提出亚龙湾"三年小变样，五年大变样"的目标，还有什么香港某老板的宏伟大计，其架势，大有将之明天就建成国际性的旅游中心之意气。可惜，暗夜里我难以辨其今天的模样。我想，总不会太让人失望吧！

子夜已过，凉风始多，心象与境界略有几分的哀凉。隐隐感到，这姣好的月夜，当是游人如织的时刻，冷冷寂寂岂不可惜了？据资料记载：亚龙湾，距三亚市 24 公里，海湾线长 20 公里，口宽 8 公里，内泊 5 个岛屿，水面约 50 平方公里。它三面环山，形似龙牙，岸边 10 平方公里的土地平坦，宽阔。其山形地貌水域深浅乃旅游的理想园地，怎么能让其长久地沉睡呢？亚龙湾，你感动了我，也一定能感动世界的……

夜宿亚龙湾，便想起议起亚龙湾的宏图大计。这该属傻子酸丁的行径了！看官莫笑，无论如何这不是狂妄自大和无聊之举，乃是一种神圣的忧思啊！

外面的世界

"外面的世界很精彩,

外面的世界很无奈……"

每每吟唱《外面的世界》这首歌时,心中不免感到滑稽,感到莫名其妙,感到有股难以诉说的酸楚。哦,该怎样评述外面的世界呢? 直白一些? 随心所欲地去神"侃"一通? 不! 只有用事业去丈量过世界,用生命去观照过世界的人才懂得这世界的内涵,画出其各具特色的图画来,所以,我便有了对外面世界的体味与思考。只是当我欲将之描绘出来之时,灵感又不知到哪儿去了。

可现在,我真的置身于外面的世界之中了,却无所谓精彩,无所谓无奈了。常显于脑际的仍是故乡的世界啊! 虽然,大西北灰天灰地苍老而呆板,全没有海南的水灵海南的清秀,但那是生我的故乡啊! ……就是在那里,我有了自己的爱情,自己的事业,有了可以吆五喝六灌个烂醉且推心置腹的同类,有了可以谈文说艺海阔天空云山雾海的地方。唉,那是何等的潇洒呵！可不知怎么了，我偏偏不知哪根筋抽得慌，想变一个活法，竟在龙年的春季独闯海南来了。

来就来了呗，十万人才过海峡，我怕什么呢？无非就是舍不得砸烂那些坛坛罐罐么！刚过而立之年，何不破旧立新呢？想到此，一股暖流涌心窝，倒觉得浑身有一股按捺不住的勃勃大气呢！

嘀，怎么着，外面的世界真不赖呢！椰风蕉雨、海水阳光，真想把这土地搬一块当作家乡公园呢。哦，我祖祖辈辈为之流血流汗如今仍然贫瘠古老的土地啊，我多想伫于喧啸的海边，遥遥呼唤着故乡人，把这里的神奇与美丽对他们诉说。可每当此时，心头总涌来一种失落、一种怅然……这究竟是为什么？仿佛第一次饱尝了人生的烈酒，心肺被烧得火辣辣的。

三十多岁了，又将有限的生命重新排列组合，如此伤筋动骨，大动干戈后，妻子的户口工作啦，孩子的入托教育啦等等具体问题又接踵而来，简直要把人压垮了。但怎么办呢？当记者么，采访还是要去的，文章还是要写的，夜班还是要上的。"创业"么，就要有牺牲的。如果怕了，尽可走人，"特区"有的是人来的！可我也真的多次想打道回府。可记得来时，单位留，父母劝，朋友骂，我都没理会，颇有一股"壮士一去不复还"的气概。现在，觉得外面的世界并不怎么精彩时又要回去啦，多"跌份儿"！好马不吃"回头草"，况乎人也！人之生命，不是匆匆地赶路程，而是在这个过程中去闪耀自己的价值所在。也许正因此，生命便自始至终充满了悲剧意味，最雄沉壮烈的生命之歌，也许正是那悲怆的挽歌呢！

有了这种感悟，我骚动的心似乎平静了许多，开始认真做人做事了。时间长了，倒觉得与家乡并无二致，活得亦有滋有味了。我常常唱起《红高粱》中那支歌，"妹妹你大胆地往前走"，哥哥也大胆地往前走，莫回头；要回头，除非把东当作西，除非把天当成地。哥哥我大胆往前走，直走到天的尽头……

外面的世界很精彩,外面的世界很无奈。其实,家里的世界和外面的世界都是同一片蓝天下,同一块大地上的同一个世界。只是,太阳每天都是新的,世界每天都是新的,这就需要我们必须以新的姿态去拥抱它,创造它。我坚信,世界再大也走不出人的视野,世界再大也走不出我心的世界啊!

外面的世界,我心中的世界。

台湾相思树

　　浩渺的海将绿色的船轻轻摇荡。这海是北部湾水域;这船儿便是涠洲岛屿。当我踏上这绿色覆盖的赭土时,那片台湾相思树便使我终生难忘。

　　这是个数万年前火山爆发造就的美丽岛屿。远处观之,如镶嵌在太平洋上的绿色宝石,一片大好的风光。岛上有居民万余,靠种植和捕鱼生活着。我们的旅行车在绿色的包围中行驶,各种亚热带的树木和大片大片的甘蔗林香蕉树在阳光下闪烁。海风吹来,折射出一片金属般的光芒和一阵"哗哗"的声响,而有一片林子却密匝匝地不透阳光,它生长于海崖上却风吹不动雨打更挺;它的枝叶唯有强台风能使之断折,可末了,它又长成原有的模样,像一尊尊不屈的雕像,几乎为一种姿态,翘望着远方,庄重得令人赞叹令人悲伤。这,便是涠洲岛上的台湾相思树。

　　导游告诉我说,这些相思树是近五十年前从台湾移居来的。据说,1939年初,日本侵略者为切断中国在南方的国际补给线,决定武装占领东南亚广大区域,夺取其资源,以便今后向英美宣战,与德意瓜分世界。

基于上述原因，日本火速占领了这太平洋岛屿，在这里修机场、筑工事，杀我渔民，毁我家园。涠洲岛沦丧为日本的殖民地。

可就是在这支部队里，有一些"台湾籍日本兵"。他们从台湾应召入伍，开赴这个岛上。由于念家，便携带了台湾相思树种，植于这异地他乡，以寄托他们对遥远故乡的思念。

我被这相思树的故事感动，眼前的树木倏然有了历史的沧桑感，心中便涌出难以名状的滋味。我踉踉跄跄地在这林中奔跑，真想顿足捶胸为它的遭际喊爹骂娘，可那枝叶儿偏拂了我的脸，像少女的嫩手，使我又心起温柔。我打量身旁的相思树：它躯如松干，叶如柳叶，只是那弯曲盘扎的枝丫，不似松类嶙峋苍然，那树脉亦少了柳絮的飘逸。它的躯干呈斑白的色泽，枝杈儿光秃秃的如汉子发达的腱子肉。那叶儿，是一蓬蓬一簇簇地聚在每个枝头，形成蓊蓊郁郁的树冠，这树冠又与周边的树儿攀附结缘，相拥相簇地形成了一层天呢！

我开始在岛上寻找相思树，仿佛在寻找一个个历史的魂灵，竟发现它的身影随处可见。有零零星星三五一簇，有一排一排伫于路边，亦有杂长于灌木丛中茅道山涧，而成片成林的，则是海边山崖上的景观。它脚下是大海，头顶是蓝天，手挽手肩并肩势如绿色之山峦……也许，当时种植这树的大兵，已将这树视为自己——久久站于海边的游子，向遥远的故乡守望。可没想苦苦守望了几十年。这一片片相思林，不正是一个个相思的灵与肉那不朽的见证吗？

我想起了台湾作家林清玄在《飞鸽的早晨》一文中，提及他父亲当"台湾籍日本兵"的往事。他写道："二十岁时，父亲被（日本人）调去海军陆战队，转战太平洋，后来深入中国内地，那时日本资源不足，据父亲说最后两年过得是鬼也不如，怪不得日本鬼子后来会恶性大发。父亲在求生不能求死不得的战火中过了五年，后来日本投降，他也随日本鬼子投降了。"

"父亲被以'台湾籍日本兵'的身份送回台湾。与父亲同期被征调的'台湾籍日本兵'有二百多人，活着回到家乡的只有七人。"

　　从作家的笔下，我看到了战争的残酷性，看到了日本侵略者的滔天罪行！我不知道作家的父亲是否曾经在涠洲岛上服役。也许在，也许不在。但这已不重要。重要的是，整整五年远离故乡，生离死别的惨状不言，单是受雇于日本人打自己同胞这一点，便足以让人不堪忍受。"本是同根生，相煎何太急。"日本人真是阴损啊，是连禽兽都不如的魔鬼啊！

　　我很难想象这些"台湾籍日本兵"的处境，心灵的压迫和身处异乡的思度，使他们如何负荷？唉，无论是死是生，无论魂归何处，且种下从台湾带来的相思树吧，就算是生命寄托于土壤，终会有一种繁衍一种延续吧？故乡人有知，后辈人有知，亦算是有了寻访生命的所在了。尽管，这相思过于残酷过于忧伤……

　　如今，这弹痕累累的战争遗迹已不存在了，五十年的风风雨雨已洗刷了这里的血腥印记。只是那怒潮依旧，苍天依旧，尤其那一片片相思林潸然依旧。历史的刀痕太深了，疼痛得这海天潮浪不息，号歌不休。而那相思树，恨不能天天迎接强台风的呐喊，其内核已饱浸坎坷与血雨，似一个个幽灵在天空中游荡。

　　唉，谁也无法承受这"相思"的沉重！台湾的后人有知，不知该是什么感受？而对于沾满中国人民鲜血的日本的后人来说，他们的感受又是什么呢？

　　相思树啊，你这长满人们伤感神经的历史之树，你这游子的魂啊！

京城品雪记

在海口乘机时还阳光灿烂，抵达北京便大雪纷飞。隆冬的京城，宛若个大冰箱，把我南国热浴的心魂"冰镇"得发抖。

这是北京第一场雪，满眼晶亮，铺满机场周边的原野，猛看是一片苍茫，仔细看来又苍茫的悲壮。那飘飘洒洒的雪花，就让人想起北方想起故乡。哦，离别得太久了，唯有此雪，方能熨平我海潮般的情感！

记得从海口启程时儿子问我："爸爸，你到北京能堆雪人打雪仗吗？"

我不以为然。说起北京的雪也是难觅的。老北京不说，单是客过北京的旅人是很难碰上的。而我呢，来了便碰上了大雪。这，是自然气候所致呢？还是小儿雪一般的纯真感动了上苍？作为曾经在北京生活过的我，对北京的厚爱实在是愧不敢当。

我们下榻在燕京饭店，却没有高楼望远的闲情，傍晚了仍踱出宾馆，要到北海去看雪景。北海乃清王朝皇家赏雪的冬宫，与颐和园之夏宫堪称珠联璧合。传说从清康熙年开始，历代帝王都在此观雪赏景，但其雪景的魅力何在我未曾知晓,问了很多人亦未道出个所以然。几年前居京时曾几度到这里赏雪,但见偌大的冰湖上,色彩斑斓地穿行着滑冰的少男少女,在白生生的冰面划出漂亮的弧线,也有蹒跚学步的男女,一个闪失,便脆脆的跌倒,男女摔成一团,咯咯嬉闹,却并不埋怨和争吵……

我们以车代步进了北海,灰蒙蒙的黄天与白雪交辉出别样的味道。白塔依旧山势依旧池水冰冻依旧,岸柳成行,已剩秃秃的枝条,却大风吹不动,发出瑟瑟的声响,如北方唢呐的悲吟。唯有湖中男女滑冰的运动,平添动感与活力,那色彩的穿梭,撩拨我的心,再用这狂跳的心去看北海怎就另一番景致:那塔、那山、那树、那古色古香的建筑物,如冰雕雪堆一般,透出亮亮的精气,让人又幻想出这春夏秋冬的妙景,虽是人工雕琢的山水亭阁,其灵秀之韵比起江南苏杭更胜一筹,亦比海南岛的大山大水更富况味。

唉,说起来也没看到啥,说起来也没啥新感受。反正不自觉中又出了北海走上街头。天已黑下,华灯初照,在街上与不相识的人同往前走。路上的雪已融化,雪早已停住,我的脚偏往积雪的地方走,咯吱咯吱就忆起故乡西安的雪天。那时,因工作的缘故常常是风雪夜归,与家人与朋友围坐在火炉旁谈天说地,谈文说艺,不失为一种闲适一种文化一种惬意,比起高楼大厦暖气洋洋的温室却更有情绪,让人不胜依依倍感温柔。

就这样往回走,一时三刻便没了人影。比起海口不夜城却多了份庄重。且让我独自前行,偌大个空空荡荡的空间任我畅想一千思绪万种,可我的大脑已经空白,落满皑皑的白雪,踩一行浅浅的足印……

寻找春天

北国的冬依然寂寥而漫长。临近年终却丝毫看不到一点儿春天的影子。一次次寒潮将街头的行人都赶回屋里,树木被冷冽的风刀削减得只剩下光秃的枝干。即使能看到阳光,但却触摸不到一点儿温暖,冷冷地在那里耀眼着,让人不觉产生很多对春天的追思。在干冷的空气里望眼欲穿,也终究没能迎来倏然飘落的雪花,只留下无尽的况味。于是,我奔向南国,一路向南,来到记忆中永远鲜花盛开的海岛。

可这次,我仍未寻到预想的温暖。云贵、广西一带下起了冻雨,海岛上也是四处阴郁、雾霾连连,从三亚到海口,昔日的椰风蕉雨湿润如玉的空气也不见踪迹。在冷风中几次奔波,我竟染上风寒,不得不卧床休养。榻上,我还在思忖:新的春天,藏在了哪里?

一年有四季,而春天历来最为人所重视,华人将春节作为最大的节日,西方人也对春天寄予了很多感情。曾听过一个故事:在巴黎繁华的街道边曾有一个衣衫褴褛、头发斑白、双目失明的老乞丐,他从不伸手向过路行人乞讨，而是在身旁立一块木牌，上面写着："我什么也看不见！"街上过往的行人很多，看了木牌上的字大多无动于衷，匆匆而过。一个诗人经过时看到木牌上的字，拿起笔悄悄地在那行字的前面添上了"春天到了，可是"几个字，就匆匆离开了。当人们看到"春天到了，可是我什么也看不见"这句话时，都纷纷向这位老乞丐伸出援手，这位老乞丐一天的收入也比以往翻了好几倍。可见，人们对于无法看到春天给予了多少同情，又对能拥有的春天寄托了多少希望和梦想。

人们常说："冬天来了，春天还会远吗？"否极泰来，春天毕竟是不会爽约的，但今年的春天隐藏得如此之深，让人不得不担心这个春天会来得比以往更迟，走得比以往更快。即使这样，我们仍然相信冬天再漫长也有涯，虽然春景难觅却时常会给我们惊喜。春景虽然喜人，会让人有惊喜之感，但春天历来不是一个享受的季节。面对扑面而来的花花世界，须使自己内心泰然，四体勤勉。春天万物复苏却不争奇。这正体现一种心情泰然的自然风范。

禅门有诗曰：尽日寻春不见春，芒鞋踏破陇头云；归来偶捻梅花嗅，春在枝头已十分。踏破铁鞋，满地寻遍，却不知春在眼前。在人生和事业的发展道路上难免会遇到荆棘丛生、坎坷重重，有时不得不踯躅不前，这时可以停下匆忙的步履，观照一下自己的内心，也许就会灵光乍现，柳暗花明。世上最珍贵的事物往往就在身边，但我们这颗心却总是乐于向外寻觅，眼光总是在往外攀缘，希冀智慧与幸福在遥远的未来，而当它们真正来临时，常常却又视若无睹，失之交臂。经历千辛万苦，蓦然回首，是否发觉苦苦追求的东西原本拥有，只是未加珍惜，未加梳理，没有认真对待，在麻木中万事成蹉跎。

回到当下吧，细细审视，终将发现自己内心深处装在盒子里的一颗珍珠，只要将盒子打开，熠熠生辉，耀及大千，整个内心都将亮堂起来。面对困境时,也难免会担心我们的未来不够美好,难免会有失意。有时运势兴旺,也很容易飘飘然焉,得意忘形也是有的。但失意、得意都是路边的风景,胸有丘壑又不被风景所迷,一心赶路的人总能走得更远,站得更高,更懂得欣赏,收获也更多。

在我心中千呼万唤的春天啊,你一定在健步如飞地悄然前行,也许只是路途有些远,但路途远往往能提起速度来,就像高铁上疾驰的动车,当我们目光所及时,它已经绝尘而去,人们尚未仔细打量春天的魅力,便把一个生生不息的季节给了繁茂的橡树、淡雅的百合、怒放的牡丹、娇艳的芭蕉,一个风光无限、火热的夏天。

北国的春天就是这样的急促而短暂。现在想来,与其急于寻找春天,不如摆好心态,做好准备,抓住稍纵即逝的春天。忽然想起那句古诗:"等闲识得东风面,万紫千红总是春。"

温哥华的秋天

温哥华之秋是一年中最美丽的季节。是因为秋高气爽，是因为山清水秀，还是因为这时枫叶红了？我想都有。

我一年中总有几次前往温哥华，每每抵达后出了机舱门，总要深深地来个深呼吸。这个太平洋西岸的都市，空气清新，森林环抱，依山傍海，负离子在天空弥漫着一种湿漉漉的味道。虽然也是国际大都市，却没有那东京的嘈杂和北京的纷嚣，蓝天白云下有着阳光的沐浴、酥风扑面的祥和。坐在汽车里，随着道路高低起伏，快而有序地行进，那是一种颇有快感的车游。如果将整座城市比作一张网，车流便是那织梭，你行进着、穿梭着，不仅浏览了远方的山、海、天，还欣赏了各色人种的或匆匆来去，或悠然自得，或阳光下呆晒着的那股闲适劲儿。目光稍微抬高一些，竟发现这城中的树木已呈现出橘红和金黄，尤其那枫树，已是满枝的红叶，伸向天空。枫树下的落叶中，偶尔有拉小提琴、弹吉他的艺人，高兴地在弹奏着欢快的音韵。如此声色，拦不住街道上熙攘的人群，倒是有几只白鸽扑棱棱落下，随着那声韵舞之蹈之了……

　　穿过了市区,我们驱车来到海边的史坦利公园。

　　这是我每每抵达温哥华首先要去的地方,何况在这多情的秋天呢。公园里,秋天的气氛煞是浓重了。在高大苍翠的松柏中,夹杂着红黄相间的其他树木。枫树在丛林之中威武地站立着,挺拔的躯干,庞大的树冠,连成了一片,像一团团火在窜动,成了这绿林中耀眼的色泽。我信步走了出去,便见到了大海。史坦利公园是一个半岛,它的形状如一只海龟,海龟裙边似的美丽弧线划出那明亮的海岸线。秋天的海岸边长满硕大的枫树,一眼望去,如一张金色的弯弓,弓弦已经拉满,像是要射向海天之上的太阳一般。我的心情无比爽朗。

　　走在这铺满枫叶的海岸上,像儿时的小船在悠悠地飘荡。这不是一般的枫叶,叶片小者如碗大者如盆,叶脉在阳光的透视下似有血管和细胞的蠕动,有着生命的色泽和吟唱。那落进海水里的枫叶,承载着我的心魄,回到故乡的大海。这属于太平洋的海水,当然与故乡的海水是相通的。那枫叶满满当当地布满在海面上, 如远方那停泊在码头的众多私家游轮一般壮观。我想,这落叶是不死的,它在海水的浸泡和吹动下,像一张张秋天的信笺,传达给对岸或是海里的某一位热爱生活的朋友。片片枫叶情,片片枫红秋问,让人民该满足了吧。

　　同行的友人告诉我说,加拿大的秋天来得似乎早一些,从八月立秋以后,枫叶便渐次开始红了。枫叶之红是因为这里的温差较大,而枫树的糖分极高造成的。温差愈大,糖转变为酸性的机会就愈大,通常都是树冠上的叶脉会红得早一些,因为它感受到温差和阳光作用的时间最长。

　　我信手拾起一枚刚刚落下的枫叶,像拾起一个秋天,拾起一个令人惬意的下午。我从背包里拿出一本《唐诗三百首》,将这枚血红的枫叶夹进书页里,同时将中国的古诗和现代外国的风景融在了一起。我想这是绝妙的搭配,当我再次启书阅读时,那古代中国的方块字和秋天美妙的加国风景也将酝酿出一幅无与伦比的景色图来呢!

"停车坐爱枫林晚,霜叶红于二月花。"此时,正是杜牧古诗中的情景。夕阳之下,海水之畔,枫林之中,一个古代的中国男子,在这里要被加国的枫叶迷醉了……

樱花之祭

阳春三月,我是一定要奔赴温哥华去看樱花的。

温哥华是世界上最适合居住的城市,多年来排在世界城市的前两位,而我之前往,完全是樱花的召唤。

抵达温哥华是当地时间上午 11 时左右,出了机场,沁人心脾的清新空气扑面而来,天空下着零星的小雨,却有一轮太阳在空中摇晃,只是那阳光太稀疏而羞涩了,让人未曾感到光芒的存在。

来接我的是豪华阵容。除家里人外,朋友来了一大批,让我好生感动。一阵招呼后,我提议各回各家,过两天再聚。其实,我是想从机场就直接去欣赏樱花去了。

去年这个时候,我在西区和 UBC 大学校园中赏过樱花,那满街满片的樱花,粉红色的,白色的,还有夹杂着粉红色和鹅黄色的樱花,成了这城市一方的盛景,给这美丽的城市平添了一道美丽的风景。

我们的车直接去了西区。这个区域是温市有钱人居住的别墅区,绿化好,容积率低,而且每幢房子都别具一格,充满异国情调。政府已将此地定为"特别保护区",房子都是私人的,可以自由买卖,但其样式色彩是不能轻易改动的,因为那是多年沉积的文化,据说此处原系一片森林,是英国人开垦了此地,率先在此盖上了房子,年久之后,逐渐形成了这片区域。但其路与路之间,格与格之间都种满了樱花树,每年春天,这里便呈现出一片热闹景象:花团锦簇,云堆云绕,樱花将此处装扮得格外美丽。多有旅行的人们和赏花的过客在这里或驻足拍摄或流连忘返,一派春意盎然景象……可惜,去年的景色不再,大概由于小雨不住的原因,观赏者寥寥无几。再说,由于地球变暖的缘故,今年的花开得早了些,怒放的花朵旁似乎已长出了青黄的嫩叶了。樱花一贯是先开花后长叶子的,如长了叶子,那这花便开始败了。倒是一排排樱花树旁突然冒出的玉兰,一地的白花,哀哀的凄凄婉婉的,让我觉得此时的樱花已然有了几分肃杀之气,让人心里隐隐的一阵悲凉。

赏过这花,心情便差了。朋友劝我,不看了吧,我说去史坦利公园吧。那里植物多、温度低,或许能好一点儿呢? 于是,顾不得吃饭,便驱车前往了。

史坦利公园是温哥华的骄傲,凡去过温市的人,没去过史坦利公园,那算是没到过温哥华。此公园占地 400 公顷,1888 年建立,该名称缘于当时的加拿大总督史坦利爵士之名,坐落在突出于英吉利海湾(English Bay)的半岛,东临布拉德内湾。铁杉及雪杉及枫树是公园内主要的树种。但温市最好的樱花树王也在此公园内。

在这绿树参天的森林公园里,我们找到了几片樱花树群。那白色的樱花,在树冠上是一蓬蓬一片片的,每一簇花都有众多的像大喇叭花一样的花朵,朝下垂吊着,煞是好看。朋友说,这白色的花是由粉红色的花苞开出的,我便上前观之,的确如此,白花之上,仍有未开的粉红色花蕾呢,我对之肃然起敬。我想,这色泽的变异,说明一个植物在释放生命最美丽的一面的时候，让自己的生命重新诞生一次。那粉红花苞是一种孕育，是一种牺牲自我，而换来新的更美妙生命的再生。一种何其伟大的变迁。正如蜂王交配一次便是死亡，而带来新的生命的传承一样，让人惊叹不已。朋友还告诉我，这粉红的、白色的和各等色泽的樱花树，都是嫁接而来的，正像柿子树是从软枣树嫁接而来一样。我就想，这该多么的不易，看似这一片片一蓬蓬如云如诗的美丽，原来是人们付出多少努力才有的结果啊。所以，我们该感谢这些劳动者，是他们给了我们这个世界这么多美好的东西。

我们在这樱花的海洋里漫步，樱花如粉红的云，洁白的雾，还有夹杂着一股丁香味的香气，让我们如痴如醉。尤其那樱花在身后大海和远处雪山的映衬下，更显得像一幅画、一首歌，而且比日本富士山下的樱花图毫不逊色。人说，日本的樱花是最有名的，每年春季，它的旅游业最旺，因为全世界的人们都去赏樱花的。我知道那里的樱花很美，可我不想去，我不是个极端民族主义者，对日本侵略过中国有所仇恨，中国人有的是胸怀。可是，我对人对樱花的解读不敢苟同。樱花的花期很短，大约只有半个月的时间，日本人称樱花精神是一种武士道精神，双方决战，必有一死，虽然短促，但很灿然和快感。我倒认为，花就是花，水就是水，是自然的属性，没必要贴上一种空玄的莫名其妙的东西，让人就觉得污垢了花的神圣，且违拗了自然的美丽了。

我赶上了樱花的最好季节，能看上这如此的好花好景，那真是大饱眼福了。站在这落花如雪，落英如歌的樱花树下，我循着汽笛声四望茫茫的大海，细雨中的海，一片深邃，一片苍茫，与这春天的绿树鲜花形成了截然不同的景象，真是一半是海水一半是火焰。再翘望远方的雪山，一种敬畏之情油然而生。再往更远处放眼，双眸企及之处竟有太阳升起来了。洋洋洒洒的一派喜气洋洋，那光芒竟须臾之间照进这林子，照在这樱花上，也照在了我的心上……

山水纵情

四章

峨眉山下一夜雨　　小店女子

金顶观日出　　　　思恋秦岭

峨眉山佛光　　　　镜泊湖秋绪

万佛顶云海仙游神思　庐山鄱岭观景记

白马间歇泉记　　　鹿饮泉记

乐山大佛观记　　　秋在团泊洼

嘉陵江寻源散记　　太平河记

嘉陵江寻源又笔　　十渡山水吟

龙口吊桥体验　　　雪境

山祭　　　　　　　看山

体验孤独

四章

峨眉山下一夜雨

眼看行至峨眉山了,一阵暴雨却将我们挡在了山下。今宵只好下榻在峨眉山大酒店了。雨没有停的意思,天却须臾间黑定了。一阵阵的雷声自天边滚来,从山顶滚来,携着炽白的闪电将天庭撕裂,将天庭震撼,山脉显得狰狞且巍峨。

在汽车上晃了半天,周身的困乏不必言说;川西南的七月难得有此凉爽,趁此好好睡觉喽! 可我心中总是焦躁,怕因着雨儿枉了此行。天公像有意与我们作对似的,雷儿更响了,雨儿更大了,山影被埋没了。有的是如雷雨凝成的山石,向我们的宿地一阵阵砸来。一帮哥们儿叫苦不迭,说是怕难以上山观景了。人们的情绪顿时蒙上一层悲凉。谁也不再言语,谁也不曾走动,像钻进闷罐子车厢似的,走得那么沉闷而无望。倒是成都的文友三娃子给大伙宽心打起。他说峨眉山是变化无常的,今夜是暴雨,明天说不定是朗朗晴空呢! 可硬有西北的二杆子要与他打赌,说明日若有雨便与之断交。三娃子哪敢迎战。他的预见不过是美好的愿望罢了。可我却认为三娃子言之有理。我想，这山是很怪癖的，距峨眉山市不过几公里，还不见踪影，当发现活鲜鲜的山峦突现在你眼前时，那车轮已滚到山脚了。

唉，又是一个美好的愿望，雷雨声声却让人心焦，让人不敢再痴想。

大家终于各自去睡了，但又终于三三两两地出门看天去了，将我独自扔在这黑黝黝的客房里。我辗转反侧，又昏昏睡去，一任那雷雨一次次敲打醒着的灵魂，仿佛南海的海水一次次将我冲向沙岸又卷入大海，我那生命的船哟，喘息着，号叫着，搏击着，终于断了桅杆，终于被掩没……

哦，原来这是一场梦呵！峨眉山，你这天下名山，就这般迎接来自天涯的旅人吗？

雷声回答我，雨声回答我。从天边，从山顶轰隆隆轰隆隆地滚下……不知过了多久，一抹光亮唤醒了我。我惶惶然拉开窗帷，早霞已扑入我的胸怀。哦，天亮了雷住了雨停了。天空洁净山脉翠绿空气清新，一个朗朗的艳阳天啊！

我被峨眉山的风云变幻惊慑了。我想，没有昨夜雷的呼唤雨的滋润，恐怕不会有今天活鲜鲜的美景吧！大自然是极富有哲理极富有辩证法的。物极必反，阴阳互变，一切乃天之所造地之所源，被洗涤的天空不是更亮堂吗?! 不过我又想，风云之变乃我们诚心所动。这佛教名山一定是有悟性懂人性的。看那山上，霞光已弥漫云天了……

金顶观日出

攀上峨眉金顶，已是血色黄昏。山高云远，风大天寒，这海拔三千多米的所在已有深秋的寒意。为了观赏明天的日出，我们在气象站的白房子里住宿。

不料，晚霞未尽，雾气袭来，倏忽间阴雨霏霏，天未黑时，已是伸手难见五指了。

这瞬息万变的名山，又给了我们一个难熬的夜晚！

我们只好早早地钻进被窝。没有梦幻没有思考，更不敢想那日出的模样。几次醒来望着窗外的夜雨哀叹，害怕明天没有太阳。凌晨时，曾被一泡尿憋醒，撒尿时竟幽灵似的蹿上金顶。仍是茫茫暗夜，仍是小雨淋淋。只好又跌跌撞撞踉踉跄跄地摸回宿地，在船似的床上摇入梦乡。

许久许久，纷杂的脚步踏碎我的梦。门外就有人吵着嚷着要去看日出。我暗笑，日出在哪太阳在哪？大黑的天像一棵枯树在风雨中瑟瑟发抖，也不怕摔下去喂狗？！但，当我披上大衣踱出门外时，雨却住了。我，竟也随他们上了金顶。

此时的山顶，充满五更的严寒，却冻结不住人们观赏日出的热望。几座山头上不知何时已拥满了人群，在静静地等待那辉煌悲壮的一瞬。东方，黑黝黝的东方有一点儿微红，圆圆的、暗暗的，给在寒风中守望的人们注入了无边的希望。半个时辰后，天边被拉开一道血口，好长好长，那便是地平线吧？其光泽那么暗淡，使脚下万丈深渊和千山竞秀万山峥嵘的脉岭仍被淹没在冥冥黑暗中。又过了半点钟，红线已弥漫成一条金河，远远望去，似有滚滚的波浪阵阵的涛声。天上的青云飘逸出来了，脚下的山峦显现出来了，逶逶迤迤莽莽苍苍的。待我再举目东方时，我的血液仿佛凝固了，呼吸短促了。猩红之中，太阳已探出了头，微笑着，晃晃悠悠洋洋洒洒地升起来了。刹那间，人们被辉映在金光中，一个个犹如金浇铜铸一般。人们欢呼了，雀跃了，沸腾了。我被这情景感动了，竟不敢正视那神圣的红日，激动无奈的泪水簌簌涌出了眼眶。哦，这是多么艰难的日出，这是多么不易的等待呀！经历了多少焦灼、骚动和企盼呀！我用相机，同时用我的心摄下了这激动的一幕。

哦，太阳，天之骄子。经历了多么漫长的孕育，才有了这辉煌的生命。这是天之阴巢悲壮的分娩啊！我突然癫想，我该就是那太阳。虽然，人之生命对时空只是短暂的瞬间。但我也要感谢我的母亲啊！因为，我之生命我之辉煌都是她给予的。

多么辉煌，灿烂的阳光。

多么美好，灿烂的人生。

哦，母亲，至高无上的母亲。在金顶之巅我放声高唱，这首歌，是永远唱给你的啊！

峨眉山佛光

人说，峨眉金顶观三景：日出、云海和佛光。那几日好生折煞人，整日里在山上傻转，整夜里在梦里傻想。日出是瞧见了，云海也瞧见了，等佛光等了数日也是白等，终未见佛光是个啥样。

峨眉山何以名昭天下？乃佛教名山也！因此，这三景之中最是"佛光"诱惑人了。

《华严经》上言，有一光明山，乃普贤住地，常常给三千弟子说法。此山昼有"佛光"，夜有"圣灯"，一片光明。《悲华经》上亦称，普贤曾显相于峨眉山中，化度众生，密引世人。当阿弥陀佛为转轮王时，普贤乃其第八太子，在神台上与释迦、文殊合称"华严三圣"。他妙像庄严，坐骑白象，身披袈裟，手执如意，头戴五佛金冠，形态空灵慈祥。

我想，佛教宗派众多，佛神颇多，可这峨眉山偏偏有着自己的特色呢。它的七十八座庙宇中全部供奉着普贤，虽然，普贤只是释迦牟尼的随侍菩萨，但他那坚韧不拔地将佛门推崇的"善"普及一切地方的精神和超度众生的德量,深受教徒们爱戴。

没想呢,寄居山上的闲暇中,我竟对佛教着了迷,整日里看佛书诵佛经,时常还被那书中无边无际明的故事感动,心魂儿总是荡悠悠的。我执着地寻找佛光,想那佛轮常转,不信它没有显灵的时候呢。曾几次与僧人谈起佛光,说起来都神圣至极;曾几次伫于金顶之巅看遥远的天空,幻觉普贤骑白象走来,一时金光闪闪,灼烫得我热血沸腾,神采飞扬,稳住神时才觉得荒唐;曾几次跑到大殿小寺里去叩拜普贤,或默默祈祷或千呼万唤,却终未见显露丁点的神灵……倒是那些依山取势,或筑于危岩险崖,或耸于峻岭高峰,或架于溪壑幽谷,或隐于翠林松柏之中的梵宇琳宫让我感动得半死,至今仍刻刻萦怀!

啊,佛光,好难觅的佛光!它感动过许多人,难道不想再感动我一次吗?据说南宋诗人范成大看到佛光时惊喜得手舞足蹈,即兴豪咏出"重轮叠彩印岩腹,非烟非雾非丹青,我与化人中共住,镜光觌面交相呈"的绝唱。那我们呢?不也算有头有脑咏诗作画的正宗文人么?何不将金光沐浴我们,让我们狂呼恶喊引吭高歌了呢。可那佛光哟,并不随缘相应,让人委实扫兴。

其实那"佛光"是阳光照在云雾表面产生的衍射现象,云层上有时会出现绚丽多彩的光环,光环中心出现的人影,是在阳光下的投影,每人眼中见到的光环,只能映出自己的身影,互不干扰,这就是所谓奇妙的"佛光"。当然,这种难得的自然景观,自古以来不知陶醉了多少人。可我们,终没有福分见到它啊!但我想,佛性人人有之,无论你去不去峨眉,佛光都会观照你的,只要存有善根,还怕见不着此异象吗?!但我仍渴望能面见"佛光"的模样,哪怕是一瞬,今生足矣。因为,那"佛光"的一瞬便是一种永恒,一种自然与生命感知的永恒。

万佛顶云海仙游神思

　　这便是峨眉山的云海吗？云确实是无边无际蒙蒙茫茫注满了整个空间，像北方的雪野，给人以旷远和悲壮之感。那一簇簇一蓬蓬的云团，是树的造型山的雄姿，构成一幅美丽的雪景图；可当远风吹来，它又幻作一片蓝白相间的冬海，海浪翻滚，海潮阵阵，作着深沉的吟唱，使这海拔3309米的万佛顶，如漂泊在汪洋中的一条船。

　　我生长在北方的黄土地，野悍的灵魂被气势磅礴的大海所吸引。于是我去了海边，想看看海的世界，体味海魂对我人生的观照。而今，当我面见云海之时，我之心魄我之灵魂和初见大海时一样激奋。因为，这也是片海，一片沸腾而无声的海。最是它的色泽，如雪如银、洁白洁净，似有飘然之感，让人在不自觉中腾云驾雾，生翅飞天……我，是否也去看看天上的世界呢？我在痴想，又什么都没想，大脑混混沌沌，心中一片空白，唯有那双眼睛醒着，痴痴地望着云海、望着云海……

　　此乃仙境呵！我终于感叹不已，又觉得这感叹苍白无力。心想，佛教名山竟有此洞天。经打问一山翁，方知山上虽现无仙道，可宋代以前峨眉山的道佛是并存的。那时的道佛之争虽有起伏但波澜不大，仍能和平共处。到了明代，峨眉山佛教势力日盛，占地建寺，广招门人，几乎无峰不寺，无岭不殿，遍山是菩萨金像，到处是缁流来往。而道教受冷落，宫观无人进祀，道士们只好下山，另谋出路，佛家便将宫观改建为寺。及至清初，山上道士绝踪，峨眉山成了名实相符的佛教名山。

闻此言，我为道教的命运悲哀，为这片无仙的仙境悲哀。我想，就中国宗教文化来说，佛教易被人接受，不管信奉与否，佛性人人皆有，只是悟性的高低不同罢了。而道教呢，似乎像这云海一般充满虚无和神秘。按老子《道德经》言："'道'是指宇宙的本体，也是大自然的规律。宇宙的本源是'道'，道生元气，元气生阴阳，阴阳化为天地万物。'道'即能产生万物，人通过修道，可以返本还源，处于永生不死的境地，成为神仙。"如此诱人的洞天福地，为什么竟没人信奉没人修炼？经翻阅有关经典证明，做神仙可不是寻常事呵。《神仙传》中道："仙人者，或竦身入云，无翅而飞，或驾龙乘云，上造天阶；或化为鸟兽，浮游青山，或潜行江河，翱翔名山，或食元气，或如芝草，或出入人间而人不识；或隐其身而莫之见……"可我的同类中又有谁具备上述能耐呢？别说上天入地了，山风猛了点心魂儿都丢了呢？

唉，人人都说神仙好，就是小命忘不了，就是爹娘忘不了，就是老婆孩子忘不了，就是衣食住行喜怒哀乐忘不了。还是实实在在地活着吧。人间，虽像大海一样喧闹，却有着生命的律动和繁衍。生命的船，永远不会沉沦的。

正畅想呢，太阳升起来了。云海，莽莽苍苍的云海已筛成稀薄的纱幔，脚下的峨眉山脉便妖妖媚媚地显露出来了。此情此景，将我神仙的梦幻消散殆尽。望着云天尽头的朗朗净空，我蓦地觉悟了生命与生活的内涵。正如《国际歌》中唱的："从来就没有什么救世主，也不靠神仙皇帝，要创造人类的幸福，全靠我们自己……

云海散处，一轮红日在熊熊燃烧。

白马间歇泉记

雅安城边有古道,古道之边有古泉;此道为临邛古道,此泉为白马间歇泉。古道与古道乃雅安现代文明中之胜景也。

古道已难见踪迹,白马泉乃天下驰名。雅安城北上数十里,车在路上走,山在两岸行,突见竹林葱葱,水流清清,舍车步行,山路崎岖。绕过山丘,便有茅舍人家,竹墙篱笆,与那不远处白马泉浑然一体,其山水韵律让诗人画家难书难尽。若不是野鸟啁啾,泉水滋润,疑在恍恍之梦境呢。

这,就是白马泉吗?

上前观之,却久久不曾动静。碧碧之水仿佛没有生命。据《雅安县志》载:"山谷中涌泉,深不可测。一日三潮,风浪野云,涌之复没,因名叫白马泉。"看来,观泉听音也得凭借运气。看朗朗的天空炽白的骄阳,天地之间似乎在无言地告诉我们来不逢时,便决定一走了之改日再来。可正待动作时,泉水翻腾,形如白马,如雪如银,潮水般的自溶洞内涌出,由内池漫过池间石桥,经泄水洞注入白马河。退潮时,洞内似乎发出"嘚嘚"的马蹄声,如骏马自远方奔来,骑士战刀烁烁,刺破温柔之苍穹……众人欢呼雀跃,声荡幽谷,久久不散。待急切切走近再看时,潮却没了,还是原本那温温柔柔的姿态,如甜甜的少女脉脉地望你撩你,让人心旌摇动。掬一捧清清的白马泉水,略有隐隐的温热,放胆喝下肚里,不见怪味,满口生津,周身的脉络似乎松懈了活泛了,让人顿生醉翁之意。同来的友人介绍:白马泉处在古炭质岩层区域,地下水和溶洞中的气体产生间歇现象。当地下水不断注入溶洞时,致使溶洞空间越来越小,气压升高至一定程度后,形成涨潮。潮毕,再反复,频率不高,却反复无穷,形成规律。此一番话,当属科学论证。但我却只庆幸自己好运气,感谢这间歇泉的好意了。否则,不知将何时才能观此泉潮呢?!

正感叹呢,见一碑石雄立,镌有白马泉来龙去脉之碑文,乃明弘治十八年雅州知州黄大中所撰也。阅碑得之:此泉建于唐贞观元年,皇帝赐封白马泉为"渊泽侯",并大兴土木,历经数载,建成一座富丽堂皇的白马寺院。可惜,历史的风雨已将它剥蚀成苍老的模样了。哦,悠悠岁月,多少文人墨客在此咏题喟叹。而今天的我们,又该怎样抒发怀古叹今人之幽情呢?

我沿着白马河踽踽走去,寻找古道,寻找历史。仿佛听到古道上车马辚辚,脚步深沉。唉,逝者如斯夫,逝者如斯夫啊!过去的都已化作烟云,唯有这白马泉和白马河是常存的。

乐山大佛观记

天下山水之胜在蜀,蜀之胜在嘉州,嘉州乃今乐山市,而乐山之胜在于乐山大佛也。

从乐山码头渡船,走岷江之水,逆流而上。行至不远,见有两山,一唤凌云,一唤乌尤。山无脉岭,形不嵯峨,浑圆得如盆景的放大。山上有树林,林中有寺庙,庙中有香火,伴有悠悠的钟声旷旷远远地传来,令人顿生怀古之幽情。

这,便是凿嵌了大佛的山吗?我急切切地想拥抱它,却抱怨这船儿走得太慢呢,可待船儿转过湾子,奇迹出现了:大佛坐像雄踞碧碧江水之上,给人以视觉上的惊诧。它依山就势,藏于山崖又裸于表面,当人们突现在大佛面前时,一种"神性"自然而然地被渲染出来,其空间组合和外部高大匀称的体型比例给人一种心灵上的震慑,一种力量上的巨压,一种敬畏一种惧怕和一种崇拜⋯⋯

久仰了,久仰了。久仰得脖根酸疼酸疼。为了能放眼饱览大佛的神姿,未待渡船停稳,我们又租了条小船逆水上行,行至江中,便让船横泊在那里,哥几个指指点点拍拍照照好一阵忙活,有用望远镜的主竟惊叫着愣说连大佛的眼珠都看得清楚,不免引起一阵骚动,险些船翻将性命丢在水中。

我在远远地观佛,心魂被一阵阵地慑服。正面看去,大佛稳坐江边,肌肉匀称,四肢纯净而和谐,脸上焕发着肃穆慈祥的光辉,表现出寂静自在的内心世界。佛像低眉下垂,五蕴皆空,佛陀的精神状态已进入圆觉无碍之境。侧面看之,大佛丰腴饱满,嘴角微翘,流露出洞察人世间安危冷暖的睿智。此种仪态与境界,作为艰难世事的反衬更为强烈。我惊呼,宗教的雕像,竟有如此精神内蕴的刻画。简直是大手笔大写意,让人叹为观止。

我生性多癖,钟情于宗教文化的探究,发现无论何种文化都离不开宗教式的开启而发展。少小之时,常听老人讲神鬼故事,讲宗教逸事,大了知道其中奥秘了,却又喜欢揣摩它了。于是,我极乐于踏访名山胜水宗教之地,从中能悟出些什么。尽管,人说宗教是颠倒的世界观,我却想,颠覆与否,在于窥之角度了。就拿神像来说,它本来就是信仰的对象,膜拜的形体。但作为有血有肉的感知的人来说,却又能从其形体上折射出诸多的情感来。我曾见过许许多多的神像,而最触目惊心的却只有乐山大佛了。

想着走着、看着品着,小船却划着半圆走入青衣江了。哦,原来这大佛脚下是三水汇合之处。此一江水好生清亮,从两山之间流来。逆水而上,据说可到很远很远的脉岭之中。我想,既是看大佛,何必前行,且拨转船头再去观赏吧!

此刻,我却不想再荡舟江中,而是要登上江岸,攀上佛身,要与大佛试比高了。大佛固然神圣,但禅宗所言,心即是佛,佛在心中。如此巨大的佛像亦照样装在我心中,并把它带到遥远遥远的海南去。那大佛的脚下,就不再是江河之水了,而是无边无际的大海了啊!……

巴蜀归来,本想将观赏大佛的感想成文存念,却终未动笔。

近日,某单位搞知识竞赛,有一题曰:世界上最大的石刻佛像在何处?建于何年?何人建造?唤作什么佛……我蓦地想来,此乃乐山大佛也!它通高七十一米,肩宽二十八米,耳长七米,系唐开元元年名僧海通创建,后由剑南西川节度使韦皋于贞观十九年建成,历时九十年,坐落在栖鸾峰临江峭壁上,名唤摩崖弥勒坐像也。

默默作答,回宿即将乐山观赏大佛之感受造出一篇文章来,是为补记吧!

嘉陵江寻源散记

秋天入群山,走古道,见山山岭岭野菊黄黄,艳阳朗照,天地呈金铜之色。山岭沟壑纵横,古朴巍峨,有涓涓泉水流涌,有汩汩小溪唱歌,汇成阔谷下一条闪光的河流,向天边奔去。

这山是秦岭,这水便是嘉陵江啊!

我与一文友,从双石铺下河滩,赤脚逆水东上,做一次寻源的旅行。

资料记载:"嘉陵江系长江下游支流,源于凤县秦岭嘉陵谷,全长 1119公里,流域面积 15.98 万平方公里。上游水急多滩,广元以下可通航……"可我脚下的河滩是阔大的,水流是坦缓的呵!滩地石头遍野,大者如屋,小者如豆。石面不光,有水流凿出的纹路,似奇形怪状的兽类,全无生命年轮的迹象和历史苍古的思考。噢,它是放肆、野性的造化物吧!

一路上,我想起我故乡的浐河。它是一条怎样的母性之河啊!遥想当年,从半坡姑娘的锥形瓶里脉脉地流出了文字、雕刻、绘画,流出了闪光的人类历史。它一泻千年,汇入灞河,涌入渭水,经沸腾的黄河,奔向浩无际涯的大海。如历史的脐带,将生命延续至今天,养育了我祖祖辈辈的勤劳质朴以及我北方汉子的体魄啊!

而这嘉陵江呢? 像荒原中闯出的野汉子,急火火地狂奔着。想到此,我身子便触电似的颤动,转身往岸上奔去。不想,却被石头绊了个趔趄,脚底便划出了血。待忍疼俯首细看,见卵石中直直地竖着一犬牙似的瓦片,有棱有角,靛蓝靛蓝的。我气极了,拾起它要将之投于江中,却被文友抢了过去。他将瓦片正反看了几眼,竟惊呼:"宝贝,宝贝!"

我哪里肯信。走近细瞧,见上面有着鞋绳一般的细纹,密密匝匝,排列规矩。文友酷爱古物,自然对此精通。他告诉我:此处乃古凤州遗址。周兴,凤鸣于岐,翱翔至南而集,是以西岐曰凤翔,南岐曰凤州,西汉高祖分陇西郡为广汉郡。北朝时设南岐州。它千百年来,属秦蜀交通之要道。是历代兵家必争之地和经济文化发达之地。所以,此地有汉代瓦当也就不足为怪了。

呵,真是一滴水见太阳。由此看来,这嘉陵江也是一条生命之河了!

是的,翻开人类的历史,大凡古河流域都乃生命繁衍和经济发达之地:恒河哺育了印度民族,尼罗河产生了古埃及……而这嘉陵江不正是我古老国度、中华民族的血脉么!

可我又想,人生亦如这江水,自小而大,经过险滩和坎坷,走向自己的理想和归宿。在这个运动中,河水是个过程,人生亦是个过程,只是生命的形式不同罢了。这,似乎既壮丽又悲哀了,如一支生命的挽歌呢! 但我并不悲观,却更加珍重自己的宝贵生命了。因为,生命虽然有限,而理想却是永恒的。

我理解了,懂得了,从嘉陵江的寻源中寻到和悟出了我生命的意义。哦,我眼前淌过的已不是远古的水流,而我也不是久远的古人,我与这江水都是崭新的,都是大自然的生命啊!

嘉陵江哟,我面对你的思考太多、太重了。傍晚,当我归去的时候,我要对你说:"嘉陵江,你这长长的破折号,等待我再来时的思考和解释吧!"

嘉陵江哟,你等着我,等着我……

嘉陵江寻源又笔

嘉陵江源于嘉陵谷,嘉陵谷在凤县秦岭的大散关。与文友们从双石铺逆流东上,我们去寻那江之源头。

阔大的河滩,卵石片片,五颜六色。岁月的雕刀,江水的洗磨,使卵石显出苍古的纹路。在群山的怀抱里嘉陵江是如此纤弱,使得山峰肃立,大地悄然,一切的一切都怕打扰了它似的寂静,唯有这水声成了这一方世界的音响。

在这种自然的寂寥中行走,心情倒不觉烦腻。不知不觉已到了晌午,遥遥望见一座土城墙已挺立在了江边。

朋友告诉我,这黄土围子乃古凤州遗址。秦时称故道县。嘉陵江称故道河。位于秦岭南麓,昔为秦蜀咽喉要道。三国中"明修栈道,暗度陈仓"的古栈道便打此经过。

我们在行进着。夕阳已在西天燃烧,辉映得峡谷橘红橘红的。愈往上走,愈是险曲。哦,脚下的小道,原本就是古道呵。遥想当年,尽管唐代大诗人李白那时由陕入川时发出"蜀道难,难于上青天"的感叹,却依旧商贾成群往来,留下了多少迷人的传说。如今,现代人开山凿石,修筑了宝成铁路、宝汉公路,使千里栈道变为坦途。古道正被遗忘,那嘉陵江也已经落颜消瘦了!

想着走着,走着想着,脚下却没了路。抬眼寻去,见一条条亮溪从大山的怀抱中淌出。又行约片刻,见草地青青,水溢遍地。我想这便是嘉陵谷了。可朋友告诉我,翻过这座小山包才能看到真正的源头呢。遗憾的是,恰恰那个土包上砌着厚厚的红砖围墙,有持枪的士兵把守。当兵的告诉我们,围墙后就是嘉陵江的泉眼,泉眼不多,水流不大,没啥看头。

我们执意要看,他却火了:有啥看的。泉汇在一起成了溪,溪汇在一起成了河,河汇在一起成了江。嘉陵江就是在凤州纳安河,在双石铺纳小峪河,在某某地纳某某河,再走四川、下广元,最后形成重庆山城所看到的浩浩大江。这就是嘉陵江的生命全过程,有啥可寻源的。酸文人尽干些莫名其妙的事情!

话虽不中听,却有哲理呢。我想,其实人与自然只是生命的形式和长短不一样罢了。人生,在自然面前只是一瞬,那江河亦不会万古不息的。纵然是江河万古流不尽,那每时每刻的江水亦不是原来的,正如流动的人生一般!难怪子在川上曰"逝者如斯夫"呢。想到此,哥几个毫不犹豫地立马调头下山了。

秦岭的夜锅底般的黑。晚秋的夜寒侵入筋骨。一路上,谁也不言语,依稀的脚步声如重锤敲打着每个人的心头,我突然感到一阵悲哀,竟又后悔没看那源之所在呢。我想,我会再来的。当然,会选择一个美丽的夏季,带上一个漂亮的姑娘。

龙口吊桥体验

车过秦岭，便是一条伸向远方的川道。川道中走着一河水，在朝阳下叠彩生辉，如山野之血脉，流贯山地，使人遥想尸骨遍野的古战场。看此山此水的妙处，我们便决计在这儿——龙口镇小住了。

耐不住美景的诱惑，安顿好住处后，便与同来的郭君下了河滩。谁知到河滩并无道路可走，只好向前行的三位少年求路。大概这山野少年没见过现代派模样的旅人吧，他们先是一阵惊慌，而后，几双小腿交错得飞快，一阵风似的往河滩方向逃去。郭君恼了，叫得一声："追！"便与我像电影里慢镜头似的追了过去。一阵小跑，一路坎坷，眼见在河滩要追上他们了，却发现他们走上了一座吊桥，猴儿似的跳蹿到对岸，末了，还奶声奶气地扔过来一段山歌野调气我们哩！我们追上吊桥，怎奈那桥儿荡起了秋千，飘忽忽的，直把我的心儿抛到了九霄。我双腿打战，平衡难持，只好恨恨地退却回来。

嗨，偏在此时，有一双青年男女相偎着、嬉笑着从我们身边走上吊桥。

他们的身后,跟着一位驮着小山般背篓的老人。这老人身负重载,却踏着悠悠的节奏。用醉汉般的老眼在那女子的身上扫描,全然无视我们的存在。

其实,这桥算不得险峻,它宽一米二三,长四五十米,三根拇指粗的钢丝绳上绑着一条条木板,如一条巨蟒横贯南北。要是在平路上啊,我还能骑车遛弯呢。可它偏偏上不着天下不着地,山风吹拂,便飘带似的晃动,非此地之人,谁也惧之三分呢。

可眼前发生的一切,差点没使人背过气去。郭君是烈性之人,怎咽下这口窝囊气。他一咬牙,径自走上了吊桥。怎奈这吊桥见不得生人似的,愈往前走,便晃动得愈是剧烈,他终于害怕了,怯怯地蹲在了桥上,失声地唤我:"快,快扶我呦!"

我不知哪来的勇气,竟跑到了他的身边。谁料想,两人的重量,使吊桥折成了个 V 形。望桥下飞流的河水,听雄沉呼啸的山风,一时间山摇地动,如坠万米深渊,仿佛走上了阎王路,今生今世再也不得回还了……求生的本能,使我呈大字形趴在了桥面上。

正在危难之时,那三位少年过来了。他们扶起了我们。那个稍大点、戴着红领巾的少年拉着我俩的手说:"心莫慌,站起来往前看,脚步要稳,定会过去的。"惊魂未定的我们,照此话去做了,果然被这双稚嫩的小手牵到了对岸。

到了对岸,我们才还了原形。郭君愤愤地骂道:"哪个年代的古董,这般折煞人。要是我当县长,第一个先撤掉这里的镇长!"

少年们笑了。戴红领巾的少年小嘴翘着反驳郭君:"桥是前些年才修的。过去我们到镇上还得蹚水而过呢。"

郭君脸红了,似乎有点尴尬。

最小的那个见状,忙过来解围,拉着郭君的手说:"叔叔,要是害怕,我们再送你们过去好吗?"

"不！不！"我慌忙摆手。我知道郭君的脾气，他是不会再求他们的了。

"那好，我们回去了。"还是那个戴红领巾的少年说。接着，他们又都笑了，像三只活泼的小鹿儿，向山腰的小村庄跑去。

望着远去的少年，我心里有说不出的感激。可惜当时连挥手告别的力气都没了。两个五尺高的汉子哟，双双瘫在了地上。什么青山绿水、小桥人家，什么夕阳如火、牧童笛声，一切的一切，都觉得多余乏味！唯有一身臭汗，万般惊悸在身上，游兴儿，便荡然无存了。

两人无语，呆坐在河畔的石头上，望西天血红的夕阳下沉，下沉。其景致是极庄严的啊！可我的脑子里却苍白至极，不知在想什么，也不知来干什么。

天终于黑了，我们默默地走上吊桥，奇怪的是，那沉缓的脚步如踏平地般地走到了对岸。但彼此都无喜色，仿佛梦游一般。

回到旅店，郭君便睡了。我竟没有丝毫的倦怠。想适才惊心动魄的一幕，倒觉得有不少道理在心头呢。于是连夜写下这篇短文，以示纪念吧！

山　祭

乘火车穿隧道,过险关,秦岭的曲曲折折体验颇深,使人为之感叹。一位在宝成路上工作了几十年的老工人告诉我说:这条路是人们的躯体架成的,死伤人数,大约与轨枕的数目相等。

在我下车的黄牛铺车站不远处,我看到铁路边的几座坟茔。这恰是北方难得的金秋。秦岭山脉长满了黄黄的野菊,朗朗天庭挂一轮铜质的太阳,金铜之气在天地间回荡着,播散出融融的暖意来,真让人荡气回肠好不痛快。唉,唯有这几座秃坟大煞了风景。不要说坟上无青青的草、灿灿的菊,和那镌刻着英名的碑石了,就连坟之周围踏出的路痕都无一丝儿。这实在是让人感到悲哀了。他们,本不该被人们遗忘的啊!

老工人告诉我说,修这段铁路时颇是艰难,放炮开山死了许多人。这几座坟,只是无人认领者的归宿。说这段话时,老者眼里噙满了泪水。我不知道怎么安慰他。心里想,死者没有牵挂也许更好,可以在这里静静地睡去了。可遗憾的是,今天的一切他再也看不见、听不到了。这该是多么的不公平啊！

共和国的列车已驶过来快四十年了，可是谁还记得那些在大山怀抱中壮烈死去的英雄呢？人说，得到的永远不会满足，失去的连大自然赋予的一丝空气都不能拥有。这算是怎样的自然之规呵！

山静极了。无声的秋风，好像拨响了坟儿的呻吟，仿佛诉说着当年的故事。我不忍听下去了，我不能再听下去了。临别，我用手抠出一捧鲜润的黄土为它们撒上，同时也把我的思念，我的敬仰埋在了这里。我想，来年的秋，这坟儿上，定会怒放出黄灿灿的野菊花的。

此刻，宝成路上火车的轰鸣声自远处悠悠地传来，这却使我多少添了点慰藉。因为，这声声震颤中毕竟有着他们生命音符的跳荡。但，那列车是从他们的身躯上轧过啊！

列车，终是奔来了，山谷中也响起了沉沉的回声。我的泪再也忍不住了，竟涩涩地淌了下了。

体验孤独

二十里山路不见人烟,孤独得不能再孤独了。记得早晨上山时,心魂儿总是悠悠地荡着,看山山娇,看水水妙,自有一股醉不可言的奇想。此种情绪,充盈得我血脉膨胀,不知道如何去消受了它,只有用充满秦人血性的秦腔野调来宣泄。哦,北方汉子般的秦岭哟,秦岭般巍峨的北方汉子。山在他的心中,他在山的怀抱,彼此摇撼着彼此的生命。

这是群山中玫瑰色的早晨呵!

可惜,雾岚散尽,光天化日之时,那种过瘾的富有刺激性的快感没有了,一切都变得太柔情太母性化了。我沉重的心骤然变得飘忽和麻木,只有单调和乏味伴着我沉闷的步履。

当然,秦岭的秋色,自是亮丽而爽朗的。蔚蓝色阔远的天幕上游弋着丝丝缕缕的白云,金黄色的秋阳,如一枚铜质的勋章,挂在天庭的胸膛上,辉映和轻抚着山坳里灿烂的野菊、红红的高粱。山野的秋,是从热烈的夏才走到这稳重且成熟的啊!可我,总是喜欢那赤裸裸泥塑似的黄土山原,亦如在生活中热恋美丽的姑娘一般。也许,这便是我性格的二重性,反差之烈使自己也说不清。

可这山毕竟是美丽的,它总要比都市的氛围轻松了许多。不过,人这玩意儿特怪,大脑神经疲劳得极快。山水看得惯了,脚步走得远了,周身便一味地不自在。这且不算重要,重要的是没有异性的同伴在一起聊聊。为甚?人乃物也,物理学上的"库仑定律"那"同性相斥异性相吸"的科学真的棒!要不,这三条光棍怎就一样的孤寂难耐呢!唉,按说三个人便三颗心三个世界,而此时的感觉把他们合而为一沉闷出单调。还是同行的和谷老兄打破了这种气氛。他提议每人讲个故事,尤其要直言自己的风流韵事,谁也不能隐藏。这主意倒不错,我们三人都过了而立之年,谁没有男女之情,这么"故事"般地描绘出来还真有点意思。当然,谁提议的,自然首当其冲地要示范示范啦。没想到提议者也怕"曝光",三人你推我搡终是未达成协议。

又是寂默地往前走,哥哥们无奈地往前走,没有小妹妹拉着手,没有小妹妹泪花流……可我又想,在都市里,色彩、音响不绝于耳目,人际交往也终没个闲适,不知道什么叫孤寂,浑身律动着不可明状的感受,难得有此时的心境,我何不融进这寂静的山谷,孤独的大山去一享天然呢?

我想来自都市的我,能在秦岭的怀抱中真该是一种幸福吧。

至此之时,我不由得欣赏甚至渴望起孤独来。

小店女子

走得太累太累了。傍晚时分,遥遥望见山崖上那个小店,还有小店门前那棵歪脖子枣树。

一年前的秋天,我们曾在此小住。店老板是个姑娘。她长着一副浑圆的身子,俊美的脸蛋,尤其那双勾魂眼,让你一辈子都忘不了。店铺是不大的,分为里外两间,每间房中自有一个大炕,一张席子,一条被褥。记得那是个秋月莹莹的夜晚,姑娘为我们熬上玉米粥,然后便用那纯情的眸光热烈地撩我们。末了,点亮灯盏,端坐炕头摇起了纺车,为我们唱起了古老的不搭调的情歌:

哎,哥哥你莫慌走,
小妹妹我把你求。
拉拉我的手,
亲亲我的口,

我就跟着哥哥你走……

歌声苍凉而悲壮,在静夜里传得好远好远。

我们问她:"你可有哥哥了?"

她羞涩地一笑:"俺哥哥耕荒道,下天水去了。"

据她自己讲,她没有父亲,生下来就与母亲和这店铺相依为命。母亲去年过世前,曾在后山洼洼里为她寻了个婆家,可她偏是不从,爱上了一个跑单帮的脚夫。

那晚是美丽的。她说了许多关于脚夫的故事和脚夫讲给她的故事,并一次次地为我们烧热冰凉冰凉的土炕,一次次地把小米酒凉了又热热了又凉。一直到天大亮时,她才丢下我们,去门前崖畔的歪脖子枣树前眺望着什么去了。

她不是在望日出,却是望着西边的云天很久、很久……我想,她一定在翘望她那下天水的哥哥吧!

……

这次,我们的重访,是专为一年前的那个夜晚而来的啊!那小店,像夕阳下的一面旗帜,召唤着我们。

谁想,上得崖来,眼前的一切却让人惊呆了:房屋漏水、门窗破碎,墙壁上贴着的吉祥大娃娃年画已撕成了几半,屋里,有几只病恹恹的羊羔在咩咩地叫着。

哦,这就是藏在我心中的那美丽而传奇的所在吗?

一个老羊倌从屋背后慢腾腾地转了过来,我赶紧上前打听这小店的主人。他不紧不慢地扔过来一句话:死了,跳崖了!据老人说,她的相好哥哥跑单帮挣了大钱,在天水城里找了个婆姨结婚了。于是,她为此疯了,每日里的黄昏便在崖畔上望着夕阳发呆。终于有一天,她跳崖自尽了。

听了老人的诉说，我脑中一片血色，不知怎样使自己安定下来。哦，这北方烈性的女子，你青春的母性之火为何要燃尽自己呢？

西天的夕阳，在苍茫的群山间沉沉地坠落、坠落，像随风散逸的一曲悲怆的歌谣，令人无以诉说！

思恋秦岭

  我珍爱这张黑白照片,它常唤起我多彩的回忆。

  这是我在秦岭主峰的留影。正值秋季,风大云远,我倚在镌有"秦岭"二字的青石大碑上,像偎在群山的怀抱。我的身后,是莽莽苍苍的山脉,脉岭上有灿黄的野菊,赭红的高粱。天空朗朗地宁静,悠悠地旷远,偶尔有长龙从山腰的铁路上飞过,那声音也仿佛很远很远。

  这真是个僻静的所在,四野如睡,恍如仙境,使几个西北大汉顿时变得温柔了。可终有人耐不住长久的静默,当下便吼起了秦腔,有不会唱的便"啊——啊"地喊山喊得疯狂,那声音就山鸣谷应天地回响,轰轰然轰轰然把秦岭摇荡。可无论怎样折腾,不管谁往秦岭碑石旁一站,都一个个正正经经假模假式的一副深沉样,显出其北方汉子的勃勃大气。

  可惜,缘于彼此的熟稔,那次却没有照张合影相,留下了终生的遗憾。当时的文友两年后便众鸟投林各奔东西了。李君去邢台当了编辑,郭君去深圳做了生意,我下海闯了海南,余下和君孤独独地在西安古城的秦砖汉瓦中,险些变成了文物。倒是都有信来,每笺必提那年秋天没留合影的遗憾,一个个用文学之笔,将思度与忆念抒写得凄凄惨惨惨惨凄凄,总使我心头潮乎乎冷寂寂的。

李君来信说:从那年秋天的秦岭之行,我觅到了秦人之源秦人血性的魂之所在,我永远是秦岭的儿子。

郭君写道:我虽然在现代而纷嚣的都市,心里却装着静远旷阔的大山。秦岭是诗,秦岭是歌,深圳的风景总缺少一种生命的内涵,魂牵梦绕的秦岭碑石上赫然镌刻着"想家"二字……

和君却常从西安寄来洋洋洒洒的文字,叙说着离情别意一腔愁绪,言语中将秦岭已融于生命,并视之为故乡的骄傲。和君抛不下生于斯长于斯的土原,却十二分羡慕我们的抉择和胆量,这倒让我们更觉愧对于他了。比较之中,唯有和君对秦岭的爱最为真挚,他死守于家门,却要每年秋天走一遭秦岭,感受大自然的温馨,寻找自己的梦幻,吟出对秦岭母亲般的颂歌。他近年散发在各家报刊有关秦岭的文章,写得越发动人,读来让人嗟叹,品来让人垂泪。哦,秦岭,你也有山的嵯峨水的流韵天的晴朗地的翠绿啊!你也有母亲般的温存父亲般的壮美啊!你是我擦也擦不干的泪撵也撵不走的魂啊!……

这几日小卧病床读不动书了,那照片又细细地看痴痴地想。五年了,岁月的剥蚀已将它变得灰黄,可心中的记忆却越发清晰,那山端上闪光的一瞬已成为永恒,使人念及就心魂荡漾。多少次我生出奇想:巍巍群山幻作千丛万仞立于天地之间,支撑岁月支撑北方支撑茫茫苍天,每一座山凝成我的梦呓,每一座梁构筑我生命的呐喊,我仿佛是猛士从悠远的晨梦中醒来,群山抽搐如马群大潮般奔来,扯天边的云彩当旗帜啊,猛士的巨手将月亮掰弯啊……哦,秦岭,你古老的雕像已刻下我深深的爱恋,我怎能将你遗忘,我怎敢将你遗忘!此刻,他多想跨越海峡回到你的身边呵!可我又想,海洋终比秦岭阔大得多吧？地球上十分之七是海洋,将生命融于海洋不是使胸怀更博大更无涯吗?!如此这般,我又怎可别她而去呢？如今,我在阳光灼灼的海南岛,如汪洋中的一条船,快解开缆绳起锚出海吧！让我们开始世界性的旅行。届时,我将在风口浪尖上留个影,将海的喧嚣,波的律动,还有那缓缓跌落的夕阳一同摄入镜头,构成一幅勇士出征的悲壮画面,并将此杰作寄给诸友寄给秦岭。我越是思恋秦岭便越需这般去做,双脚行得越远思念也就越发凝重。可我永远也走不出秦岭的怀抱,亦如孩儿走不出母怀一般。

此刻,我又在孤芳自赏我的秦岭留影,心头倒觉得沉甸甸的。不过我想,天地悠悠岁月悠悠,而人之生命却是如此短促如此有限的,我何不志在四方指点江山作无限的追求呢？我要用我有限的生命一次次地迎接新生的曙光啊！

"不要问我从哪里来,我的故乡在远方。"走吧,人间处处是故乡,想诸君诸友不会怪我吧？人生,或许就是这样。朋友,你说呢？秦岭,你说呢？

言语间,我已泪流成行、泪流成行……

镜泊湖秋绪

我是秋天来游镜泊湖的。

春夏的镜泊湖是热烈而美丽的:草木发新芽,四野绿葱葱,湖水波动着袅袅的氤氲,空中流动着鲜嫩嫩的芳馨,自然中的一切都有了生机与活力。而终于熬过漫长严冬的人们,走出房舍走出市区走向暖洋洋的沃野,探幽访古,看花踏青,免不了东一车西一队地拥向镜泊湖,其势似要将那湖水掀起个万顷波千层浪,好一幅热热闹闹的镜泊湖春景图啊!

可我,不喜好那种喧闹的旅游。住大都市的文人,偏偏有些怪癖。秋天的行旅,许是人生凄凉的悲壮,抑或一种美妙的行吟呢。

想想这一路奔来时,沿途的草木还扯着绿色的旗帜。可到了镜泊湖,秋意似乎全写在这里。这个秋叶转黄的九月天,湖水与山脉深有秋意。这秋韵不是黄河铜汁般的涌动,而是少女惨兮兮的低吟。人说北雄南秀,而这北方的大湖景致,怎显得如此哀怨,像江南潮湿的梅雨,似姑娘藏不住的心事。

哦,好一个秋天的镜泊湖!你比南方闺秀更撩拨我北方汉子的心怀!怎么说我也是见过长江纤夫斗过大海波浪的人,咋就禁不得这山水的诱惑,直把心魂儿浸泡于湖水,扔置于山脉,恍恍惚惚似有一股初吻恋人的晕眩。我急于要拥抱她亲吻她啊!可上上下下反反复复觅不见去湖边的路。那密匝匝的树林里,遮掩着各式房屋和一些说不清名堂的建筑物,就有情侣们在相依相拥着……

记得中学时代就知道黑龙江境内有个镜泊湖,它乃五千年至一万年前,历经五次火山喷发,熔岩阻塞牡丹江河道而形成的我国最大、世界上少有的堰塞湖。此湖海拔三百五十米,面积九十平方公里,因两岸群山环抱着明镜般的碧水,被称为"镜泊湖"。可有人却给我讲述了一个颇有传奇色彩的故事,说这地方原是天上仙女梳洗后泼下的蓄水池,所以每逢早晚湖水肆虐,总是翻腾着吼叫着。一次,有个唤七仙女的梳洗后,不小心将王母娘娘的宝镜一同泼至天河,流进湖中,从此,这湖水变得风平浪静,真有了仙女般的性情呢。

我被这山水的传说感动,更添我游览镜泊湖的雅兴,遂迈开步子去游那镜泊湖景区了。

这镜泊湖好大好大,一双脚怎么也走不出湖区。到"吊水楼瀑布"听雷动之涛声,看浩浩之雄浑,让人倒吸口凉气,不禁顿生一身龙虎之气;到"丽人亭"凭栏望山水,一种怀念故人之情油然而生,遗憾不能携之共赏美景,一叹再叹,掩不住多愁善感儿女之情;到"鹿苑岛""莺歌岭"领略旖旎风光,身陷花丛染熏熏醉意眼花缭乱一片迷茫;乘船湖上飞行,湖光山色各显芳姿,烦恼事和旅途劳顿一扫而光……这半天的旅迹,使人心身早已融入自然中去。这镜泊湖的雄浑之美、秀丽之美、旷远之美与那亭台楼榭、别墅山庄形成美丽的风景,又与那人文景观构成美妙和谐的乐章。而这一切,皆源于山水融合的交响。我生性喜旅游爱远足,不敢说性好山水,高情志远,但由于弄些文字,不免寄情于无知无觉的自然山水于人情品格,活化山水,与之进行审美感情的交流,从中获取心灵情操的陶冶和涤滤,求得美的享受。

因为，山水审美，是一种永恒的精神文化活动。

当然，在这美妙自然的旋律中亦有些不谐和音，这主要反映在现代人构建的景物和房舍上。本来青青的山碧碧的水，偏就凿一块平地来，盖个宾馆饭店什么的，且那建筑物不雅不奇，平平常常的钢筋水泥结构，如看惯的民房，真乃是在好端端的肌肤上长出了一片疮疤。……就说我们用餐的宾馆，实在是一堆废砖烂瓦砌就，且价格昂贵，一间房近百元，一餐饭数百元，你不敢不给，东北爷们儿脾气暴，敢嚷嚷没准拿刀往你头上砍呢。我们就曾遇到劫道的"李鬼"。那是饭后我与韩君乘一艘游艇游全湖。本来说好游一圈给八十元钱，可到了湖心，那黑脸大汉走上了船头，要再加五十元方可行走，我们不干，他就将船来了个冲浪走旋涡，将人的心肝肺都差点摔碎。我们别无选择只好就范，那游兴便荡然无存……这实在是景区丑陋的一面。我不想借此文发泄所谓的"私愤"，但对所谓的人文景观与自然景观的不谐和问题倒想谈一些见解。我想任何一种景观，自然存在的景观是主景主角，而人文景观是配景配角。人们对人文景观的感受亦来自对自然景观的崇尚。所以，在风景区建设什么、设计什么都必须与自然协调，以烘托突出自然美的作用，达到"物我相亲、天人和谐"的美好境地。而镜泊湖景区内疗养院、宾馆饭店，乃至小卖部杂货店星罗棋布，有的建筑物，已到了破坏自然景观的地步，长此下去，这天生丽质的镜泊湖，会不会遍体鳞伤呢？我感到忧虑！我感到十分的忧虑！

我在这园林般的镜泊湖风景区里转悠，心灵与自然进行了款款的对话。虽然愤怒与忧虑缠绕着我，但眼前依然是山湖与天空。空间的无限总使人心胸豁然思绪飞扬，似有秋雨绵绵的秋的感伤袭在心头：镜泊虽然美，也有令人担忧的酷冬啊……

此刻，秋阳如血，宛若个悲壮的感叹号，与这秋的湖水秋的山野浑然成一幅油画。我觉得我不虚此行，毕竟，这秋韵已深深打动了我。

庐山鄱岭观景记

天下名山,在庐。

天下名山之名山,更在庐。

"庐山"二字,见诸史册,最少也有两千余年,当年司马迁《史记·河渠书》言:"余南登庐山,观禹疏九江。"说的是他在山南登上庐山,察看并感叹距汉两千年前大禹治水,疏通九江,引流入海的情景。这说明庐山历史悠久,亦说明庐山天下闻名。

远的说有李白、王羲之、陶渊明,近的说有朱德、毛泽东,有数不清的文人墨客和隐士学者谒访庐山,留下了诸多优美诗句和锦绣文章,也为庐山的自然之美平添了浓重的耀眼光彩。

我与诸友在辛卯九月的一个秋阳朗照的日子里,拜谒了那神秘而美妙的庐山。

庐山峰峦众多,景点重重,名人题咏不胜阅数,鉴于行程匆匆,我们选择了上含鄱岭,望庐山诸峰的游迹。

我们像司马迁当年一样"南望庐山"。庐山之阳为南道,由星子县一边上庐山。山道险峻,山道弯弯。现代的车轮在一圈圈的盘旋而上,那窗外的风景亦一层一层地升华叠嶂,快到山顶时,便有云海雾气笼罩了座座山峦,将之峰端紧裹成一座座岛屿,大有蓬莱仙境的况味,让人如堕五里雾中,一种妙不可言的庄严在心头油然而生。

　　终于到含鄱岭上了,站在鄱岭的高台上,脚下深渊万丈,头顶蓝天白云,东北边有五老峰赫然屹立,西南边有五乳峰、九奇峰虎视眈眈。翘望前方,越过山岭,大野突现,一片平畴沃野,那是中国第一大淡水湖之鄱阳湖,像一片银河,被天地线切割成一把巨大的弯道,在阳光下熠熠闪耀。还有那星子县城,都昌、余干,如繁星点点,皆历历在目,一目了然。再远望去,似乎望不见了,只有想象:庐山的雄伟开阔,大有"南吻雄湖、北枕长江,一山亘五百余里,坐卧数郡"的天地之气了。我想足矣,古人云:"观湖于含鄱岭,观江于天池。"我能极目远望至如此之远境,已属不易了。

　　正思想呢,天上忽降小雨,淅淅沥沥中含鄱岭周遭正被云海弥漫,须臾之间"弥漫天地,江山人我,四顾无影",此时再望刚才之景色,已全无踪影。唯有游人如织,吵吵嚷嚷地要看云海望云浪呢!那云儿一会儿如虎豹之态一吼千里远,一会儿显山水之势浓墨重彩,一会儿似娇美的女人搔首弄姿,一会儿又似垂垂老者步履蹒跚……还有那云儿幻化出无数的想象来,让人好生神往。我耳目失聪一般,恍如梦境不知所措耳。此时,忽然山风扑来,林木摇动,吾脚下有些惶惶然,却发现天空云开雾散,适才之风景又活灵活现,只是那景色又平添了几分云蒸霞蔚的润泽,让观众叹为观止,不胜唏嘘。这一幅瞬息万变的庐山云雾图,让我好生扼叹,不禁对这千年美庐、万年奇山,崇拜得五体投地呵!

　　至此,我不想再看庐山的其他景致了,庐山之美在自然,在于云山之间也,至于导游反复强调应注意看什么毛主席、蒋介石的故居以及共产党、国民党在山上的若干会议等等我都不感兴趣,对于一个崇拜自然、敬畏自然的人来说,没有比自然之美更能撩动我的心弦了。有一句话叫高山作琴,流水为弦,我在这庐山上抚琴高唱,可惜西北的汉子唱不出南方的柔情,一曲高亢的秦腔在庐山梁子上游荡,撞落飞旋的山鹰,撞响群山的回响,大有飞流直下三千尺的气派呢!若古人李太白有知,一定听得懂咱从长安来的现代歌唱,同样有着诗情画意和浪漫情怀呢……

傍晚时分了,我们随导游仍在庐山上转悠:去了镇上,到了山湖,还有"庐山会议"会址,蒋介石的别墅……但终是没有鄱岭上那壮观的一幕摄人心魄、感人肺腑。故连夜写此篇短文,虽挂一漏十,但大景色来源小角度,可谓一滴水见太阳的功夫。嗨,别自吹自擂了,且打住打住。先给文章取个题目吧,可唤作庐山鄱岭观景记吧。

然也,是为记。

鹿饮泉记

　　天下多泉，而泉名多出于天然。如昆仑山的昆仑泉，马坊村的马坊泉，汤峪口的汤峪泉等，皆因地因山而名。我要写的鹿饮泉却出于终南山脉的青华山。

　　今年初秋的一天，我到青华山的某单位出差。抵达时，正是彤云垂天，夕阳如火之际。弯弯的山径如一柄利剑，把夕阳捅出个血槽儿，殷红的血色染红绿色的大山，如一幅深秋的油画。我被感动了，竟忘记了旅途的疲劳，如行平地般地走上了山端。可令人扫兴的是，除了那深秋般的景色，没有鸟语，没有花香，只有那一座连着一座，如一个模子翻出的寺庙，无精打采地呆呆地戳着。一瞬间，我明亮的心，蒙上了阴森森的影子……我叫苦不迭，后悔不堪，来时的勇气，如圆圆的皮球被戳了一刀，全然没了。脚步也变得滞重拖拉，只好瘫坐在竹林旁的石块上，一任那筋骨松散开来，昏昏入梦……突然，一股水声湿漉漉地贯入耳中，把我从梦中唤醒。左右寻觅，发现身后有一股亮亮的清泉汩汩地流动，像顽皮的孩童似的，绕着翠竹欢跳着向山下跑去。

我随手掬了一捧解渴，顿觉满口清爽，五内俱醉。我不敢相信，在这黄土高原怀抱中的山野竟有这天下神泉！……正在出神纳闷，一阵洪钟般的笑声传来："甜吗？这是眼神泉，名鹿饮泉。"

我抬头望去，见一位身材高大的中年人站在我的面前。他慈祥地微笑着，泉水般的明眸望着我，自报家门地说："姓徐，山野居士。"

我忙躬身施礼，问道："徐居士久居山野，当知此泉何名为鹿饮。莫非鹿常出没？"

他又笑曰："山中无鹿，而这泉却以鹿得名……"于是，他给我讲了鹿饮泉的来历。

传说明末清初之时，有一年秋季，整整下了四十九天大雨，淋塌了山上寺庙。放晴后，又是四十九天的大旱，山上的草木皆枯，绿色的山峦变得泥塑儿似的。山民们渴盼雨水，纷纷上山修庙求佛。可盖庙无水，只能从山脚下一担担地往上挑。一日清晨，突然雾霾笼罩了大山，从雾中跑出一只梅花鹿来。这鹿跑进庙旁枯黄的竹林里，在地上刨了几下便飘走了。等人们过去，一汪清泉便呈现在眼前，汩汩地涌流。担水的小僧用镢头刨了几下，水便喷涌而出，水到渠成，流下山去。几百年来，这股泉一直就这么流着，取之不尽，用之不竭。

居士说完，舀起一碗泉水说："喝吧，这水冬暖夏凉，松筋活血，能治百病哩！"

我接过碗，痛饮了一气，谁料，昨夜闹腾的肚子非但没有了疼痛，反觉得热乎乎的。

他还告诉我，这三乡五堡的人们奉泉为神泉。谁家有人生病，便要求得一瓶一碗的煎汤配药，效果极佳。

我赞叹不已，望着居士怡然自乐的神情出神，心魂儿早被勾到了文学的畅想中。

见我这等模样，他以为我不信此言，便转身回了寺庙。等我醒悟，正为失礼而懊悔时，却见他捧着几瓶酒来了，仍乐滋滋地说道："去年一家酒厂拉回两汽车泉水，酿出的酒上了展销会。这是酒厂送给我的几瓶。来来来，尝尝，尝尝。"

我拗不过他，喝了两口，味道委实甘醇。片刻工夫，整个脉络都活起来，浑身竟有一种勃发的力量。

泉水之旁，叫绝声中，我俩对饮了起来。不知不觉地竟把一瓶酒喝了个光。居士连呼我海量，又要去开，被我拦住，最后我发誓改日再喝，他才作罢。

告别了居士，月已中天，我踏着铺满碎银的山径下得山来。一路上我飘然欲仙，如坠云雾。月朦胧，山朦胧，万般静寂中依稀听得山泉流动的声音，如一根悠悠的琴弦颤响出的绝妙的音响。这情之泉，这好客之泉，在唱着歌为我送行哩！我的心弦也为之颤动，不住地回望那大山，真不忍心挣断我颤响的心弦啊！

下到山脚，已是华灯闪耀。身后的青华山显得幽深而旷远了，而那鹿饮泉美丽的故事却是永恒的，迷人的，它将永远珍藏在我人生的画册中。

秋在团泊洼

秋冬之交,我去了趟团泊洼。

团泊洼在天津静海区内,距天津繁华闹市西南十余公里,是一个颇有点风景的湿地。但我知道团泊洼并不是它的人文和地理的所在,而是因为郭小川的长诗《团泊洼的秋天》。

至今我仍记得那三十年前诗人的佳作:

秋风像一把柔韧的梳子,梳理着静静的团泊洼;

秋光如同发亮的汗珠,飘飘扬扬地在平摊上挥洒。

……

蝉声消退了,多嘴的麻雀已不在房顶上叽喳;

蛙声停息了,野性的独流减河也不再喧哗。

大雁即将南去,水上默默浮动着白净的野鸭;

秋凉刚刚在这里落脚,暑热还藏在好客的人家。

秋天的团泊洼啊，好像在香甜的梦中睡傻；

　　团泊洼的秋天啊，犹如少女一般羞羞答答。

　　我的心里默诵着这充满韵律的诗句，整个四十多行的诗句里，唯有这几句是最摄人心魄的美丽。

　　当然，依诗人当时的窘况，该不是用吟哦之叹纯粹来抒发对自然的歌唱，而是其用前十行引发出后面三十行之政治上的豪言壮语和对敌人的无比愤慨！他是借景抒情，寓动于静，渲染一个极其宁静的气氛而反衬出诗人内心的不平静，大有"于无声处听惊雷"之势。他诗里写道：

　　团泊洼，团泊洼，你真是这样静静的吗？

　　谁的心灵深处——没有奔腾咆哮的千军万马！

　　这里没有刀光剑影的火阵，但日夜都在攻打厮杀；

　　谁的大小动脉里——没有炽热的鲜血流响哗哗！

　　这里的《共产党宣言》，并没有掩盖在尘埃之下；

　　毛主席的伟大号召，在这里照样有最真挚的回答。

　　无产阶级专政的理论，在战士的心头放射光华。……

　　尽管诗作写得大气磅礴，今天看来它仍是属于特定历史时代的作品，诗人最动情的诗魂，我想，仍在前面那十行诗里。

　　正沉浸在《团泊洼的秋天》的诗韵里呢，车轮已滚到了秋天的团泊洼。

　　这团泊洼如今已今非昔比，面貌大变，过去的湿洼之地，现经二十世纪末的开挖及扩大已形成了茫茫无边的团泊湖。在午后的秋阳下，水波闪着银色的波澜，在做着温暖的呼吸，远处有金黄的苇子随风飘荡，让我忆起了这不是海，的确是一个硕大无比的湖。

接待我的老窦引我上了游艇，让我感受快艇的飞翔。船是小了点，坐了六个人，像罐装的火鸡一般，一阵轰鸣后，快艇箭一般地"飞"在水面。它先是在大湖中快速划了个大圈，而后泊于水间，又轻快地进入苇子中间。这苇子一蓬蓬一片片的，无规则地生长着，却无形中有行船的茅道。航速慢了，却能听到哗哗的流水声。苇子上落满了各色鸟儿，在叽叽喳喳的鸣叫欢跳着，像是要欢迎我们的到来，但当我们将要临近时，它又扑腾腾地飞走了。倒有几只野鸭，成心要和我们斗法，你划进苇丛抓它，它又跳来跳去恶狠狠地啄你并嘎嘎地叫唤。又伸手抓去，它们才很不情愿地飞走了。留下几个野鸭蛋，黛白色的，在水波和天色的交映下，一枚枚透明得像玻璃球一般呢。

当下有人提议，找几支猎枪过过瘾，今晚就饱餐一顿野味罢了。接待的老窦说不行，政府明令禁止，一旦枪响，派出所便像"雁翎队"一样来抓你了。还说，若要吃野鸭蛋可以，一天就能拾一筐。闻此言，哥儿几个只好哀叹，那个自称神枪手的哥们儿一听无法"显摆"了，更加郁郁寡欢了……

船，继续往前行。

突然，一阵歌声传来，是什么歌没听明白，只是那男高音的声色充满野性的恣肆，悠悠的旷远，惊得一群飞鸟飞上青天，那昏黄的太阳像喝醉了酒的醉汉，晃晃悠悠地，像要跌下似的……我想起了"西边的太阳就要落山了"的歌曲；我忆起了"秦皇岛外打鱼船"的诗歌，当然，我耳畔也想起了郭小川《团泊洼的秋天》。我想，我是循着诗人的足迹来到团泊洼的。想那时的团泊洼不过是一个一个的水洼而已，而现在的它确是能容纳七个西湖大的水域了。三十年过去了，沧桑巨变，不胜依依，我仍然怀念当年的团泊洼。我问老窦："当年的'五七干校'在哪里？"

"没有啦！"

"怎么样才能找到诗人过去的踪迹？"

老窦说："只有一尊雕像，放在岸边不远的一所新建的大学里，其他没有了。"

闻言，我的心头怎就突地平添了一腔愁绪。我以为，我是踏着秋天的爽朗来此地的；我是心装着一方湖海见深沉的景仰来此地的，却把一张愁网撒在了这片水域。我到哪里去寻找诗人的仙踪呢？

我是在懵懵懂懂的情况下回到岸边的，回望湖水是一片片闪光的金黄。可惜，今日的秋天，不是郭小川的秋天，也不是团泊洼的秋天，正如"秦时明月汉时关""今日明月照古人"一般呢。今日之秋天是今日的秋天。秋天的团泊洼，岁月和历史都赋予了你新的内涵。团泊洼新城的设立，高尔夫球场的建成，一片片别墅小楼和一片片整齐的新绿，使原生态的草丛和灌木显得尤为珍贵。新旧之间的反差反而使这里更具有生命的律动和新鲜的况味。我想，郭小川要活到今天，他的诗一定会写得更具有美妙自然的韵味了。

天已黄昏了。这是团泊洼的黄昏啊！我们一行人在秋阳的黄昏里如一组金色的雕群。湖中原本银白的水域也被染成了枯黄。水天成一色，风从湖中来，摇曳起金黄的苇蒿的舞蹈和飞鸟的歌唱。我被眼前的景致震撼了。我想，湖虽然没有海的阔大，可海哪有这湖的景色？何况，眼前的湖水，早已和减河汇通为一片汪洋，并浩浩荡荡地流向大海了……

此刻，我竟又忆起了诗人。诗人的团泊洼，就是团泊洼一掬一掬的池水；而今日之团泊洼，则是怀揣着鸿鹄之志的一片湖海啊！

此刻，我也由衷地想做一回诗人，吟哦一番我今日所见所闻的秋天的团泊洼……

太平河记

西安西南,百余里山连不断,唯有圭山呈犬牙形状,且高且险,悠悠白云在峰端绕缠。而此山妙处不在峰峦,在于脚下的太平河。甚为遗憾的是,不知何年何月进驻了军工单位,山口有持枪荷弹的军人把守,山石上有镌刻的朱红大字,进出消息封锁,人人神情警惕。故世人知晓者极少,山水自然被忘却。这几年里,军工转民,开放搞活,便有好话传开,言此山此水美妙无比,仙境一般,我神魂儿便勾勾的,想寻去看看。

去年酷夏一天,我有幸走了一遭。车从西安出发,两小时后便到了山口。举目望去,见一山石兀立,横在面前,乃圭山也。拐过山来,迎面走来一条小河,蛇一般地弯曲,白练一般地流动,心头便滋润了。山路又转,河水变得幽蓝。依稀听得水流的音响,汩汩的,如歌如泣,倒也不觉烦乱。最为奇观的是,三弯四拐,上坡下坡后,河水不见,脚下云烟飘然,如堕五里之雾,妙不可言。待惶惶然走近看去,方见"庐山真面目"。河水清澈见底,怪石横竖卧立,石上过水,石底鱼游,距水面一尺多高升着厚厚的雾气。我想此水必出自温泉了。可奇怪的是，手入水中，竟冰凉渗骨呢！哎哟哟，大自然真是绝极了，竟赋予它如此温柔与冷峻，让人既得意又不得忘形啊。难怪烈日炎炎无人下河戏水，难怪寂静的山谷听不见一丝杂音。这，便是太平口与太平河得名的天然所在吧。

我所言必是，便自我陶醉了。谁想，一条青色的蛇向我脚上扑来，我吓了一跳，重心失去，烂石般地跌入河中……众人们先是大笑，后慢腾腾地拽我上岸，使我如落汤之鸡好不愤恨。正要骂同伙时，一个洪钟般的声音传来："水虽太平，蛇却伤人，树不动而风不止嘛。不掉入水中，定被蛇伤无疑，是太平河救了你呀！"

众人更是笑了。我抬眼望去，见一位高大年迈的山民向我走来。 我好愧，冲众人骂道："倒了霉了，悔不该和你们同来。"

老人拍拍我说："得意者忘形也。莫怪他人了。"

一语道破天机，使我更觉得尴尬了。众人们又是一阵大笑，争相与老人交谈了起来。老人便道出了太平口与太平河的这般缘由：

不知是多少年前，这太平口名圭山口，是一个风景秀美、山水宜人、诗人墨客常来咏叹的绝妙之处。有一年天下大旱，不知从何处来了一条巨蟒，横躺水中，喝尽了河水，吃尽了行人，使此地变成了杂草丛生、乱石遍野、无人敢进出的"龙口滩"。不知又过了多少年，从长安城里来了位勇士，杀死了这个害虫，还了这山水的美妙，还了这峪口的太平，故被后人称之为太平口，这水便称之为太平河了。而那勇士的后代，便祖祖辈辈在这里生息，保卫着这里的太平。

听完老人的叙述，同来的众人纷纷下水洗澡嬉闹，乐此不疲，以享受这太平河的温柔与冷峻。而我仍不得宁静，想刚才那心悸的一幕，倒觉得这太平河的不太平呢！再看那河水，缓缓慢慢，无声无息，软软地向远方流去，真是静极了。可我的心乱极了，总觉得河水就是这条吃人的巨蟒呢!

　　此时,我觉得绝妙之处不在山水,在于我此时的心情。是呀,心静而山水静,心动而万物动。我终于明白"心即是佛"的道理了。

十渡山水吟

与几个文友,一道去看十渡。

十渡乃北京著名旅游胜地,位于北京西南百余公里,属房山领地,因从张坊乡至另一乡镇须沿河而上,十次渡过拒马河而得名。

我们的轿车从城南出发,上京石高速公路。平原渐渐远了,山便拦了去路,绕行的山道载着汽车做蛇一般地扭动。山,原是一边的山,对面是河滩和原野悠悠的旷远。行至七八里,对面便突地隆起一座座高山,形成了川道,逶迤得很远。川道里跳出一条亮河,汩汩地流动。河面宽绰,河水清澈,倒映着两岸犬牙似的山脉,大有"桂林山水"的韵致,恍恍然,如入仙境一般。

我们沿着河水逆行,好一番曲曲折折。从一渡到十渡,要过十次河,要绕十道弯。我想,这水若是多情的女子,这对峙的山便是两个雄性的汉子,小女子在两者之间穿梭忙活,委屈了千百回,全为了这一方世界的宁静和美丽。十渡,也因之有了这千般曲折,万般柔情。

我们终于到了第十个渡口——十渡。十渡在山的怀抱中,那对峙的两山此刻分行而去,呈椭圆形,而拒马河水蓦然间浩渺而阔大,与对面流来的水汇成了一个湖泊,镜子般地映射了天庭。湖的一岸是山,嶙峋而峻峭,上面装有"蹦极跳"的设施,抬头望去,如云雾中的一只巨手。可惜今日酷热,午后的十渡,没有人做空中飞翔。

天已向晚,十渡的夜没有风,没有雨,亦没有凉意,唯有一股股热浪在弥漫飘散。我们在无处躲藏的十渡挥汗如雨,燥热不安。房间已被人住满,旅店内外熙熙攘攘,大概是城里禁放烟花爆竹的缘故,这里的天上地下不断有爆竹炸响,弥漫着浓浓的硝烟,撒下满天的礼花,且一放再放,直至子夜。

我们总算住上了客房,让空调的冷气拼命地释放,好让这一天的劳顿在凉爽中散尽。我却难以成眠,作为参访河山的游人,此行的收获在哪里呢?

"仁者乐山,智者乐水。"山水的律动在来时的路上已让我魂牵梦绕。在这黑黝黝的夜晚,我仿佛听见河水的吟唱、山脉的呐喊,山的深邃与水的辽远,都是一种自然美妙的和弦。

人说"山外有山天外天,水流大海纳百川"。山的嵯峨,尽显出对平畴沃野的守卫雕魂,没有山脉,怎可有稻谷飘香的丰收喜悦;水的曲折,尽显出追求和面向海洋的呼唤,没有河溪,怎能有大海的壮阔和缱绻的波澜。

伫于旅店的窗前,我默读对面影影绰绰的大山,你高大的身影如我的父辈,有一种巍然的庄严:顶天立地,给我一腔豪气冲天;我默读水的歌谣,你多情的吟唱让我躲开狂涛的追赶,有一种生活的感叹:人间真爱,就在饭疏平常间。

我喜欢这个酷暑的山间夜晚,它让一颗心怦然间有了节奏感。我不该觊觎其他风景了,光那山水就够我半生的牵念。我要告诉我的同伴:明天,我要在回归的路上重温那来时的山水。因为那山是永恒的，而那水，这一别不知可是永远？

月亮，从对面的山巅爬上来，照进我的房间，照亮拒马河流动的水面。

雪　境

一觉醒来,窗外已是雪的世界。

本想驱车办几件棘手的事情,突发奇想:什么都不干了,天塌下来,我也要到雪地里走一走,逛一逛。

我来到白雪覆盖的山野,被眼前的景物所吸引。那是长城脚下的雪的山脉雪的造型,银白纯然得让人恍入梦境。雪仍在下,飘飘洒洒地漫天飞舞,似乎有无数绵绵细雨响在耳畔,又似乎是姑娘的小手抚在你的心头,顿时有一阵爽爽朗朗的风吹来,让人不由得敞开肺叶张开大口,美丽得让人震颤。

很久没见这北方的雪了。简直让人遗忘了这世间美妙的造物。它让我想起北方想起儿时想起冬天的模样。

没有雪的冬天,怎能称之为冬天呢?

很久没有在北方过冬天了,尤其没有几次在北京过冬天的经历。

记得来北京时恰是个秋季。这长城的秋色美丽至极,秋阳高照,在每一株草木上泛出一层橘黄，与山的赭黄融为一体，而那龙一般蜿蜒的长城，亦在这画面上扯出一道浅绿，摇头摆尾地透迤至天的尽头。我突然想起一幅题名为《长城秋色》的油画。这广阔而动人的现实画面，让美术大师们亦相形见绌。可我又想，秋天的山野在冬天必然是枯之所在，任何美都不可能永远留住。好在这一年四季有别，山草树木不可能永远是死的。春的觉醒，呼唤了夏的热情；秋的韵致，成就了冬天的静谧。枯荣之间，只要有生命的律动，那景致便越发动人。

我在一片雪地上踏出了一行行脚印，"吱吱"的声响，像大地舒络筋骨的声音。口里因喘息吐出的白雾，竟在眼睫毛上挂成了冰。天气好冷！可山野、白雪让我感觉到阳光的存在。我索性在雪地上打滚翻腾起来，抛洒着雪球向天际呼喊起来，一个人狂奔于雪野上使自己跃动起来。我是个走过千山万水的男人；我是个经历过风吹雨打的汉子；我是个流浪四方的苦旅者啊！神色匆匆，行色匆匆，我的心已焦灼浮躁，可这北方的雪荡涤了我的魂灵，使我面对它时，心身明净，不敢有半点儿虚假和倦怠。

我想，人的心中是一片雪原多好。明月照我一片银白，太阳照我一片银白，皑皑白雪能化春水，猎猎寒风能绿山川。我是从雪野里走来的人；我是从寒风里走来的人。纵然是过年的新衣落满雨水，纵然是一双新鞋上溅满新泥，冰雪消融后的阳光亦总是让人有眩晕的喜悦！

但，心中有雪的纯洁要有个境界。到北海公园打雪仗滑冰不是境界；到湖泊里冬泳锻炼不是境界；到这里欣赏山的巍峨雪的造型不是境界。虽然，雪埋不住热土，冰层下有水在涌动，但雪能刺伤人的双眼，冰能冻僵人心灵的土地啊！

用一颗冷静而纯然的心去对待事物，心中不需要这雪天的境界吗？我想起柳宗元的诗句："千山鸟飞绝，万径人踪灭。孤舟蓑笠翁，独钓寒江雪。"

古代钓叟在冰封雪冻的江面上冥冥地垂钓，一江冻结的语言不必叙说。他不问生死枯荣，只求得一种"境界"，由此才成为千古绝唱呢！

能不能钓到鱼无所谓，"菩提本无树"嘛！心中有佛，佛就在心中。

我希望我心中有一片雪地，哪怕在海南岛也不要融化，在上面踏出一条心路来，有一个钓叟常与我对话。

我，在寒冷的雪天里伫立良久，雪花如歌，吟唱出纯然美丽的自然和声。我对着苍莽莽的山野和苍天呐喊，雪为之停落，山为之摇撼，一轮朝阳挣扎着升腾而出，天地间呈现出铜质的辉煌……

看 山

春天来了,公园里的花儿开了,街市中的草木绿了,可友人却邀我去郊野看山。

我以为去看玉泉山、凤凰岭抑或被寺庙占据的清凉山脉呢,却一不留神被拽到了长城以外的脉岭野山。

车,就在这蛇一般的公路上爬行,巍巍群山两岸相伴。直到没有路径,便舍车步行,不知不觉已到了深山荒径。可景色越发好了。这山的阳坡上,长满了野梨山杏。山杏树未开,但见枝条上有鹅黄的亮点,一串串的,煞是惹眼,一种早春的惊艳便扑入眼帘。那野梨树花儿却开得"疯狂",热烈而狂狷,像云朵,似雪团,喜气洋洋,浩浩荡荡地在山间布遍。你惊讶的一声呐喊,山谷回应得便悠悠旷远。崖上有山鹰飞翔而起,惊吓得山雀四处逃窜。山与天的连接处,是蓝天映衬下的山的烂漫,一幅兼有摄影技法的美妙画卷便展现于眼前。鬼斧神工的大自然,让我这凡胎肉眼开了慧眼。

我与元军兄脚旅于坎坷的山道,群山将我们拥进了怀抱。元军兄来自海南,与我曾在琼岛热土奋斗了多年。那充满着绿色海水绿色植物的世界,没有过一年四季春华秋实的概念。见到这枯草与新绿,野花与林木的山脉,竟对春天增添了深一层的认识:春天的灿然,是历经了冬雪秋寒,每一株生命,都有同样的故事呀!

元军兄说他去过北京的名山,也去过诸多内涵深远的大山。那些山脉在人们心中是一道风景,是一种象征。可以说是名垂千古,声名远播了。而正是如此,那些山在游者心中,缺少了对自然的观照,缺少了对生命的体验,只是一味地将之景仰和供奉在心的祭坛上。是的,那原本自然而然的山,因为其名气,人工雕琢的痕迹便比比皆是:一块石头,一棵树木,乃至一座山脉都赋予了历史的沉重感和沧桑的文物感。人们只有顶礼膜拜的资格,要么就大把大把地花钱来求得亲近。而我眼前的大山,充盈着野趣和原始。山,本该属于都市之外的存在;山,本该属于纯自然属性的天地造物。否则,那山又有什么意义呢?!

很久没有见过这北方的山了。这山不同于南方山脉柔情似水,又不似于西北高原的坚实豪迈。它属于险峻和丰腴兼而有之的山,山虽不嵯峨伟岸,倒也雄浑峻峭得有惊有险。据说这山属于延庆县内,不远处便是官厅水库和康西草原;不远处还有八达岭和黑龙潭。这暂且不管,单这野山的原始况味,便让人不无感叹。

我在这山野中奔跑;我在这林木间攀缘。塞外的风光让我看个没完。我从一座山峦,洞见了整个春天的内涵。正所谓:走不出都市难见大山;走不出小溪难见波澜;走不出高山难见天外天……

记得一位高僧曾言:"当一个人没觉悟时,见山是山,见水是水;当一个人觉悟时,见山不是山,见水不是水;可当他真正的大彻大悟时,他,见山又是山,见水又是水了。"这是说明,无论这山水是什么样子,对于觉悟了的人来说,已不是往常的山水了,它已被觉悟者赋予了新的内涵。我不是在高谈自己的才气与悟性,是大山的春魂唤醒了我心的律动;是大山的力量平添了我的智慧和思情。感觉是一种体会,而面对自然撞击的理性火花,才赋予了人对于物的生命体验。

我真正喜欢这早春的山野啊!喜欢它的气息,喜欢它的美景。我们采撷了一束野花踏上归程。元军兄仍意犹未尽。他吟道:待到隆春时,再来看山花。我道:不!这已经够了。因为隆春的山野虽然热闹,却没有像早市上的嫩黄瓜一样可爱了。

故乡情愫

五章

灞柳依依

白鹿原

故乡土

失落的灞河

明月照乡魂

生命阳光最温暖

辋川银杏忆

思恋浐河

记忆深处那温暖的年

远行者心绪

在北方，在故乡的雪野

怎不忆海南

五

章

灞柳依依

　　折柳送别,送走了千年的历史,却送不走一种伤别的情怀。想我每每归乡后又离别,那句"年年伤别,灞柳风雪"的诗句总写在心头。

　　我生长于白鹿原下的灞河边,血脉里涌动着灞水的波澜,情感里缠绕着灞柳的哀婉,在生命的迁徙中从灞桥迈出潼关,一个带水的"灞"字,让我禁不住泪洒青衫。

　　有史料记载:灞河原唤滋水,秦穆公以彰已之功霸改之为灞水。灞河自蓝田谷发源,接纳百溪,北流二百余里,至白鹿原下时,"水沙飞雨,水花溅云",成为关中之胜景。灞河上有桥,称为灞桥,乃沿袭古桥方位建造,千百年来,这里乃晋、豫、陇、蜀降路之要津;灞河上的柳树,称为灞柳,悠悠千年的飘荡,飘散出历史的风烟和离别的伤怀! 秦代时,"王翦伐荆,始皇送主霸上";汉代时,"沛公自霸上西入咸阳";隋文帝开皇三年修建灞桥;唐代时修筑堤岸,栽柳万株,游人踏至,蔚为壮观。那时灞桥上设有驿站,由长安东去的人,多在这里送别。唐人杨臣源曾有诗云:"杨柳含烟灞岸春,年年攀折为行人。好风倘借低枝便，莫遣青丝扫路尘。"可见，这飘起的柳枝儿，为人之友情平添多少情怀，勾起几多离愁……

这原始的送别形式，今已成为历史，但灞桥和灞柳亦绝非远古的遗物，而取而代之的送别，永远也走不出故乡人那种"折柳伤别，灞柳风雪"的滋味。

难忘多年前临去海南的那个傍晚，我在灞柳下伫立了许久，柳絮儿轻抚我的脸，用手折了一枝，一种生离死别的悲壮便攥在了手中。这是我曾经拧成柳笛的灞柳吗？这是我曾经扎成花帽的灞柳吗？此时却没了悦耳的音韵，没了儿时的欢欣，变成了凄婉的羌笛和成线的泪滴。再遥望远方，果然有了离别的况味了。

如今到海南几载了，曾多次往返于故乡与海南。每次的离别都有一种"折柳伤别"的感慨。尤其在冬季，海南还是一片郁郁葱葱的春意，灞河却冰冻了，灞柳却枯零了。干枯的柳枝儿在寒风里瑟瑟地颤抖，像母亲的发丝，每一根都系着我的怀想。虽然，那"灞柳风雪"是一派美妙的冬景，却终没有生命的绿色让人惊喜。但没有冬天的感受，又怎有春天的温暖呢？

我想，人生的路很长，有许多生离死别。但故乡的灞柳，使我永远有一种蕴藏于生命之中的愁怀——那种我最珍爱的良知与品性。拥有她，无论我走到哪儿都心怀菩提无怨无悔了。

灞柳啊，你这飘飘欲仙的诗啊，写满了游子牵肠挂肚的思恋！

白 鹿 原

　　我远方的故乡,便是陈忠实先生笔下的白鹿原。

　　其实,白鹿原便是灞河与浐河绕流的土原。我居住的西安纺织城便在土原的半坡,它是个纺织工业基地,没什么历史的久远和现代的神奇。但白鹿原的历史和现在都有着许多故事,它连着我生命的血脉,有着我生命意义的内涵。

　　且说二十世纪五六十年代那会儿,还没有什么高楼阔街的市井,白鹿原是一片原始的苍茫。春天有新绿的惊喜,夏天有麦浪的金黄,秋天有山野的神韵,冬天有白雪的静谧。我们一拨孩子跟着大人上原打猎,一跑就是几十里。有时沿神氏沟东上狄寨村和炮里村拾麦穗挖红薯,二十里的山路,一天就打个来回。最是距我家百米的马家沟原上玩得开心,晚饭后散步就投入了自然。

　　马家沟是白鹿原深凹的一条沟壑,唐代时称之神谷。谷中有涌泉,其味甘甜,朝廷曾派禁军把守,每天有驼队运水至大明宫内为皇家酿酒之用。那声声驼铃,摇响帝国的繁荣。真乃"鸣鞭晚日禁城东,渭水晴烟灞岸风"的繁荣景象啊! 如今,这沟壑被拦腰截断:上段为水库,下段为村舍。那水库之水不知可是千年前的酿酒之液? 那村舍的百姓不知可是禁军的后人? 反正,那水挺纯的,那马家沟村的男人亦生得人高马大威风凛凛。

我儿时常从马家沟崖上的一条小路上原去。那里的山石草木、沟沟峁峁我都知道。还有那崖畔洞穴里的神秘彩画,萦绕了我灵魂许多年,镌刻于我的忆念里。终于长大了,去到渭北高原插队去了,便失去了绿色的土原和长满酸枣的山路。倒是下乡插队的地方就在乾陵不远,便有幸到墓群中的永泰公主墓里看到了洞穴的壁画,使我蓦然认识了白鹿原的历史和价值了。

据史书记载:白鹿原因"周平王东迁,有白鹿游于原上"而得名。它原高坡陡,地势雄奇,乃长安城东的天然屏障,历来为兵家必争之地。

公元前 206 年,刘邦领大军越秦岭、破峣关、出蓝田,就驻军在白鹿原上,由此开始了霸业;汉景帝三年,大将军周亚夫率大军从白鹿原出师,赴河南荥阳平定七国叛乱;东晋永和十一年,桓温领大军与苻坚秦军在白鹿原进行决战;义熙十四年,夏国匈奴首领赫连勃勃攻陷长安,在白鹿原上自称皇帝筑坛拜天……这一出出的历史剧,使白鹿原蒙上了一方远古、一方神秘,飘散着历史的壮歌和沉重的呐喊,使之成为历史学家和人类学家研究的课题。

今天,我这游子又站在了山原上。放眼望去,山原上果树成行庄稼盖满,远方的通天大道绸带般地绕缠于山原的胸膛。近处有飞鸟滑过,伴有农家的山歌与夕阳下的袅袅炊烟,一同在天空荡漾。我脚下的马家沟和周边的村庄也靠白鹿原的黄土办起了砖场,成了远近闻名的致富村。

哦,白鹿原,我是怀揣着一颗流浪的心来寻找失去的以往的,看到你这赋予了新的生命的美丽,我这浪迹天涯的人儿已找到心灵的故园了。

白鹿原,我永远是你的儿子,有了你,天涯不再遥远!

故 乡 土

　　故乡的土是黄土高原的厚土,是黄河之精血浇铸的黄土,我是黄土地的儿子,深深爱恋着这片热土。

　　离开故乡时,母亲便送了我一抔黄土。

　　母亲说这黄土乃灞柳树下的黄土亦埋着我的根;母亲说在海南岛船似的海里漂浮要系上灞河的柳丝;母亲说恋故土才念亲人才忘不了质朴的乡情。

　　我走了,用空酒瓶装进了这抔黄土,同时也装满了母亲的泪水和叮咛。

　　终于到海南了。第一次踏上热岛的土地,没觉得有什么不适,没觉得有什么特殊。唯有那赭色的土壤,艳艳的亮,纯纯的红,有着阳光的色泽和铜质的坚实,它虽无黄土的厚重,却比其热烈惹眼得多。土地上,鲜花草木开得洁艳长得葱郁,在皑皑净空的映衬下庄严而灿烂,比起故乡灰天灰地光秃秃的山原要诱人得多呢!于是,故乡的神圣和对故乡朴素的原始崇拜感骤然减半。是的,哪儿的土地不埋人?何须留念贫瘠的高原之土呢?想到此,我无半点的犹豫，便将那瓶故乡土扔至床铺下了。

可是，人都会生病的，何况生活无规律的漂泊者呢。半月过后，我真的病了，记得那是个玫瑰色的早晨，当我昏昏然从梦中醒来时，浑身灼烫得仿佛在燃烧。没有朋友的慰藉，没有母亲的抚爱，没有情人的絮语。四周凄静冷涩得怕人，整个世界在空寂中呻吟。哦，在远方，在这远方的阳光带，我的心却好冷，又怎能不使我忆起母亲念及故乡呢？可我，又为何辞你而去，到如今虽有明媚的故乡不能归去，虽有美满的家庭不能驻栖呢？……噢，此刻，我似乎悟出了那瓶故乡土的含义：只有母亲系念着漂泊于天涯的我，而梦魂犹唤母亲的也只有她的儿啊！我知道人生之旅处处为家，而母怀是我永远也走不出的土地。于是，我哭了。病恹恹昏沉沉地哭入梦乡哭出梦乡，归梦的枕上总是湿漉漉的。

我一病不起，疲惫的身子，载不起沉沉的乡思。药吃了几天，针打了数次，终不见病愈，便想起母亲的叮嘱，将几乎忘却了的那瓶故土取出，每每服药的水中加上几粒，与药水一俱饮下。如此这般，约一周的光阴病便痊愈了，郁结于心的愁绪也朗朗地开了。哦，在这陌生无亲的遥远他乡，该是母亲的魂故乡的魂唤回了我的魂灵吧！

自那以后，我感到了故土的厚重，感到有愧于我的母亲了。生我养我的故土和母亲，该是我擦不干的泪撵不走的魂啊！人生，何处是漂泊？何处不是漂泊？他来到这个世界上是母亲给予的，他属于母亲，还管什么异地他乡呢？呵，不呵，土地乃万物之源万物之灵，我们爱生于斯长于斯的故土，不是一种热爱先辈热爱生命的深厚黄土文化的积淀与观照吗？当然，人是有灵性的，他的一生有时是悱恻哀婉的歌，有时是幽静孤凄的画，有时是美妙辉煌的诗，而这一切皆源于那生命的土地啊！

于是，我是多么系念故乡的土地啊！故乡的土地养育了我，我却抛它而去。如今，它却又载了我的深愁，解了我的深愁，使我生命之树的根脉有了滋长的土壤了。哦,一把泥土塑造千万个你我,一瓶乡土使我拥有了故乡和整个世界。我,不敢再怠慢于它了,遂将那瓶故土移于笔耕的案头,使我的文章仍有着古铜色的思想和黄土高原的厚重啊!

可忽有一日,有酒友自远方来,醉酒后竟将那瓶儿摔碎了。我的心碎了,天昏地暗地气得要发疯。惶惶然去收拾那黄土时,双手却被玻璃划得鲜血淋淋,殷红的血色将黄土染成如椰岛之赭土。我蓦然感到,从黄土地到红土地,从北方到南国原是要付出血与泪的代价的啊!那血,虽然很快地凝结了,但心灵的伤口却难以愈合,常唤起令人心悸的一幕……

如今,落脚于海南已有两载了。水土适应了,风俗习惯了,黄土入药的事不再重复了,但那故土的眷情却早珍藏于心中。我是多么爱我的故乡爱我的母亲啊!千里万里,天涯海角,再远,我也走不出故乡的土地;再远,我也总在母爱心房……

失落的灞河

海南归乡,去看久别的灞河。

原想那冬日的灞河美丽而动人,没想它却消瘦憔悴了许多。

在岸边踽踽地走,河水软软地流。没有南国海的喧嚣、海的壮阔。放眼尽收的河滩却空落、静远得无奈,大自然的一切似乎停止了呼吸。哦,这便是我心中的圣地,这便是我看惯了的灞河冬景图吗?

我的心很冷。虽然浑身裹着厚厚的棉衣棉裤,总有股惨凄凄的感觉。我生命的熵火,为何不能熊熊燃烧,融化霜雪融化孤独融化阴霾,升起一轮赤红的太阳,朗照心灵呢?!

记得小的时候,灞河是常去的,水里钻、浪里游、打水漂、捉泥鳅,很是快乐。上学了,却由于父亲政治上的窘迫,干起了捞沙子的营生。我为此光着脚丫,弓着背脊,捞沙子、砸石头,塑造自己的体魄,体味苦涩的生活。那时,我常到灞河桥头,或学着古人折下灞柳枝儿独自作挥泪远别状,或望着漫漫的远道痴痴地遥想未来,渴望有一天能像壮士一般地威武而别,闯自己的世界去！遗憾的是，终没有机会去跨过灞河走出潼关。我想今生今世我当永在它的身边了，因为，我是灞河的儿子呵！

没想，儿时的梦却变成了现实。三十岁当儿，我走了，从灞河的身边走到天涯海角去了。这该是我历史意义和生命意义的跨越呵！记得临别，我没去灞河边，我不敢去啊，就这样无情无义地走了……

是的，我是愧对了它的啊！我是吃着你的玉米馍，喝着你的小米粥长大的。我生命中平缓的抒情，激情的浪朵，还有那首深沉深沉的歌都是你塑造的啊……没想，今天你却不愿为我的歌声动容，听不到我声声呼唤，你亮亮的水流，凄凄地淌着，一副无情无义的姿态，那是母亲般的泪水呵！

我哭了。被这情景所震颤，自有一番滋味在心头。我只有揉着酸疼的眼，伸开酸疼的双臂，向苍天向旷野申诉啊！天地静得怕人，一声鸣叫便能惊破我的魂灵！

……噢，太阳真的升起来了，炽白得如银盆，可我心头却无一丝的温暖。秃树、河流、沙滩，自然中的一切仿佛都是没有生命的静物。一双脚丫从皮靴里抽出，在岸边执着地走着，不觉寒冷，不觉惬意，直到脚丫被沙石划出殷红的血流时，我才觉得自己的存在，麻木的神经又复活了，连同整个身子在冷风中颤抖。

唉，我后悔不该来这儿，又觉得应该来这儿，心头总有一股深重的哀叹。鞠一捧灞河之水，折一枝灞河之柳吧！遥想当年，吟古叹今，生于斯长于斯的我哟，复杂的心态难以言说。我想，灞河乃历史之河母性之河，她流出文化流出思考，也必然会理解我的吧！因为大海终是比江河阔大得多，我生命的航船，就该在风浪里经受坎坷、经受艰难，驶向辉煌的彼岸啊！

我想了许多，又什么都没去想，昏昏然脑中一片空白。静坐于岸边冰凉的石头上望血红的夕阳跌落，跌落，如一颗头颅，溅洒出大片大片的血色，天地因此变得通红通红。哦，这就是故乡灞河的落日，虽然没有大海落日的雄沉,却悲壮得让人震颤。哦,离开故乡太久了,离开灞河太久了,此刻竟有股生命深层的震撼。灞河乃我生命的脐带,无论我走到哪里它也总在我的心窝。

天黑了,天终于黑了。我没有走,我不能走,耳畔灞河的呼吸,已幻作大海波涛的呼唤。哦,北方、南方!哦,故土、热土!我的思绪啊,我的灵魂啊,我的活脱脱的躯体啊!仿佛不属于自己,唯有一股暖风缓缓吹来,带有海腥的芬芳……

明月照乡魂

　　站在海边。站在中秋月朗照的海边。我忆起一首歌，一首悲怆深沉的《思乡》歌。那声声震颤的音韵，把我带回遥远遥远的故乡。我宛若在高原的崖畔看黄土大山背后刚刚升起的明月，看土窑洞前老榆树梢上的明月，看大野上与骏马同步奔跑的明月，看灞河水怎么也冲不走的明月……那是故乡的月啊，与南国海洋中漂浮的明月，与热土椰树上微笑的明月似乎一样的鲜亮一样的娇媚，让漂泊异乡的我实难体会其中的差异。

　　倒是数年前有两次让人难忘的赏月。一次在秦岭，在秦岭那个建有航天基地电视插转台的某山峰上。一个孤独的老人接待了我们。老人告诉我们，这儿除了他还有几个年轻人，眼下都回去过中秋了，他说得轻松，笑声却让人感到隐隐的空落和不安。说话间，月亮已挂上了中天，圆圆的、灿灿的，投下一片圣洁温情的银白，如一张网笼罩着我们的灵魂。同来的文友都不再言语不再走动，与天地浑然成一幅静物，痴痴地向天庭凝望。不知过了多久，我却惊奇地发现那老人在月光下泪眼淋淋充满悲哀，一副惨凄凄的模样。我蓦地想起临上山时基地宣传部的老王告诉我们的一番话。老王说，这老人姓陈，二十世纪五十年代的老中专生，工作上兢兢业业；生活上寡言寡趣不甚交际。他没有子女，几十年与老伴是相濡以沫，老伴是距此百里小镇上的售货员，平日不甚来往，节假日时上山走走。据说两人情深意笃从未红过脸呢。可在前不久，老伴猝然去世了……是呀，年年今宵有人陪，今夜明月照孤人。偌大把年纪，一个人来到这个世界上，与她搀扶着去丈量生命的里程，像两条山溪同汇入一条江河一样，然后你中有我我中有你，谁也离不开谁。而今，她却走了，撇下他孤独独在这个世界上劳累地活着，他怎能不伤悲呢？

此情此景，使我们不知所措。谁也吃不下月饼喝不下美酒。我心里潮乎乎地品不出个滋味，那月亮竟变得可怜兮兮容颜消瘦了。那晚，我做了个梦，梦里电闪雷鸣闹神闹鬼混混沌沌的尽是那老人的阴魂，可睁眼时，这梦却灵验了，昨夜真是下了一场大雨，把那山山岭岭淋了个透。但奇怪的是，山林没因此而翠绿清新，山花没因此而绚烂开放。相反，那树木凋零了，野菊枯萎了，秋的凄凉越发浓重！唉，偏在此时，不知哪道山沟沟里又传来野味十足的信天游，让人心乱糟糟湿漉漉的怪难受。高原的歌，只有此时才变得纯真，显出其苍凉雄浑的歌魂。

还有一次难忘的中秋夜。那是三年前长江岸边的赏月。我们沿江水走至距武汉市数十里的地方。江边没有山，身旁没有树，一江秋水染尽了秋的灰色，铁汁一般地流动，看不见"一个在天上，一个在水中"的佳境，亦不能满足登高望月吟诗作赋之雅趣，更无法将心声写在落叶上让风捎给故乡……可那月儿却摇摇晃晃地出来了。那是长江纤夫用纤绳拽出的圆月，那是长江号子震弹而出的圆月，在呼啦啦的大风吹动下舞之蹈之，充满雄性的骚动。哦，这便是中国第一大河的月亮吗？此等模样岂不枉了这一脉之水，枉了这传世威名了吗？这倒让我思念起家乡的静夜来了。可天宇无论如何只有一个月亮。同在苍穹下,同在大地上,感觉怎么就这般的差别?唉,这大概是自然环境人的环境的变化而变化的吧。不是吗?与家人在老院大树下赏月是一种滋润,而脚旅于陌地他乡心里便感到惆怅。原想异乡的中秋别有情趣,没想却让人好不沮丧。但那风浪,不管你此时心境如何,照样一阵紧一阵地呼啦啦地扑来,大有翻江倒海之势呢。没有月饼没有美酒亦没有精神上的丁点慰藉,空荡荡的心里无限悲哀。我发誓,今后将不再离开故乡去消受这苦辣辣的折磨……

如今,我却背叛了当时的誓言,从生我养我的地方走出来了,从天寒地冻冰天雪地的北方走出来了,生命的航船,停泊在了太平洋美丽的海南岛。这里山青水碧风和日丽,宛如北方人最盼望最难得最短促的春季。在这里待得久了,自有一股悠悠的惬意和满足。

记得刚踏上海岛时,我曾为它的酷热,它的艰涩的方言,它的陌生的饮食风味和那不夜城的灯红酒绿而深深不安。这难道就是要与我之生活我之生命维系在一起的海南吗?我不安的心灵背后,有一种莫名其妙的新奇和振奋。所以我乐此不疲地为谋职而奔波,在热烘烘的人流里,在热烘烘的空气中,怀揣着一颗热烘烘的心,跑遍了热烘烘的大街小巷,却不曾有人收留录用。只好在夜晚孤独独地俳徊于海边,将骚动的心烦躁的心委屈的心交给了大海,以求得一片慰藉。我不敢再在这阳光岛上有什么明亮的奢望,唯有在暗夜里去寻求比太阳暗淡千百倍的月亮。温情的月光,常常抚摸得我无奈和忧伤。

此刻,我竟又久久地伫于海边守望,咸涩的风从大洋深处徐徐吹来。圆月,丰丰盈盈的圆月,在无际的天幕上跳跃着升腾着,将大海辉映得明镜一样。人说"悲歌可以当泣,远望可以当归",久久伫望,我仿佛回归故乡,老母亲就在家院的老榆树下等我盼我,一把泪水为我洗尘一腔絮语叨叨至天明;我似乎又站在灞河桥头灞柳之下与亲人倾诉别情,或者,威威武武地站在秦岭之巅古原崖畔向海南的方向翘望、翘望……我疑惑了，一再地问自己，这儿是故乡吗？那远方是故乡吗？

海上生明月，天涯共此时。哦，明月，悠悠地在海里在天庭在我心的空间里荡漾的明月。我望着她，如痴如醉地望着她，全身心地去感受她的光热她的温柔。啊，"今人不见古时月，今月曾经照古人"。这月是大自然永恒的造化，是宇宙的太阳给了她如此的辉煌。她从历史深处折射出来的朦朦的光泽，让多少文人墨客为之倾倒，把多少世间情愫萦萦寄托。我想，这月是有灵性的，虽乃自然造物却生出悲欢离合的情感来，只要天宇上存有月亮，怕那人间世事喜怒哀乐永远没有个结束。

哦，明月，海南的月故乡的月人间的月。我默诵着"月是故乡明"的诗句心里一阵抽搐，举头去寻觅那月之芳魂，心中却呼唤着我思念凝铸的乡魂。哦，长相思，在长安；相思月，在海南。漂泊者哪里是故乡？月亮升起在哪里，哪里，就是故乡……

生命阳光最温暖

生命如果没有阳光便是死亡。

虽然,在我的生命进程里,亦有风雨有坎坷,但阳光对我的沐浴使我欣喜若狂。三十多年前我哭着来到这世上,那天下着雨,是个初冬的早上,我戛然而止的哭声,却哭出了窗前玫瑰色的阳光。妈妈说,这娃子喜欢阳光,圆圆的脸像个太阳。

这故事妈妈给我讲过许多回,伴随我成长。由此,我喜欢阳光的心情亦如这天气一般,常随之起伏。快到而立之年时,便耐不住海南岛阳光的诱惑,怀揣着二百元人民币渡海前往。

当我踏上这片红土时,我之心情如水一般清亮。朗朗静空下的椰树向我招手一派慈祥,浩浩海水波光粼粼向我深情地张望,我浑身有股勃发的力量,有着鲲鹏展翅般的大气呢。

可生活不是艺术家可以虚构的美景。它就像一顿午餐一样平常。几天的"求职",使我感到沮丧。怀揣着一颗心和自己的作品一家家地寻访,不是被拒之门外，便是被婉言推却。无奈之际，几次在阳光下的路口徘徊，不知脚往哪里走；几次擦着汗珠和泪珠在阳光下哭泣。那白色的阳光好强烈，冬季里仍如针在肤！

我忆起故乡北方的阳光好温柔，像姑娘的唇吻，像母亲的双手，一年四季里总是人们的朋友。北方的阳光太珍贵了，"晒太阳"几乎成为人们的一种享受。但秋冬的寒风雪雨总是驱赶着阳光，使人们不容易盼来个好天气。那冬阳更惧寒气，白日里总是兜一圈便走，让汉子婆姨没来得及感受便蹴在热炕头。人们端老碗叹息：这太阳啥时候能露头。可露头了，又十有八九裹着飕飕的冷风，让你难以接受。记得临别故乡，我是踏着积雪上路，深深的脚印后留下妻儿的叮咛和嘱咐。阳光朗照，我觉得身上好温暖好舒服。可火车离别后奔驰而携带的寒风，让我觉得那仅仅是一瞬，一切又变得那么遥不可及，我多想伸展已被冻僵的四肢，去拥抱阳光和太阳啊！……在抵达海南这几天里，我仿佛须臾间走完了冬秋；感到了亚热带的灿烂与美丽。虽然，在我求职无望时，我只好抱着一沓报纸沿街唱卖；虽然我曾风餐露宿栉风沐雨地饱尝凄苦，但菠萝的酸汁和椰果的甘甜使我留了下来，做了一名真正的海南人。但世事难料，随着岁月的流转，一切新鲜的东西都变得平淡无奇。我发现人们不再对所谓的事业与理想感兴趣，随之而来的是利欲与玩世的较量。文人下海，走出文化，走出艺术仿佛成了时尚。经济大潮的到来，使人在光天化日下丧失良心与责任。的确，这里诱惑人的东西太多了。一夜之间能出个百万富翁，一夜之间也能落得一贫如洗。多少人赤膊上阵跃跃欲试，多少人投机钻营违法乱纪。成功的财大气粗花天酒地，落水的顿足捶胸哭爹喊娘。可拥有财富在某些人身上却使之精神变得贫困，思想开始走向日暮途穷。

我也曾涉足商海，风风雨雨的事全都经过。当时混迹于市侩的人群里好不兴奋，觉得海水在沸腾天空好明亮。可终是心好嘴软，屡屡遭人蒙骗。

几经波折,被这潮水呛得气息奄奄,当我奋力游回岸边之时,我体味到了,精神与物质相比,精神是永恒的。人,一旦摆脱了物欲,精神是何等绚烂;我又体味到了,人的不幸是一所大学,一笔财富。生命中不能没有风雨,风雨之后是艳阳。如果人的一生都是一帆风顺,他就无法深解真实的喜乐。

我们能平安度日固然是福,忧患之时也不能自暴自弃,正所谓顺畅之时淡然,失意之时泰然,乃人生一种境界矣!

多年以前,一位画家曾赠我一幅《高原太阳图》,一轮赤日,在莽苍苍的黄土塬尽头燃烧跳荡,有一种高古而深邃的况味。画家说,作为黄土高原的儿子,应该有黄土高原的阔大,高原的厚重,这是奔赴任何理想的气韵和根本;是拥有那一轮红日的灵魂。可我,却辜负他了,早不知将此画儿丢到哪里去了。我该怎样面对他的一番苦心呢? 好在见心见佛,佛在心上,我已将此画印在了心的高原上。看那椰子树上不就挂着那轮赤日吗! 那海上不就闪动着这太阳折射的光芒吗? 阳光可以变成针芒,那是你忘乎所以的时候。阳光可以构成彩虹,那要用泪水的代价。且让我擦一把热泪迎着太阳上路,一颗心已将行囊装得满满当当。

生命阳光最温暖,它能在平安的日子里,开出青莲和鲜花。

辋川银杏忆

梦里长着一棵树,那是一棵银杏树。

那树系千年古树,在陕西蓝田曲曲弯弯赫赫有名的辋川岭。据说为唐代诗人王维隐居时栽种,算来已千年有余了。

认识她是数年前的深秋,我们几个文友入辋川,走古道,去寻灞河的源头。

我们以步代车逆水而上,真是人往高处走走得艰难,水往低处流却流得自如。走得很累很累了,终于走到一片开阔的河滩,便有村落出现,倒也炊烟袅袅鸡鸣狗叫,那灿灿的金谷红红的高粱便呼啦啦地摇荡,如千面万面猎猎的旗帜,在阳光下烁烁光亮。只怨那山并没走远,放眼尽收处仍是山的脊梁。又攀过山脊,怎就又冒出两座山来,平行走去,路亦越发窄了,水便跳得急迫,却叮叮咚咚声韵律动,疑似王维诗歌朗朗道来,勾起人怀古叹今之幽情。待急切切循声寻去,朋友却呼:辋川尽头到了。但见此处山远地阔,高楼耸立,颇有都市的氛围。此乃一座现代军工厂的所在地。青苍的山脉、茂盛的山林掩护着它，使其平添了几分庄严和神秘，它的厂房随东岭的山势错落。右边，一条公路横断南岭，一河清水就从缺口处喷出，成了瀑布，白花花地耀眼，轰轰然地响动，而那棵银杏，就伫于不远的东岭下，被风吹得嗡嗡作响，一副巨人般的歌喉，与这山水奏响一曲美妙的和声在天地回荡……

我们去看那银杏树。

这树儿蟠蟠虬虬，雄健苍劲，树冠与躯干有一股勃勃的冲天之气，她是活着的历史，向我们诉说血与火的故事。诉说唐、宋、元、明、清乃至今天的故事。而我们，如她脚下的落叶，静然无声，却有着其生命基因的驱动。她一圈一圈的年轮，使我们想到了历史的车轮，天空的太阳；从她的树冠和根脉，我们想到了山河的走势，种族的延续……她简直又种植了王维的诗魂，生命便那么洒脱，那么风采，一种美与力的结合。我在这树下站了许久，许久。唉，那与之相伴的鹿苑寺已不存在了，那雕梁画栋的文杏馆已葬于黄土了，唯有这银杏树活着，成了活着的碑石，上面镂刻着历史深深的印记。

是的，她不会枯的，古老的生命年年岁岁有着浓浓的春意，虽孤独独立于山下，却因那根深脉众而无惧于狂风暴雨电闪雷鸣。我想，人能像这树儿多好，挺昂之躯的脚下终有坚实的足印。这，当然是一种生命的感知，抑或是一种生命的昭示吧！……

在海南，我常想起那次银杏树下的感觉，想起那古树的根。根是大树的灵魂，绿色的希冀，那我的根我的魂在哪里呢？

梦里又忆那棵树，那是故乡的银杏树。

思恋浐河

　　故乡的浐河是一条普通的小河。它既无大江大河之气候,亦无野山亮溪之风韵,像南方城镇随意走来的水流,平平常常地在白鹿原下淌过。可它却是我生命的河脉,如我生命的过程,从欢腾跳跃的歌唱,流成一腔脉脉温情的诉说。这生命与河水的汇流啊,终显得滞重坎坷。

　　我儿时的性情宛如这条浐河,这该源于父亲政治上的窘迫。打我落草于这片土地,生存的空间便充满惊悸。开始懂事时母亲千叮咛万嘱咐:像浐河的一滴水,像河滩的一粒沙,不显山不露水地随大流就一百个让娘放心。于是自小在人群中藏头缩尾,内心里的肠子也曲曲折折了千百回。唯有这浐河才是我的乐园。奔向它时我思绪飞扬,身心解放;放飞的风筝敢追逐太阳,逃掉的蝈蝈在沃野间奔忙。才知道头顶是一片天空,脚下是一片热地,自由的呼吸均匀而惬意,犹如在母亲的怀抱,发着深长的梦呓。尽管,这河里亦有我与父亲捞沙石砸石子儿的辛酸,但毕竟它使我过早明白了人世的沧桑,懂得了一条河流的志向,心便随之波动,眼便望向远方,理想的船在这没有船舶的河流上起航。

我挣不开这浐河的诱惑。

于是这河水便淌在我心上。我把浐河比母亲，喜怒哀乐都与它讲述。高中毕业到遥远的山区插队时我曾向它道别；结婚之日的夜晚携妻双双求它祝福；带儿子扑入它怀里嬉闹；脚旅远方曾别它挥泪而去……虽然，这河水一年不如一年阔大，而在我心中的涌动却年年越发剧烈，如大河奔泻，在胸中回荡。

当然，我思恋的浐河，亦绝不是表面意义上的小河。它乃是从远古走来的历史之河，哺育了我们的先祖，使人类有了半坡这新石器文明的曙光。生于斯长于斯的先民，使河水淌着殷红殷红的血色。那是世代繁衍生息的精血，还是先民的血泪和太阳辉映的结果？其水质的凝滞度，不亚于长江黄河。我，对浐河的历史了解不多，但从半坡人和长安城的踪迹中知道，这河水当年是何等宽绰。遥想当年，咸阳古渡的渭河都能走大船至百里之外的重镇，衍生了半坡鱼纹彩陶的浐河该又是怎样的风采呢？

我曾无数次地走入浐河，思绪随河水逶迤于遥远的地方。这从历史深处走来的河，是流动的生命，它延续了历史又走向未来，使我在这河水中不断幻化我的梦想。于是有一天，我沿着这小河款款地走出来了。我要去一个充满阳光的海岛上。这岛屿四周充满了浩浩渺渺的海水，一望无际，苍苍茫茫，水之辽阔能淹没整个黄土高原呢。一辈子没见过海的我。要在这宛若一只小船的土地上漂泊，委实需要点气魄。但是临行，我在浐河边踯躅了许久，不知道该怎样表达我的满腔豪情。浐河，这养育了我三十年的母亲河，仿佛用它温柔的手抚摸我安慰我。那春夏之间的河水含几分惬意几分瑟缩，让我体味出了其中的滋味，告诉我走向海洋的幸福与曲折。于是，我走了，携妻拽子到了那个小岛上。小岛很美，椰风蕉风，海水阳光，明净天空下的山水草木都怀有希望。无论你怎样面对它，你的心都会为之震颤为之摇动。我就在这儿安下家了，一住就是七年，所求的理想得到了闪光，生命的航船看够了海市蜃楼万般景象。可每天的日子就像海上的船儿时时都在漂荡；有和风细雨，有台风海啸，无数次的搏击，使人刚强亦使人劳伤。太累太累了，海鲜已不再新鲜，冰糖燕窝花旗参已不再营养，心灵的负荷已超出物外的压迫。人乃血肉之躯，身外的一切已不再诱惑。最珍贵的仍是自由自在地活着，像面对大海和面对浐河是一样的境界。心即是佛。我的心是海即是海是河即是河。如今这海魂已经领略，我却难忘故乡的浐河。是它给了我生命给了我童年给了我走向大海的勇气，使我体味到了什么是幸福什么是坎坷什么是活着；使我懂得了自己无论走到哪里都要有浐河的精神浐河的品格。大海固然伟大，而小河的平凡令人无以言说。平平凡凡才是真，平平凡凡是自我！

如今，我立于海岸向故乡举手遥遥诉说。哦，浐河，我和我的妻儿或许永远离开了你，迁徙于海上做漫长的旅行；但，我是你的游子，你日日夜夜地流淌，便是为我一生的礼赞和挽歌……

"浐河水，梦中过，母亲轻轻呼唤我，声声话不尽，念念难分舍。我本是浐河的一滴水，如今是飞溅的浪一朵……"这是我写的一首歌词，最能表达我对浐河的感情。我想，这流动的河水并不会匆匆而过。它流动的生命里，蕴含了我对人生我对生命的深深思索。人生像一条河有风浪坎坷；人生像一个海有潮起潮落。我体验到了，从浐河去追逐大海，在大海中思考浐河，这是一个哲学和生命意义的思考。

哦，浐河，你这让我想起就哭出声来的浐河！

记忆深处那温暖的年

"曾经以为我的家,是一张张的票根,撕开后展开旅程,投入另外一个陌生……"熟悉的歌词曾一次次在我的心底浅浅地吟唱。少年时充满了对远方的向往,幻想着自己可以像三毛一样踏遍万水千山。

后来,我真的成了一个游子,作别生我养我的黄土高坡,漂泊到蔚蓝环抱的海岛,脚旅于四方,寻遍了天涯海角,还是不愿停步。理想中的远方,到底是哪里? 或许我只是想找到我灵魂的大安之所。

一段段旅途,让我见识了不同的风景,精彩或平凡,意境、心境皆不同。但有多少能真的属于我? 或许我也是别人眼中的风景吧。日子过了一年又一年,旅程延续了一站又一站,每到年关,疲惫总会突然来袭,让我不得不驻足、回望,细数这一路奔波,一路收获。

还记得也是个农历的除夕夜,我走在雪山与大海映衬的街头上,喜庆的节日气氛扑面而来,眼前的鞭炮、焰火、彩灯,身旁绽放的笑容都熟悉如常,仿佛还在故土,让我多次产生时光交错的恍惚。

虽然远在加拿大温哥华，但身边有很多同胞举杯同庆，共度佳节。要过年了！除了环境的差别，来自各个地方的华裔几乎察觉不到是生活在海外。因为在这里，同样有着浓浓的春节气氛：办年货、逛花市、吃年夜饭、看大巡游、探亲访友……

三面环山，一面临海，得天独厚的环境使得人们在此时、此地喜庆之余还多了一份闲适。可我明显能感觉到大家还是不愿独处，也许这个时候热闹是一剂良药，可以医治人们心中难以拽曳的缕缕思念。

站在"温哥华之巅"的格罗斯山上可以观赏到温哥华的全景。是夜，从观景台上望下去，全城通明，璀璨的灯光照亮天空，我看到了最辉煌的温哥华。我还是忍不住踮了踮脚尖，目光投向更远处，但无论如何也看不到那些牵动我魂魄的黄土塬啊！

古诗云"曾记少年骑竹马，看看又是白头翁"；俗话说"人生如梦，转眼就是百年"，每念及此，不觉缕缕惆怅涌在心头。跨出了国门，由于没有了那些复杂的人际、社会关系，也没有了亲戚故旧，本以为藩邦异域过年会很清静，不至于让人心绪不宁、思念难抑。可身临其境才发现，中国新年的日子是不会错过落下的，这里的"年"却更加显眼。元旦前各大银行、商店纷纷免费赠送中文阴历挂历。临近春节时，主流媒体及政府都不敢轻视，总理、省市长们照例发表贺词、祝愿；商贾们不甘落后，紧紧抓住商机，铺天盖地地做广告、拉生意，如此浓烈的年味让我措手不及。

"新年到、新年到，穿新衣、戴新帽，包饺子、蒸年糕，打灯笼、放鞭炮。"现在还记得小时候这首让小孩子们欢天喜地的儿歌，在那时，过年可是心中最大的期盼。

那会儿日子清贫艰苦，在那个扭曲的年代，父亲被打成了"右派"，一家人也不得不在压力中度日，平日只能粗食杂谷勉强求饱，白面细粮都是奢侈品。盼到过年才好不容易能开开荤、打打牙祭，吃上几顿标准粉馍馍和饺子之类的美餐。

也唯有在过年时，才能换上一件新衣裳，四处拜年，顺便再品味一下各家不同的糖块、水果、瓜子、花生等美味。儿时的我长得应该还算可爱，所以让喜欢儿子却没儿子的干爸非常疼爱，总是把厂子分给他的那些肉票等福利给了我们家，让我们家的年也能过得和别人家一样喜庆，也让我对过年的期盼得到了最大化。

那时候没有影视、网络这些娱乐方式，除夕夜里在院子、街上放一挂"小鞭儿""二踢脚"，就觉得分外的过瘾，能够兴奋上好几宿，还有能让我喜出望外的五大毛的"巨额"压岁钱，让我拿在手里沉甸甸的，还不住地咧着嘴傻笑着拿出来看。

平日家里人都要为生计奔忙，父亲为了补贴家用还要去河里取石、砸石挣点小钱。我小小年纪也被叫去帮父亲推车，每次经过小伙伴们的出没地点时我都很不好意思，怕被人家看到了笑话，而悄悄溜掉，然后就会被严厉的父亲用绳子抽打。而过年的时候是不用面对这些问题的。少小弱冠的铅华，就那么年复一年的，于巴望中不经意地似水流逝。生活条件在改善着，对年的盼头却减低了。

等我立事了，对过年的回忆变成了一次次演出的启幕、闭幕。那时我在渭北高原一个贫瘠的乡村里插队，那是一个年年吃返销粮的地方，可那个地方也是个大自然的所在，它默默地接纳了我的青春和眼泪、嫁接了我的成长和梦想。那土塬光秃秃的，但也荡气回肠；那稀疏的草木透露出山野的傲骨；冬日的雪原，坚实却又让人遐想。年终岁末劳累了一年的山民也开始了自己的狂欢，整个正月闹社火、唱秦腔，蛰伏了一冬的热情仿佛无法消散，富有时代特色的革命样板戏也会轮番上演。

我那时属于三等知青，肩不能担担手不能提篮，因少时习音律善拉小提琴，身上有些不安分的文艺细胞，于是被吸纳入自乐班、宣传队，成了个十足的活跃分子。为了能有让我这"文艺青年"穿上一套涤卡料子的中山装当演出服，我得让妈妈提前一年就开始攒钱。为了让我这个"右派"出身的小知青和广大贫下中农打成一片，我那几年过年都没能回家，靠一把小提琴走村串乡，饥一顿饱一顿，打一枪换个地方，有时也只能是一肚子清汤，末了，仍有优美的琴声伴着热烈的掌声在黄土塬上回荡。

就那样我在农村待了将近四年，我把自己最美好的青春岁月留给了那片荒凉的土地。我至今还清楚地记着我返城后的那个新年：和家人团聚时的喜悦、锣鼓秧歌的喜庆、听到爆竹声的激动和放炮仗的兴奋终于又重新回到了我的血液里，那温暖的一幕幕已经在我心里定格，一想起来全身都会震颤。

往事如烟，隐约中我又听到那新年的钟声，这才蓦地想起提醒自己：生命的年轮又画下了一个新圆。当我们慢慢习惯了顿顿酒菜佳肴、日日过节般的生活后，平淡的日子里错过了很多宝贵的东西。每当面对年夜饭的残局时，才猛地念起：天底下没有不散的筵席。

我曾多次重返故地，重拾那些快乐伴着心酸的纯真记忆，那里的一草一木都让我亲切，一想起来就让我的心魂儿都在摇曳。站在生命的高原，回望来时的步履蹒跚，即使有些摇晃也让人不得不珍惜这一年年的成长。在这个进取、告别、流逝、拥有杂糅交织的岁月之旅中，过年的记忆就成了我们人生支干的年轮，成了心灵放逐与回归的驿站。

我那些一起在黄土塬上摸爬滚打过的老同学，你们都还好吧？当年帮我办理返城手续让我走出土塬的那位老师，您可安好？你们是否也和我一样，也会在过年的时候忆起那些土塬上的故事和土塬上的新年？就此做个约定吧，今年过年的时候，我再去看你们。

远行者心绪

　　远行者足迹四方,名山胜水总在眼底,可心灵的远行胜过身体的移居,看似活脱脱的人坯,有时那心儿已枯死了。

　　想想在内地的几十年,一片滋润生命的土壤,生命的种子落地就有阳光沐浴你成长。那时也在一家报社做事,却美其名曰驻站记者。一年到头发几篇小稿,接待几拨总社来的人就算交差了。余下的空闲便读弗洛伊德、黑格尔,听听贝多芬和当地的秦腔。偶尔灯下漫笔,觉得世界全在笔下,文章很臭,却自觉像模像样。琐碎的日子仿佛有完整的美,活得亦蛮有滋有味。

　　当时,曾有人拽我到珠海深圳闯闯,我断然拒绝,觉得那是个现代的魔方,像怎么也难适应的游戏一样。半年后,有信自远方来,讲述珠海和深圳的故事,有喜悦有苦恼有迷茫有忧伤,个中滋味,在我心海泛起了多重波浪。可我是个很守旧的人,像长安城出土的罐罐一样,怎么敢摔碎这个宝贝! 可那些令人心跳的新鲜事却频频在电视里闪现,不敢全信又不敢不信,按捺着开始骚动的心，强摆出一副既不为别人过得好心动，亦不为别人过得差心烦的泰然模样。但机会却跑了，算不算遗憾只有鬼知道。

终于有一天，我摔碎了长安的土罐罐，到充盈着现代经济浪潮的海南去了。没想一去就是八年，八年中经历了人间的沧桑苦难。我除了皮肤被灼晒得失去润泽的颜色外，身心亦感到苍老和疲惫。用血与泪、爱与恨拥有的物质与财富，在心灵的孤寂中亦显得俗不可忍俗不可耐。不知哪位朋友说过："在物欲横流的世界里，人的命运注定是孤独的。没有欲望也就没有痛苦，生命就不再有意义，这才是灵魂真正的厄运与不幸！"那么，我的孤独该属不幸中之万幸了。起码我还没有沉沦为行尸走肉吧？但人世间放不下的事情太多了。家庭的、事业的、社会的、自我本身的繁杂琐事才构成了世界，你怎敢不面对它，又怎敢去轻视它呢？人，越想要一种境界，仿佛这境界便充满了俗性。正所谓"菩提本无树，明镜亦非台"，湛然的佛性，是不要刻意束缚的，全凭随缘，此乃人生的一大困局啊！

我只有沉浸在往事的回忆里。那是一种物质世界所没有的生命体验。可每每如此，一股热血便涌上头顶！幼年时期，我因父亲政治上的窘迫，生活在冷遇和白眼中，心灵备受折磨；而经济上的拮据，又使我从小就"提篮小卖拾煤渣"，什么样的罪都受过。十二岁那年，我在白鹿原上拾麦穗，被生产队长追赶得从几十米高的崖畔上摔下，险些丢了小命；十六岁那年，到渭北高原上插队三载，吃的是玉米馍，喝的是地窖水，摞满补丁的衣衫，裹不住袭人的冷风。终于返城了，又整天忙于文凭、工作和恋爱结婚，来不及打量这美丽的都市，就又抛家舍业浪迹于遥遥的天涯了。这种颠沛流离的迁徙，注定了我一生一世的沧桑……我想，我怎么就走不出挥不去对往事的回忆呢？故乡的红高粱一片苍茫风吹得呼啦啦响；故乡的土瓦罐里的西凤酒老白干喷喷香。可高粱每年只红一季，陈酿的老酒能醉多久？遗下的时光不能老在高原上唱信天游走西口。该想想后几十年的活头。可如今真走出了高粱地,品上了几口 XO 了,又常被身边的动荡与纷嚣搞得不安与怀旧。尤其在失意孤独之时,面对茫茫云天,我没想过五指山万泉河和阳光沙滩,想到的是尘土飞扬的黄土高原;想到的是与故乡亲人厮守的岁月和对故土故人强烈的爱恋。迁徙,不是出差或在外短期逗留,它意味着永远告别深埋根脉的故土。不要以为,每一个闯海南的人都是"为了梦中的橄榄树",这是一曲苦涩的、生离死别的,萦系我们一代人的心灵之歌。

也许,我的内心是充满乡愁的世界。面对漂泊,我心灵的船帆难以把握,因此才有了痛苦和声声哀叹以及那说不清道不明的万般缺憾!怎么说呢?我是在追求圆满,但谁能说缺憾不是圆满的花朵?否则,人就将变得无为而平庸了。不过,在海南这四面环水的岛上,人的命运是要与海浪台风搏一搏的。但能在此情此景下守住一分清白渡至彼岸也就足矣。人,一旦倾心于超越痛苦所得来的境界,他就获得了真实的自我。

圆满是不可能的,缺憾是美丽的。但人的境界却需要菩提至涅槃那痛苦的过程的。这便又是一种生命的再生。人活着可真不易啊!还是师法自然一切随缘吧!唯其如此,你才活得轻松,才能体味到人生之外的广大时空……

在北方，在故乡的雪野

无雪的北方，不是真正的北方。

我故乡的冬，便是落雪的季节。那飘飘洒洒的雪花儿，如跳荡的音符，给北方以报春的和声，在粗犷豪放的北方人的心弦上颤响，北方人因此变得温柔。当然，最是北方的雪野，那气魄，那景象，回想起就使人心跳，使人不得不闭目静思，幻化出一片银白来。哦，那是故乡的冬雪啊！

可惜，因诸多原因，不逢故乡的冬已有两载。尤其那雪野，已是久违了久违了，所以，海南归乡的郊游，当是踏雪去了。

那是落雪后的第一个晴天，雪野静得辽远，静得无奈。早晨的太阳朗丽而温柔，别在远山的胸膛上。天空没有白云，亮雪却映在天空，一切的一切尽被皑皑的白雪掩盖，哦，这银白的世界哟！置于此中，一切烦恼，一切纷繁不复存在，唯有儿时的梦醒着，曳着思绪觅那纯纯然的往事。噢，那航标山上拴过我放风筝的线；那高坡上有我跳方格的印辙；那崖畔上我采过带刺的酸枣；那山洼洼里我捉过笨拙的蝈蝈……还有脚下这片雪地，是小伙伴们常聚的:滚滚雪球,堆堆雪人,翻翻跟头,玩玩游戏,尽情地疯尽情地闹,难解难分时便也成了雪人儿。末了,撒着童子腔,拿腔拿调,扎架扎势地高唱"望飞雪,满天舞,巍巍群山披银装"之类的英雄之歌,歌间或歌毕胸中总有一股顶天立地气吞山河的大气,仿佛天地间唯有自己最高大伟岸了……哦,我那滑稽可笑却纯然如雪的童年哟,生动地摇荡着我人生春天的梦境!这,该是怎么难忘的情景!可大概是生于斯长于斯的缘故吧,我差点忘却它的存在了。这次,从无冬无雪的海南岛归来,却蓦然有一种全新的感觉,渴望冬天,渴望雪野。因为,我忘不了与故乡离别的冬日,忘不了埋着我根脉的北方啊!

记得那年冬日,我到那个有着椰风、蕉雨、海水、阳光的南国去,临行前,我牵着妻子的手,到郊野的雪原上去,雪莹莹地亮,仿佛也有生命。我与妻子谁也没说话,又踏着厚雪到了站台上。车,终于启动了。他们哭了。我不哭。没有犹豫和回望,大脑的屏幕上只有一片雪地,脚印逶迤得好远好远,我幸运,寒冷从此过去,阳光将伴我终生了……唉,可我,怎么就又怀恋起它了呢?!在故乡寒冷的雪野里竟有一股说不出的幸福呢!我真想写封信儿寄给海南的友人,告诉他,故乡美丽的冬季是怎样的一幅北中国的图画:那苍茫的远山,静谧的旷野,冷冷的风,亮亮的雪,一派温柔,一片安详,比起喧嚣的大海,多情的椰风,不知内涵要深刻多少倍,直润得我的心湿漉漉的。于是,我方知道我的根在这里埋得好深,知道那雪下的黄土地的坚实与厚重。我周身的血在涌动,禁不住跳呀、吼呀、唱呀,摔倒了,爬起来;爬起来,又摔倒。揉一个雪球向苍天抛去,向远方抛去,直到筋疲力尽匍匐在雪地上猛喘着气。可我仍抬起头,愣愣地凝望于天边,我想,那一定是遥远的椰林的呼唤!胸口下的大地,亦似乎隐隐传来大海的涛声……哦,海南,我原也是离不开你的啊!哎哟哟,怎么办!怀抱故土,心向海南,却都是另有一番滋味!这滋味好杂哟,带我遁入昏昏然的梦中。

不知过了多久,一阵唢呐声将我唤醒。睁眼寻去,见一群嫁娶的人向我走来。新婆姨长得好俊,眼光却呆滞得毫无光彩,似乎有着难言的隐痛。唯有那新郎咧着嘴笑,满口的黄牙冒着臭气傻气!我想起电影《红高粱》,这不是"我爷爷我奶奶"那个时代的写照吗?唉,我的信息社会中故乡的同龄人啊,竟活得没有"爷爷奶奶"那时潇洒!我突然想,这雪野要是茫茫的高粱地多好哇,咱哥们儿可……嗨,那自是瞎想。好在那迎亲的人群走远了,可那声声震颤的古歌古调,却久久萦绕在心头。哦,这就是我故乡的骄傲吗?啊不!我祖祖辈辈勤劳质朴的乡亲啊!你太让我失望了啊!此刻,我怎能不思恋赭色的南方呢?!

　　哦,我的故乡、雪野该有着大海的色彩与深情啊!

　　哦,我的南方椰岛该有着黄土高原的厚重与质朴啊!

　　我久久徘徊在茫茫雪野,不知咋的,泪水竟溢出了眼眶……

怎不忆海南

这几天,原在海南的友人王君总给我来电话,言语之中,希望我能写一篇回忆海南当年的文章。因为他正在编一本集海南二十年办特区经历的文集,王君是一家银行省分行的领导,却热衷于此事。他说,他是留在海南的少数一些人。但当年十万人才过海峡的壮举,总在他心中涌动,所以,趁海南建省办特区二十周年之际,他想编一本这样的书,以了却他这么多年的心愿。

说实在话,我真佩服他。去过海南的人怎么能忘记海南呢?青春、眼泪、爱情。每一个去过海南、在那里生活过的人,都忘不了它。那是我们这一代闯海人的青春挽歌,是每一个闯海南的人心中永难忘却的记忆。回想当年,中国正值改革开放大潮涌来,深圳、珠海、汕头、厦门等特区的创办,使众多怀揣梦想的人踏入火热的改革大潮。然而,无论你去过什么样的特区,而唯有去过海南的人才独有一种"情结",这个情结撕不开,解更紧,是一种深入骨髓的"海南情结"。

可以说，我是海南建省的见证者。我一路走来：从在三角池睡水泥地板，到聆听聒耳的满街小型柴油发动机的轰响；从大学生路边餐厅，到横渡琼州海峡的大型活动；从省委、省政府挂牌，到优惠的30条出台；从证券市场开放，到"洋浦风波"，我都亲身经历。加之，我在报社任首席记者和在省政府办公厅当秘书的经历。我对海南的坎坎坷坷、风风雨雨，体会得入木三分，但苦于当时中国整个的政治经济形势，海南这个特区在一夜之间却成了一个说不清道不明的特区。一切"特"字，几乎都没有了，成了连普通省都不如的"特区省"。面对百业待兴，刚刚有点起色的海南，又陷入一个尴尬的境地。多少人扼腕兴叹，多少人心存疑虑。大概也正是因为以上诸多原因吧，海南的低潮来了，使原本热热闹闹的海岛一下子变得冷清，精英们纷纷逃离，仅仅两三年的时间，海岛上人才流失，机会丧失，空留下一座毫无生气的海岛，像一只不系舟，漫无边际漂泊在大洋上……当然，这几年随着中国整体经济的良好发展，使海南又跟上了时代的快车道，有了很大的起色和发展。我也曾去过博鳌参加论坛，我也曾去三亚休养度假，现在我们的企业也在三亚、海口等地有超过十多亿的房地产项目投资。但昨天和今天不能类比，大家记取的、怀念的，仍是那段特殊情况下的海南经历。

写以上文字时，我正在广州的东方宾馆的一个房间里。王君在北京，电话又追了过来。问我，文章出来了吗？我心烦意乱，答应写吧，又不知道写些啥好。他说，形式不限，文字不限，只要是真人真事真情实感就行，也可用你擅长的散文写第一次登岛和最后别离海南的心灵感受……

挂了他的电话，我鬼使神差地上了辆出租车，直奔广州洲头嘴码头。傍晚时分的码头，似乎与近二十年前的景象没大变样，只是那原先临时搭建的候客厅变了些模样。码头是繁忙的，海域是繁忙的，载货与客运的船只穿梭往来却暗中有序。正逢有一艘去海口的船在脆朗的铁链声中起锚出海，我奔跑至岸上，向它挥挥手，一声声汽笛在空中悠悠地飘荡，那渐渐远去的客船,可是当年载着一个怀揣梦想在五等舱又吐又闹的青年仔的"芍药号"客轮吗?! 想想 20 年前,也是在一个春季的傍晚,一个推开了古长安城门,从黄土高原上风尘仆仆走来的青年,在熙熙攘攘吵吵闹闹的大海岸边,挤上了这时代的海轮,让其生命之舟在那波澜壮阔又充满风浪的海航中做人生搏击,那是怎样的一种场面啊,那时浑然不觉,现在想来,倒有几分"壮怀激烈"的况味呢。

海轮是望不见了,它带着我的灵魂再一次去了海南。我站在海边,翘首望着海南的方向,心中默默地向海南祈祷祝福。倏忽间泪水竟溢出了双眼。我想,我是忘不了海南的,海南是我的故乡,她教我做事要有大海一般的胸襟,她让我待人要有太阳般的情怀,她给了我椰风蕉雨的闲适和从容,她给了我爱恨情仇那冲动的新鲜。生命中自从有了海南的经历,便觉得浑身有了无穷的动力。我以为,海南的经历,便是我心海的红树林,能抵御一切台风海浪;海南的经历,是我梦中的橄榄树,让我在平安和淡定中享受阳光的灿烂。所以,我真想敞开胸怀伸展四肢大声呐喊:因为向往天涯,人生从这里出发!

大海听见了,苍天听见了。那枯黄的太阳也在大洋上舞之蹈之跃动起来了,搅动得海水像铜汁一般涌动,呈一片盘古开天似的混沌而凝滞的金黄。

我想,那海南岛上的山脉、河流以及那可人的椰子树也一定听见了。因为,那是一个天涯赤子一声声带血的呼唤……

怀古叹今

六章

渤海国遗址怀想

鹳雀楼的黄河

居庸关怀古

去看乾陵

乾陵埋个武则天

我的汉代瓦当

我登上了秦始皇陵

寻找杜牧

第
六
章

渤海国遗址怀想

尽管鞍马劳累,游镜泊湖之暇,当是要看看渤海国上京遗址。

抵达时已近午后,太阳斜照着这片荒土。可周边的土地平畴肥沃,一片金黄,与远天那铜质的秋阳一同摇荡,摇响一种喜悦,一种丰收的繁忙。而那荒土——渤海国宫城遗址,在人为的遗忘下,蒿草芰芰,乱石遍野,充满原始的苍凉。与丰收的沃野形成鲜明的对比。这是一座废墟。历史将之遗弃时,亦将许许多多令后人猜测的谜埋在了这里。作为历史,遗址是永恒的,荒芜的缄默中久萦着金戈铁马踩踏万里山河之气概,亦长驻着皇天后土之魂魄。否则,为何至今仍闲置着这一方土地,悠悠地散发着历史深处不可名状的氤氲气息? 此处遗下的该是与天地等同的物质,抑或乃偏颇历史天平之重物,沉重地压迫着现代的种子,无法生出鲜嫩的幼芽来。

历史的顿足,使这里太痛苦太沉重了!

渤海国乃盛唐时期建立的地方民族政权。它以我国东北地区古老的靺鞨族为主,与汉、扶余、东胡四个族系长期融合而形成。肃慎,是创建渤海国靺鞨人的先祖,他的子孙大祚荣东征西战,横扫千军,拓展疆域,终于建立起了一个西接契丹,东濒日本海,南以新罗为界,拥兵数万,户十余万,方圆两千里的地方民族政权。

渤海国自公元698年建国,当时在敖东城(今吉林省敦化市)。那里四周皆山,地面狭窄,气温低寒,耕地极少,是大祚荣在"急急如漏网之鱼"的情形下,作为暂时栖身之地。他们经过四次迁都,最终选择了上京龙泉府为都城。可在当时,唐只设忽汗州,封大祚荣为忽汗州都督。"安史之乱"后,唐玄宗因渤海忠于唐廷有功,正式诏以渤海为国,封大钦茂(大祚荣之子)为渤海国国王。从此,渤海国成了唐的藩属国。它设五京、十五府、六十二州、一百三十余县,被历史上誉为"海东盛国"。那时的唐王朝看到了民族问题的复杂性和严重性,对渤海国实行了较为开明的政策,在政治上经济上都给了宽松和谐的环境,使其与日本、朝鲜、俄罗斯的经济合作交往频繁。在文化上,渤海国崇尚儒学,信奉佛教,使用汉字,推行科举,将汉文化与本族文化进行了融合,其都城成为东亚当时的大城市之一。

可惜,这么个强大国度,在后唐明宗天成元年,即公元926年,被契丹首领辽太祖耶律阿保机攻灭而建立辽朝。而肃慎靺鞨亦是个不屈的民族,他的后裔女真于1115年在白山黑水间再次崛起,在努尔哈赤领导下,建立了大清帝国,统治了整个神州大地近三百年,为这个古老民族奏出了高亢的尾音! 遗憾的是,清王朝统治者却不愿承认是这个部落民族的后裔,鼓吹爱新觉罗的君权乃神授之结果。可历史终归是事实,靺鞨部落是满族的先祖……

如今,历史离我们远去了。一千多年的风风雨雨,使这个曾经热闹的帝王之都沦为废墟。那忽汗河已改名为牡丹江,这四面环山、三面临水的风水宝地已失去了它昔日的繁荣。我在这充满原始况味的旷野行走,脚下那依稀可见的车辙已成了历史之路上的永恒印记。我,一个从古长安来的旅人,该怎样审视这个从属于唐王朝的藩属国的过去呢？这边的朱雀大街,那边的街坊,怎就与今天的长安城一样的称谓？让我这大唐的子孙圆了那寻找已久的梦！我仿佛看到了这城池千旗猎猎,万头攒动,金鼓紧催,那出征的兵阵从大野上滚滚而来,从历史深处奔来……哦,这真是个古老而骁悍的民族啊！历史的回响才这般沉重。好在,现代的电声乐,已润滑了历史车轮的呻吟。长眠地下的祖先,你祖祖辈辈不屈不挠的后人依然敬仰和崇尚你的英明,他们常常自愧弗如：难道当年先人能广开门户大路通天地与境外交往,而我们现代人就走不出牡丹江,跨不过日本海吗？应该说,这片平畴沃野已落后于中国沿海许多,人的观念亦陈旧迂腐。今天的渤海人,该敞开大野般的胸怀,迈开坚实的阔步了！渤海的春天,一定是很美丽的。

啊,这历史之城,现代之城。让开放之风吹拂牡丹江的波浪吧;让镜泊湖的水中跌入滚烫的太阳吧！历史是江河,历史是湖泊,历史是太阳,它观照着我们的昨天,也一定给我们美好的未来。

我久久徘徊于遗址的台基上,身心皆随风飘荡,随历史摇荡;又宛如置身于大海的船上,将思绪的缆绳拉得好长,终于起锚航行于改革的大潮上……那潮水已淹没遗址上的老榆树和欲叫无声的乌鸦,怎就淹不住那颗殷红殷红的太阳。潮水亦被染红,与天庭一色地悲壮啊！

天涯都能觅,何况这文明古老的土壤！且开足马力,追赶那时代的太阳。渤海之船,阳光下快开始新世纪的航程！

鹳雀楼的黄河

白日依山尽,黄河入海流。

欲穷千里目,更上一层楼。

这是一首极简单又流传极广的唐诗。作者是王之涣,王祖籍山西新绛,曾任冀州衡水县主簿和今河北文安县尉。王之涣与王昌龄、高适为唐初的著名诗人,都以描写边塞风光而著称,诗名早于李、杜二人。其好友靳能为其撰写的《墓志铭》上称其是"传乎乐章,布在人口",常常是"歌从军,吟出塞"。

但是,王之涣无论怎么有名气,他流传最广的仍是他于公元 708 年到鹳雀楼上写的那首二十个字的诗,他怎么也想不到,这二十字,不仅是唐代山水诗之冠,更乃唐诗中之极品。这便是诗的魅力所在。诗言志,诗是高度概括,诗是精华之精。或许有的人写了一辈子文字,出了多少著作,摞起来能当枕头,但到头来终被历史的烟云湮没。而有的人,只来世上走一遭便留给后人深深的足迹。王之涣便是后面那种人。

说到王之涣的诗,不能不谈及鹳雀楼。鹳雀楼始建于北周(557—581),是北周大将军宇文护镇河外之地时所筑。其故址位于山西省永济市蒲州古城西郊的黄河畔,因有成群鹳雀栖身楼上而得名。它与长江流域的黄鹤楼、岳阳楼、滕王阁齐名,被誉为中国历史四大文化名楼。据历史资料记载,古代的鹳雀楼,为三层四檐,平面呈方形,重檐十字歇山顶,矗立在一个大的石砌台基上,四周设宽敞的月台。楼身为木构楼阁式,各层围以围廊,明间隔扇,层层斗拱承托着梁架和屋檐,斗拱翻飞,翼角中挑,二三层周设勾栏,形成绕楼回廊,游人可凭栏远眺。可无论怎样,当时建楼是军事需要,之后竟成为河中第一胜景,这是建造者所未想到的。当然,这大概由于鹳雀楼楼体雄浑,蔚然壮观,立于大河之畔的缘故;大概是在一马平川之地,兀地有一个登高远望黄河的所在,才让王之涣之类的文人雅士纷至沓来。可以说有了这楼,才有了历史,才有了王之涣那二十字短诗的千古绝唱。这正是;诗由楼生,楼借诗名,诗楼并举,日月生辉啊!

　　可惜鹳雀楼存世仅七百余载。我推算了一下,约在元初,水灾兵乱将一座名楼毁于一旦,但其故址尚存至明初,后因黄河泛滥,河道频改,其故址遂难以寻觅了。但,鹳雀楼的河山之伟、云烟之胜及流传不衰的故事,如黄河之水长流不息,使人不禁遥想当年的蒲州城外、黄河之滨,孤高耸立的鹳雀楼上游人如织,文人骚客吟哦的热闹场景……

　　我于公元 2006 年的仲秋午后来拜谒鹳雀楼,是一个游人对一个向往已久的巨人的拜望。我乘坐现代的车轮,轧过古蒲州的大地,穿过依稀可见的城墙,来到了今日黄河岸边重修的鹳雀楼。

　　新的鹳雀楼是大气而雄浑的,当我走过鹳影湖,踏上唐韵迎宾广场时,一种气象便升腾在你的周围,耳畔即响起鹳雀的啼唱,一股敬畏之气油然而生。我拾级而上,从台基正中进入鹳雀楼,从第一层"千古绝唱"登至第六层的"极目千里",一层一层,我的兴致在不断提升,"欲穷千里目,更上一层楼"的意境便得到充分的体验。而这第六层大约是近七十米的高度(楼总高为七十四米)。我凭栏临风,远远眺望,这一望,便望见了王之涣的诗境:黄河像平展展的绸缎,静静地铺展于平展展的原野上,映成了一片铜质的辉煌,与天空折射出金黄金黄的苍茫,悠悠旷远,声色硬朗。

我便在这秋日的下午静静地呆望着黄河,我便在铜铸的王之涣雕像身边感受诗人的灵光与灵魂。我想,好一个王之涣,鹳雀楼纵容有数不清的诗人墨客来吟诗作赋却只留下你一人独自在历史上行走。李白尚可比否?杜甫亦可弃否?但在晋陕的妇孺之口,你就是他们口中的曲,心中的歌。就是那条生命的黄河。

"白日依山尽,黄河入海流。欲穷千里目,更上一层楼。"我心里默念着王之涣的诗作,又一次感受到诗人诗的意境,诗的深邃:高瞻远瞩,气吞山河,大气大势,无言以说!

天已向晚了,秋风从黄河深处吹来,撩起了我的衣衫。那夕阳在秋风摇曳下像个顽皮的孩子的笑脸,晃晃悠悠,跌进了黄河之水,溅响了咯咯的笑声,风生水起的声音传得很远,依稀间仿佛听到古人高声朗诵着王之涣的那首《登鹳雀楼》的诗作,字字脆朗,声声旷远……

我是最后一个离开鹳雀楼的游客。天已蒙蒙,雨已蒙蒙,不知何时,秋雨已淅淅沥沥地下了起来。当我登上汽车,默默地再一次回望鹳雀楼的一刹那,不禁高声唱道:

独上高楼望故河,王诗四句千年歌
水连晋陕鹳雀归,望断云水自悲多。

不知怎的,这几句诗脱口而出,瞬息间竟平添了我如此的悲怜情绪。我是赞叹古人的胸怀大气,还是悲叹今人的沿袭成法,抑或是秋天的情怀感染了我。此时,我觉得,那鹳雀楼像山一样已耸立在我心中,黄河水像洪水一般在我胸中涌动,并在做着无穷动的古人与今人、历史与现在的闪现和对比。我以为,我用心已牵起了诗人的手,心灵亦听到了从历史深处走来的黄河吟唱⋯⋯

居庸关怀古

人说长城秋色好，可我来看这长城时却在浓浓的春季。

春季怎么啦？春季好啊！那光秃秃的山脉披上了绿衣，那干涸的河脉有了生命的流动。春之韵致春之魂魄与那古老而雄沉的长城形成强烈的对比，一幅《古长城春意图》便跃然而生，而其中，最绝妙的所在该是那居庸关了。

可惜我抵达居庸关时，已是下午时分。春阳已变得懒散，山风已阵阵吹起，野花林木亦少了勃勃生气。而那雄关两边延伸的长城，仿佛在风中起舞，俯仰之间，犹如跃动的巨龙。我耳畔仿佛传来历史的踏歌声，伴着驼铃声响和羌笛悠悠的奏鸣，一派苍凉，一派雄浑，将我代入历史的回想中……

居庸关，乃天下三大雄关之一，与嘉峪关、山海关齐名，而居庸关又为关中之雄。它三国时称"西关"，魏时称"军都关"和"居庸关"，唐以后一直称"居庸关"至今。元代时，居庸关成为由大都至上都的必经之路。每年夏天，皇帝消暑车架必经此处。所以，朝廷在居庸关内盖起了行宫、寺和花园，并在关城前的八达岭设立了北大门,在关城后设立了南大门。洪武时,朝廷派大将徐达、常遇春等扩建此关,城垣东筑于翠屏山,西筑于金柜山,长4000余米,高4.8米,皆以石砌。并建有敌台12座,窝铺44座。明正统年间,居庸关继续扩大加固,设水陆两道关门,南北关门外都筑有券城,城外南北山势险要之处,还筑有护城墩6座,烽火台18座等防御设施。而那关城内,更是设有衙署、仓储、书馆、军械库、庙宇等,几乎将儒、释、道熔于一炉,其当年的军事、文化、宗教之盛况可见一斑。

遗憾的是,清入关后居庸关没有了烽火硝烟,其防御作用日渐衰退。仅仅三百年的岁月剥蚀,居庸关几乎被荒芜遗弃了⋯⋯我真要感谢当地政府,是他们耗资逾亿,修复了这座雄关,还它本来的面目了⋯⋯

我置身于居庸关的怀抱,双脚走在这长城的古道上,历史的烟云扑面而来,岁月的风雨挥散不去,几番思绪,几番感叹!放眼尽望茫茫群山,翠屏山和金柜山上的长城东西横跨,如鲲鹏展翅,作飞天畅想。它从塞外蜿蜒而来,又向辽东绵延而去,好一条巨大的中国龙啊,一声怒吼,整个世界都为之摇荡。

我忆起元代陈浮的一首诗:“茫茫寒沙出古道,骆驼夜吼黄云老,征鸿一鸣长空起,风吹草低山月小。”这写满当年况味的诗作,让人顿感历史的遥远与苍凉。这曾经不可一世的千古雄关啊!你让我想起垛口的狼烟,万马的奔腾和千军的呐喊。你是一曲民族血泪凝铸的悲壮之歌;你是一个民族精神塑造的壮烈丰碑!如今,山水依旧,残关依旧,而我们这些后来者,依旧为这古人的杰作而自豪,而骄傲!

天已向晚了,春季的雄关,却有了秋天的写意。我不忍离去,不是被这景况感染,而是在寻找城下巡哨的兵士,在倾听古战场上的鼓角相鸣⋯⋯

去看乾陵

西出古长安,过杜甫笔下车辚辚马萧萧的咸阳桥,上了古秦都以北的黄土原,要去看唐高宗李治与女皇武则天合葬的乾陵。

其实,这条路我走过许多回。二十年前我曾在乾陵以北四十里的村子里落户,那时是上山下乡为生计劳作,哪管这老祖先的事,从可怜的知识里知道武则天和李治,隐隐约约地终究不知这山丘里埋的有甚秘密。那时游乾陵者不多,也不兴春游几百里去看古迹,所以当我途经西兰公路时总是不经意地匆匆来去,可每望一眼,那山的厚重陵的威严仍在我心头重压,敬畏之感便久拂不去。

进城了,做了记者,知道了乾陵的全部意义。但去过几次,并未被感动过。这次,是离开了高原故土五年后去拜谒乾陵,感觉怎就有了新鲜的冲动别样的情绪。

车轮也亢奋地驶上脉岭。满眼是黄澄澄的颜色。黄的山岭泥塑似的,拉出一道道岁月的沟壑;黄的秋谷在山风里呼啦啦地响着,似古老的秦腔如泣如诉;黄的秋阳在一群高原汉子的肩上扛着,声声震颤的吼唱把山鹰撞落。这是很古老很古老的一幅画和一首歌……

这便是北方,我们现代的黄土高坡。久待在灯红酒绿纷纷嚣嚣的城市里,怎敢面对这现实呢? 我是高原的儿子,我骄傲我拥有高原的肤色,我骄傲我拥有高原的体魄,我骄傲我拥有高原的性格! 今天置身于这里,让我想起盘古开天地想起黄河想起我那古老的中国……可毕竟这黄土积淀太厚拙了,把一个曾经繁荣过的唐王朝埋在了这里。

据史料记载,唐代统治二百九十年间,先后有二十一位皇帝执政。除昭宗李晔、哀帝李柷分别葬在河南洛阳、山东菏泽外,其余十九位均葬在渭北高原上。又因高宗李治与武则天合葬一陵,所以史称唐帝十八陵。它西起乾县乾陵,东到蒲城李隆基泰陵,连绵三百里,且多是因山为陵,气势不凡雄伟壮观……我们这一路走来,不时在陵墓的包围中,真乃走过一山又一山,高原处处有帝陵啊!

到乾陵得先进乾县,乾县因乾陵而得名。“乾”为天,“坤”为地,此高原小城有天地之精气,是与天皇大帝李治的恩德分不开的;加之“八卦”中言,“乾”即西北,即唐都长安之西北也! 这区区县城不是也有千余年历史了吗? 乾陵始建于高宗死后的公元六八三年,时值盛唐,仅用八个月时间即葬进高宗皇帝,兴师动众不言而喻。乾陵陵园的增设、扩建、完善等工程,是经武则天、中宗至睿宗初始才全部竣工的,时间达二十八年之久。其宏大的规模非凡的气势为唐陵之冠。不难想象,唐王朝当时的赫赫强盛。

那么,是什么原因使这些陵墓建于这穷山恶水的古原上呢? 对此我稍作了探究:在我国远古时期,黄河流域呈现的是一种与今世迥然不同的景象。气象学家竺可桢也曾言“二三千年前黄河流域的气温与今天的长江流域相仿”。那时的黄土高原具有较好的成土母质,地面水和地下水都相当丰富,陕西和山西的森林覆盖率分别高于中原和华北地区。有了良好的自然条件,黄河流域遂成为中华民族的发祥地。中国进入奴隶制以后的夏、商、周和秦汉以后至唐代的统治中心均在陕西渭水流域。不过从隋唐时期,黄河中下游的森林开始遭到破坏,致使生态平衡的调节功能逐渐衰退,黄土高原失去保护,水土流失加快,黄河中挟带的泥沙在下游河道严重沉积。自唐中叶起,黄河结束了几百年间相对安流的状态,决溢显著增加,开始了一个长达千年的泛滥期。同时,唐玄宗时,由于政治腐败,导致了长达八年的"安史之乱",唐王朝从此由盛转衰,全国经济重心开始南移……幸运的是,高宗葬时正值初唐强盛之际,那时的山原也许是山清水秀的地方吧……

我这一路思绪,好远好长,随着这高原的风儿飘荡。这秋的高原上,毕竟不全是荒土,辽远的秋野已有了秋收的繁忙。丰硕的果实都有个由绿色至成熟的过程。我想那春夏间的高原也该有绿海的苍茫。因为我们的时代是生命永存万物复苏的时代啊!

可我,毕竟行走在秋的高原上,一任那信天游唱着古老的苍凉,使原本美丽的秋色也平添几分忧伤……唉,我是要去看乾陵的,不必胡思乱想,让我专心赶路吧! 说话间,车已过乾县,那乾陵亦遥遥在望。

乾陵埋个武则天

车过乾县,北上十多里便到了乾陵。

乾县古称好畤县。因此地处唐长安城西北方,按"八卦"之说为"乾"位,故此,帝王之墓为乾陵。

乾陵建于圆锥形的梁山上,海拔1049米,山势雄浑,东西深谷南面一路斜坡,有华表、飞鸟、朱雀各一对,石鸟五对,石人十对。从华表往南行,有长580米,高差86米的台阶,台阶下仰视乾陵,一股帝王之气便压在心头,若再往南的咸阳原上远望,梁山主峰的头颅,东西对峙之南峰为双乳,酷似一尊仰卧的"睡美人",真乃则天女皇的绝妙象征。

其实这陵墓属高宗李治与武后的夫妻合葬墓。高宗在位34年,于683年卒于洛阳真观殿。他的善良与功过都与武则天密切相关,而正是他成就了武则天的帝王之业。高宗死后,武后才开始建造乾陵,耗资巨大,历时8个月,并在陵前树碑立传,其文由武则天所撰,唐中宗李显所书,共六千余言,内容竭力颂扬高宗的文治武功。高宗死20年后,武后驾崩,遂葬于乾陵。据传,在安葬武则天之事上,大臣中意见各异,给事中严善思认为合葬会"惊黩"高宗,不如于乾陵旁择吉地为陵。唐中宗力排众议,"镌凿山石",葬则天大圣皇后于乾陵,并遵武后遗愿,在高宗七节碑东面建与七节碑相等的"无字碑",寓其功过是非由后人评说之意……

　　我漫步于陵下的黄泥大道上,穿过阴阴翳翳的林子,穿过卖旅游品人群的吵嚷,攀上高峻的山顶。山顶建有几十米高的瞭望架,徒手登攀,一片壮景便扑入眼帘;陵的四周是莽苍苍的大野,天地间没有飞鸟没有云锦,充盈着悠悠的神秘气韵。朝着大唐帝国长安城的方向喊一嗓子,天地回音,山河撼动,似乎听到古战场的马群惊雷般奔来,夕阳如战马踢于天边的头颅,溅洒出满天的血红;"车辚辚,马啸啸"的兵车,在震天价喊的杀戮中向我奔来……一代女枭武则天置于千军之中挥戈中原,万马奔腾……一幕过后,天边倏然万朵祥云,渭水潺潺,似飘带款款走来,一派歌舞升平。我不禁赞叹,唐二百九十年历史,则天女皇称帝后统治四十八年之久,使国家政治安定,生产发展,人民富足,其作为女人,不能不让世人惊叹!

　　我耳畔响起电视剧《武则天》的插曲:

　　　天朝第一君
　　　是个女儿身
　　　抱在娘怀也娇嫩
　　　不爱胭脂爱乾坤

　　　入宫是才人
　　　她不是皇家根
　　　一步一席一叩首
　　　指点江山几十春

从来就是女作卑

从来就是男当尊

男尊女卑了几千年

小女子抖了回精神

武则天,留给史书一页新

……

　　武则天,这个寻常布衣家的女子,这个让两朝皇帝倾心,让众多男人不安的女子,这个做得至高无上的女子,这个前不见古人后不见来者的女子,在乾陵里埋下千古迷惑让后人评说……

　　我思绪悠悠,不胜依依,远古的故事一幕幕映于脑际刻刻索心。那"无字碑"已写满历代文人骚客的笔墨,莫衷一是,字字千斤。褒贬之中,历史与今天进行了无数次的对话,但"终是日月当空照,引得后人论古今"。

　　历史的长河流淌至今,天地的日月朗照至今,有关乾陵中一个女人的故事,亦永远说不完道不尽。她悖逆传统的作为和精神已光照千秋,影响后人……

我的汉代瓦当

年少之时，家住在白鹿原下，原下有一条清亮的浐河。浐河孕育了半坡文化，是那土坑里的陶器，让我有了探究古文化的兴趣。家里至今存放着十多件灰色的陶瓶，每每把玩欣赏，便会随着它们在宏博的历史长河中徜徉一番。华夏文明为我们留下了无穷的文物精粹，这其中我对瓦当兴趣尤厚，个中缘由，还要从三十多年前的一桩事情说起。

那时我在西安当记者，每年都得到秦岭山中去采访三线的军工厂。大约是 1987 年的秋天，我与和谷、剑修二位文友去秦岭山中采访，火车行至大山之中的凤城，我们下榻至双石铺。双石铺是凤县的古城，过去称凤州，由于三线军工厂的修建，县城便搬至新的地方去了。我们三人在这古城的残垣断壁里收搜深挖，竟刨出了一些陶瓦之类的东西。和谷学问大，拿着这残缺不全的瓦片嗟叹不已，给我们讲起了凤鸣岐山上的典故……那几日和谷兄不是在翻阅从县文化馆借来的《县志》，就是将那陶片瓦片反复琢磨。回城后，我与和谷写了散文，在报刊上发表。

那次回西安不久，我去北京出差，临行前和谷兄送来几个瓦片，让我捎给《人民文学》的副主编周明先生，我在东三环文联的大楼中拜见了周先生，他是陕西周至人，见了这瓦片爱不释手，我当时愚钝，不知道周先生对这瓦片有何研究。周先生告诉我说，这瓦当，是在官家的大房上挡雨用的，有两千多年了，是文物是宝贝，可惜是残缺了，有的字形也被破坏掉了。从那以后，我知道了这土坑里的玩意儿是何等美妙，它有着怎样的历史遗韵，有着多少深奥的人文精神蕴藏于其中呢！也是从那时起，我开始喜欢上了这些充满古意的东西。

后来我去了海南，离黄土高原越发遥远了。但总有友人从故乡来，时有捎来一些陶罐、砖瓦的东西。那时，文物管得严，我贵贱不敢收受。到北京这十多年，朋友走动得多了，也有友人赠予的瓦当和陶器。朋友朱鸿，他是陕西省作协副主席、教授，对瓦当颇有研究，与西安古玩界收藏瓦当者也多有交好，发表这方面论文很有影响力。朱鸿先生就送我好几枚瓦当，其中"与天无极"瓦当，释义颇深，是指与天一般无尽无敌，反映了人们祈求康乐、安宁的美好心愿，我颇是珍爱。陈浩先生原是《西安晚报》的总编辑，他赠我的"长乐未央"瓦当，出自未央宫遗址，虽有残缺，但字口好，也有美感，因此，我将其置放在我客厅的正中央。也大概是由于北京离西安地壤之接近和手头宽裕的缘故，我也便淘一淘这些玩意儿，颇有收获，我的那个"长寿无极"瓦当便是十年前在小寨的小摊里买的，尺寸很大。还有那几个大小不等的云纹瓦当，是在西安东门外八仙庵古玩城一次买下的。四灵之首朱雀瓦当，那则是我在天津古玩城偶然淘到的，其个头大，品相也一流。记得那是个星期六的上午，我在古玩城二楼的一个小店里发现了它。据小店老板讲，这是他老父亲玩的东西，放在家里许多年了，拿到这晒晒……它躺在一个深蓝土布的盒子里，盒子是有了些年头，但盒中这枚土瓦上的灵物，颇有动感，像要展翅飞翔一般，竟在我这心海中荡漾出激动的浪花呢。我心里一阵狂跳，但又得显出平静的样子，与之砍价，终于收入囊中。淘到这个宝贝，我几乎一夜未眠，摆来摆去，把玩了好一阵子。第二天中午，朱鸿先生应邀乘机来到了天津，他见到我的朱雀瓦当，拍案叫绝，说他藏宝二十年却没能得有此物，老兄得到此物，乃人之大幸也。据朱鸿讲他认识的瓦当朋友中，有四灵（也叫四神，指朱雀、玄武、青龙、白虎四方之神）其中一枚的只有数人，有整套四灵瓦当只有李虎成一人。此人曾作企业，后转入收藏，经营多年，业绩甚伟，现在西安少陵原上开设有秦砖汉瓦博物馆。我问朱教授，此朱雀瓦当现价如何？朱答：无价。闻此言，我震撼了！

如今，我的家中，有许多颇有历史遗韵的东西，但数量最多的还是瓦当：云纹瓦当纹饰构思精巧，纹路细美；文字瓦当字形遒美，实为汉代书法的珍贵遗存；而四灵之首的朱雀瓦当，更是瓦当中的压轴绝唱……林林总总，大概有三四十枚之多。（当然，那个朱雀瓦当，只有道中的好友来时才拿出来晒晒。）这些东西平添了家中的文化气息，给我的业余生活增加了无限的乐趣。这也难怪，谁让我是西安人呢。生于斯长于斯，对古物的兴趣，那是与生俱来的，有一种说不清道不明冥冥之中的亲近呢。

人说西安那地方捡一块砖头是历史，抓一把泥土是文化，自古长安帝王都，古城西安有着几千年的灿烂文明，翻一翻中国的历史，有多少历史的大戏在这里上演：骊山烽火戏诸侯，秦始皇铁蹄踏六国，楚河汉界的腥风血雨，未央宫甘泉宫中的文景之盛，还有玄武门上的太阳和大明宫中的胡汉歌音……这些历史的金戈铁马、刀光剑影和历史的百花齐放百家争鸣，铸就了可歌可泣、可思可行、可研可探的丰富文化遗产。历史的车轮缓缓前行，若干年后，前朝都成了历史，后朝人追寻着过去，在历史的隧道中，点亮文明的火把，开始探究、研究以往的过去，总结和培育出众多的历史之花，之后，结出影响后世的文明之果，传承人类，光大四方。

每一件遗物中，都蕴藏着一部历史。

每一枚瓦当中，同样蕴藏着一部历史。

我登上了秦始皇陵

戊子大年初一，我登上了秦始皇陵。

这一天，是丁亥年末大雪十多天后一个朗朗的晴天；这一天是正月充满年味的第一天；这一天本应在家中度过，可我偏偏驱车来登秦始皇陵。

我们前往秦始皇陵的时候，正是个午后时分。轿车在高速路上奔驰，路两边是皑皑的白雪，而高速路像一条黑色的纽带，黑白分明的对比越发显得车速的快疾。陕西高速因为新春佳节之故实行了免费的惠民政策，使这车儿更是无障碍地行驶了。

秦始皇陵与秦始皇赫赫英名来比那是太小的所在了，它其实就是个偌大的土堆而已。这个土堆在关中的土塬上不足为奇，人说"南方相才北方将，陕西黄土埋皇上"，陕西从周秦汉唐始，著名的和非著名的，开掘的和未开掘的，仅帝王陵墓就有好几十座。

雪后的秦始皇陵兀立在白茫茫的莽原上颇有万千气象。大概是过年的缘故，四野空寂寂的，空寂寂的令人窒息，一只飞鸟划过天空，竟听得见翅膀抖动的声音。我拾级而上,可这石级由于风雪冰冻,僵硬成了一块块冰块似的,向上攀登往往要拿捏左右,屏住呼吸,使出浑身解数。好在没几个游客,前弓后蹬也好,匍匐前行也罢,姿势的难看也怪我不着,能有个攀登的力度,也就足矣。

我艰难地往上攀,阳光似乎也没什么暖意,冰凉凉地洒在我的脸上,抬眼翘望,似乎那冢顶仍是那么遥远而无望。

台阶太滑了,我们只好另辟蹊径,去钻进阶梯旁的石榴林里,拽着一缕缕石榴树的枝子在高高矮矮的林木和雪地里寻找上山的小径。据《史记·始皇本纪》记载,始皇陵上原广植柏树。不过这些树早已毁灭,毁于何时,无从考起。现在的石榴树是二十世纪五六十年代种植的。手握着这一人多高、又枯枝众多的石榴树枝,仿佛手握着一个春天。我的周围,包括陵上陵下,有大片大片的石榴林,每年春夏石榴开花的季节,漫山遍野的红花像明霞一般,在丛丛绿叶的映衬下像一团团火在燃烧,又连成一片,如无声的火海,一直延续到四面八方乃至天的尽头。石榴熟了的时候,这一方世界又成了热闹的所在,可以在田间地头采摘和贸易。红色的、粉色的、青红相间的石榴;香甜的、酸涩的,还有专门用于药剂的石榴。临潼石榴尤以这秦始皇陵上的石榴最为珍贵,价格也高。石榴,已成为西安临潼特产水果,更是其旅游产业的衍生之品,远播海外,声传八方。

我突地想起北京天安门广场毛主席纪念堂边的石榴树。那里的石榴树是从秦始皇陵移植过去的,是当年西安人用大卡车敲锣打鼓送到北京的,现在我亦经常带朋友去纪念堂看望这些石榴树,每每此时,我都有一种自豪感。我故乡的石榴,花是如此灼灼的火红,果是那么沉沉的厚重,像每个秦人的心脏,在风的摇曳下,有着无比庄严的律动呢。当然,秦始皇不知,这现代人在其身上种植的石榴树竟有如此的魅力,鬼使神差似的又将自己身上的石榴树馈赠予当今伟人毛泽东了呢,这是历史的巧合,还是神的旨意呢，我们虽不得而知，但石榴林春华秋实的风景，却一直在我的脑海中弥漫，成了我一个游子永难忘怀的记忆。

终于登上顶峰了，我用了一小时零五分钟，气喘吁吁的一身燥热，满脸汗水。这高高的坟顶上是修砌平整好的一块方地，周边用铁艺雕花围挡着，雪仍未解冻，踏上去吱吱的声响，在旷野里格外清脆。最是身后那背景中的骊山，是秦岭山脉的一部分，"骊"是黑色骏马之意，因远望此山颇像一匹黑色骏马，故唤骊山。此山乃一座名山，远的说是汉唐皇家的行园，唐玄宗和杨贵妃当年多在此游赏沐浴，留下了白居易流传千古的《长恨歌》。近的说，"西安事变"，张、杨二将军正是在此山上活捉了蒋介石，从而确定了第二次国共合作、打击日寇的壮举……而今日之骊山被皑皑白雪盖满，更像一匹腾跃之状的白马，嘶吼着，急急地要跃入拼夺的军阵中去呢。

我想，戎马一生的秦始皇是爱马的。这骊山的雕塑，疑是始皇当年的坐骑，南征北战，合纵连横，在腥风血雨、硝烟弥漫的兵阵里，生生死死了多少回。如今，它的主人累了，静静地躺在渭河南岸的土地上。这一觉竟是沉睡了两千多年。而那匹心爱的坐骑，也陪他站成了一座山，这，就是骊山。

我凝望着这白色的骊山，作为一个秦人，我是第一次站在一座山顶上，与另一座山如此相近地对话。白色的骊山深邃而静远，雪中点点新绿，是一枚枚闪光的玉佩，给这骏马平添了生动的活力。这马是有灵气的，它是与始皇陵一道并存站立着的生命雕塑。虽然兵马俑展览馆前游人如织，秦始皇陵上冷冷清清，而这座土堆和身边的骊山却远比那地下兵阵要威武和珍贵了多少倍?!

雪后的大风，在呼啦啦作响，这是冬天的寒风啊，让我站立的身子来了个趔趄。乖乖，这哪里是自然的北风，那该是渭河岸边的风，是咸阳宫里的风，是周公古原上的风，湿漉漉、冰冷冷的，从历史的深处刮来！难怪连颇具霸王之气的曹操都喟叹:周公吐哺，天下归心。但曹孟德没有对秦始皇歌颂吟咏,我是有意见的。秦始皇才真正做到了天下归一,他对整个中华国度和民族的整合是空前绝后的。

我在这冬雪的午后一路畅想,我在这千古一帝的身上振臂高喊:午后的落日寂寞地往下坠落着,唯有我的呐喊声,一声声地回荡在云天外。在苍天之下,帝王身上,我越发觉得自己的渺小和癫狂。但我并不请求他们的原谅。我是秦人,有秦人的血脉;我是秦人,有秦人的肝肠,让我禁不住仰天长啸,声声苍凉;天上没有龙王,地上没有皇上,我就是龙王,我就是皇上,我来啦……

嗨,莫说此君太狂。狂就狂一回吧,趁着落日余晖,我下山去啦。

脚下虽然坎坷,秦腔是我行囊。那嘶哑的秦歌秦韵咋还在耳畔回荡、回荡……

寻找杜牧

2015 年,我又一次踏上了少陵原那深厚广袤的土地,在这霜叶红于二月花的季节,去探访晚唐诗人杜牧的墓。

少陵原在西安市区以南,东有浐河,西临潏河,北望长安,南接秦岭,那自古就是一处供人游览的好地方,更是文人雅客喜好聚集之所,累累文化遗产在原上星罗棋布。少陵原土质深厚,历来便是皇室贵族选择茔冢之地,也因汉宣帝的皇后许平君之少陵位于此地而得名。整个少陵原从西北至东南呈阶梯状上升,形似三级台阶,虽然远看地势高亢开阔,但其实原面却并非一马平川,而是高低起伏的。也正因如此地形,少陵原一带自古便孕育出了许多自然村落,南宋郑樵在《通志》中记载:"少陵原,乃樊川北原,自司马村起,至何将军山林而尽,其高三百尺。"这其中所提司马村,便是原上众多历史名村中一个年代久远的古村落。西司马村,是唐时京兆万年望族杜氏的家族坟茔,长眠于西司马村的诸位杜姓中,最为世人所熟知的要属晚唐诗人杜牧了,而这也是我此行去探访的目的之所在。

从西安市区驱车向东南走，秋日艳阳下的西安城，高楼林立车流如川，到处都在彰显着大都市的繁华与生机，而我的思绪却飘忽向几千年前的名门望族杜氏一脉。京兆杜氏据传早在西汉时期便从河南迁入长安，是魏、晋以来数百年的高门世族，在唐代尤其煊赫，有一种考证说在唐代官至宰相的杜家人就有十一位之多，难怪唐代人说："城南韦杜，去天尺五。"他们一直是统治阶级的最上层。诗人杜牧便生在这如此显赫的官宦世家，其祖父杜佑官至中书门下平章事，与房玄龄同为唐太宗的左膀右臂，更有《通典》传世。虽然其后人子孙也有官居宰相者，但是能够将杜佑的经世致用之学继承发扬的，当属杜牧。杜牧是后人熟知的大诗人，但他并非两耳不闻窗外事，生平极是留心当世之务，政治才华出众。杜牧二十六岁进士及第，可谓是少年得志，抱负在胸。然而却任京官半年后转至幕府，以经国之才自负却拘束于宴游之间，却又不可谓得志之士。十年幕府生活之后，杜牧再作短期京官，出守黄州、池阳、桐庐等地，晚年出守吴兴，最后回到长安任职，终于做中书舍人，其一生宦途虽无大风大浪却也无法实现其藏于胸的经国之志，不可不谓之遗憾。

有"小杜"之称的杜牧，其成就当然还是在于诗歌。我想起自己二十多岁的时候，曾经去湖南登岳麓山，游毛主席亲笔题词的爱晚亭，观尽染的层林，读杜牧的《山行》，全无一丝其他诗人悲秋之意，更让人感到意气风发、蓬勃于胸怀。晚唐的诗大多是辞藻华丽的，而杜牧的诗在注重辞采之余却又更为清丽，情韵跌宕又不失气格劲健。当然，杜牧的诗作更多以咏史抒怀，甚至切当世之务，诸如其在二十五岁写下的针砭藩镇割据的五言古诗《感怀诗》，更有其二十三岁时因宝历年间大起宫室、广声色而作的《阿房宫赋》等等。其诗集《樊川文集》更是被后世广为传诵。

我与生于斯长于斯的作家朱鸿结伴去寻找杜牧。车行过大兆街道，一路来到少陵原的最高处，车窗外的景色也退去了城市的喧嚣，那如盏盏红灯笼的柿子高挂在枝头,与远处的原野构成了北方特有的秋色。寻找杜牧的墓并不是那么顺利,没有预想的路标或古迹指示牌。朱先生虽然数次至此,然而道路改造,房舍起落,还是不能一步到位。几番问询,我们才在一位乡党的指引下进了西司马村。又几经辗转,在村中一位老人的带领下,才终于来到了这位大诗人的坟茔之前,但此刻,我却又难以相信眼前所看到的画面:没有想象中的宗祠园林,甚至连一方墓碑都不曾看见,老人所指的地方,竟是农舍边一块满是荒草的坑洼之地!看着我难以置信的模样,老人又道:"这就是杜牧的墓了,原来墓前那七米高的封土在"文革"中就没了,冢旁的大槐树让人给锯了,甚至清人毕沅为之题写的墓碑也消失了。今年清明时节从台湾来的杜家后人来找,也是到这坑里祭拜一下便罢了。"听着老人的话,看着脚下那片被杂草掩盖,甚至堆着垃圾杂物的"坟茔",震惊、无奈、悲凉,甚至愤怒,在我心头错综交糅,久久难以平静。

是呀,一千多年过去了,那显赫的京兆杜氏早已成为普通百姓。这千年的西司马村,如今也是没了一点儿文脉的传承模样,更因为青壮年的入城谋生,村中甚至显得有些颓败不堪。朱先生无不悲哀地告诉我,多年以前,他在一次有数位政府官员出席的会议上曾据理论证,可以将这文化遗产累累的少陵原,建设成中国农耕文明博物苑,永久性地保护这片民俗、民居和历史遗产。不仅如此,它还将成为世界罕见的紧临甚至处于大都市里的一个完整农耕文明展示区。但这一切却被城市发展、房地产开发给淹没了。此一番话,让我想到了许多。西安乃文化深厚之地,遍地是文物,到处是历史,可当年的十三朝古都,留下的东西又有多少呢?单单一位那么伟大的诗人,身后竟如此惨状,让人唏嘘。一个崇尚文化的长安,是如此厚待我们的先贤的吗?

或许可以聊以自慰的是,诗人诗中那牧童遥指的杏花村,却在清明时节常常让人想起。一首流传千古的《清明》诗,让全国各地的杏花村都陷入了地望之争中。其中最为热烈的当属山西临汾与安徽池州的杏花村。山西的杏花村以拥有一千五百多年历史的汾酒为由，安徽的杏花村则凭杜牧曾任三载池州刺史为据，倒让这诗中杏花村的归属成了一桩公案。记得我曾去山西汾酒厂参观，一入大门便能看见那引人注目的杜牧像和刻于墙上的《清明》诗，听说今年汾酒集团又重塑了十尊"汾酒十贤"塑像，杜牧便是其中之一。而安徽池州，从 2012 年开始便举办了清明公祭杜牧大典，竖起了 4 米高的杜牧像，吟起了那流传千年的《清明》诗。但无论他们怎样祭奠，无论是在山西抑或是安徽，那却通通不是长安。杜樊川呐，你一生辗转于大江南北，晚年终是又回归生你养你的长安，长眠于你那显赫世家的祖茔。但你一定不曾想到，你这安息的茔冢虽然历经了千百年的风云变幻，如今竟掩盖在这萋萋荒草之中，连一方封土碑石也不剩了！

或许，这少陵原已将你遗忘，长安城已将你遗忘了啊。

秋阳西垂，原本让人备觉温暖的秋风竟也生出一股悲凉之意。我在心里默默凭吊了一番诗人后，与朱先生慢慢踱下原去。一路上我不禁几次回望渐渐远去的西司马村，我想，我终是寻找到了杜牧，寻找到了被生他养他的长安几近遗忘的杜牧。也愿这寻找终能拨开岁月累积的尘埃，让那些不该被遗忘的，可以被人们永远怀念和珍藏。